STEFAN KELLER

Kölner Luden

CHICAGO AM RHEIN Seine ganze Hoffnung setzt Waisenkind Vinzenz Dietrich in Marius Sandmann: Der Privatdetektiv soll seinen Vater finden. Einziger Anhaltspunkt ist ein Foto des Kölner Fotografen Chargesheimer aus den 50er Jahren, auf dem der mittlerweile 40-jährige Dietrich seinen nie gekannten Vater zu erkennen glaubt.

Marius' Suche beginnt in der legendären Straße »Unter Krahnenbäumen« und führt ihn in die Vergangenheit, in der Köln als »Chicago am Rhein« berüchtigt war, Schläger und Zuhälter die Ringstraßen beherrschten. Eine gefährliche Zeit, die höchst lebendig ist, wie der Detektiv bald schon herausfinden muss: Marius' einziger Zeuge aus dem »Miljö« wird ermordet. Die ehemaligen Kiezkameraden schwören Rache und begeben sich auf Mörderjagd. Zu Marius Sandmanns Unglück sehen sie in ihm den Hauptverdächtigen. Ein Katz-und-Maus-Spiel beginnt. Der harmlose Suchauftrag entpuppt sich mehr und mehr als Albtraum für Marius …

Stefan Keller, Jahrgang 1967, lebt und arbeitet als Autor, Dozent und Dramaturg in Köln. Nach einer Tätigkeit als Wirtschaftsjournalist und Theaterdramaturg schrieb er Hörspiele, Fernsehshows, Drehbücher, Bühnenstücke, Kurzgeschichten und Lyrik. Er lektoriert für Filmproduktionen und Fernsehsender und unterrichtet seit mehreren Jahren Schreiben als Lehrbeauftragter an der Universität zu Köln und am KOMED. »Kölner Luden« ist Kellers dritter Kriminalroman im Gmeiner-Verlag.

Bisherige Veröffentlichungen im Gmeiner-Verlag:
Kölner Totenkarneval (2011)
Kölner Kreuzigung (2010)

STEFAN KELLER

Kölner Luden

Sandmanns dritter Fall

GMEINER *Original*

Besuchen Sie uns im Internet:
www.gmeiner-verlag.de

Im Ehnried 5, 88605 Meßkirch
Telefon 07575/2095-0
info@gmeiner-verlag.de

1. Auflage 2013

Lektorat: René Stein
Herstellung: Julia Franze
Umschlaggestaltung: U.O.R.G. Lutz Eberle, Stuttgart
unter Verwendung eines Fotos von: © abracus photoworld / www.bilderbuch-koeln.de
Druck: GGP Media GmbH, Pößneck
Printed in Germany
ISBN 978-3-8392-1378-0

Personen und Handlung sind frei erfunden.
Ähnlichkeiten mit lebenden oder toten Personen
sind rein zufällig und nicht beabsichtigt.

ERSTER TEIL

Unter Krahnenbäumen

»All things must pass,
None of life strings can last«
All Things Must Pass, George Harrison

1

1957

Der Qualm dutzender Zigaretten schien sich unter den Lampenschirmen über den Tischen und der Bar zu sammeln. Auf der einfach gezimmerten Bühne in dem völlig überhitzten und viel zu kleinen Raum hielten ein singender Akkordeonspieler und ein schon seit einer Stunde stur mit einem Stock auf seine Trommel eindreschender Schlagzeuger die Stimmung hoch und die Gäste am Tanzen. Dabei wankte der Takt, den der Trommler vorgab, ebenso wie die herumwirbelnden Pärchen. Manche sangen die Lieder noch mit, andere hielten sich eng umschlungen – enger, als es schicklich war.

Auch Siggi tanzte. Seine Aufmerksamkeit galt jedoch nicht seiner Partnerin, die trotzig ihre großen Brüste an ihn drückte, sondern einem Paar, das sich manchmal neben ihnen, manchmal am anderen Ende der kleinen Kneipe auf der Straße ›Unter Krahnenbäumen‹ bewegte. Vor drei Tagen wäre Siggi überzeugt gewesen, dass er mit diesem Mädchen, Barbara, tanzen würde, doch sie hatte ihm den Laufpass gegeben und sich heute vor den Augen aller Nachbarn mit diesem eitlen Geck eingelassen, dessen protzige Uhr das Licht der trüben Glühbirnen spiegelte.

Seit einer Stunde waren die beiden unzertrennlich, die Enge des Saales und der großzügige Nachschub alkoholischer Getränke taten ihr Übriges. Dabei war der Junge nicht einmal ein anständig verkleidet.

Siggi hingegen hatte sich wirklich Mühe gegeben. In den letzten Tagen hatte er gegrübelt, welches Kostüm sie wohl am meisten beeindrucken würde, bis ihm einfiel, dass sie ihm vor zwei Wochen von einem Film erzählt hatte, den sie im alten Alhambra auf der Ehrenstraße gesehen hatte. Ein amerikanischer Piratenfilm. Bei der Schneiderin um die Ecke hatte er ein Stück Stoff gegen eine Packung Zigaretten getauscht. Außerdem hatte sie ihm das Versprechen abgenommen, am nächsten Wochenende das Fahrrad der Frau auf Vordermann zu bringen. Über die Schneiderin hatte er einen Mann kennengelernt, der für die Schauspieler Kostüme nähte, die in der Aula der Universität spielten. Gegen eine Flasche Schnaps hatte er ihm Zugang zum Fundus verschafft und Siggi hatte sich für Pluderhose, Hemd und Weste entschieden. Er fand, dass er damit einen hervorragenden Piraten abgab. Barbara sah das offenbar anders. Statt mit ihr tanzte er nun mit Schmitzens Lenchen, die immer noch verheißungsvoll ihren Busen an seinen Körper drückte, bis sie schließlich seinem starren, schon leicht glasigen Blick folgte und ihn wütend stehen ließ.

Siggi wankte zur Sperrholztheke, hielt sich krampfhaft an seinem Glas fest und beobachtete Barbara und ihren Galan, dessen protzige Uhr seine Abneigung steigerte. Jemand rempelte Siggi an. Ohne weiter hinzusehen, stieß er ihn genervt weg.

Der Mann packte ihn am Kragen. »Pass besser auf, mit wem du dich anlegst, Jüngelchen. Kannst sonst gleich deine Abreibung für den Abend kriegen.«

Siggi erkannte seinen Fehler sofort. Mit dem schnieken Helm legte man sich nicht an. Er entschuldigte sich wortreich lallend, verzog sich und machte sich auf die Suche nach Barbara und dem Schnösel.

Es schien fast, als zöge ihn der schmerzliche Anblick des turtelnden Pärchens magisch an, doch die zwei waren verschwunden. Hektisch sah er sich um und erkannte ihren dunklen lockigen Pagenkopf, auf die Schulter des Mannes gestützt, der sie im Arm hielt und zur Tür hinausführte. Ohne lange nachzudenken, folgte Siggi ihnen.

Nach der heißen, stickigen Atmosphäre der Kneipe traf ihn die Kälte der Februarnacht wie ein Schlag. Sein Atem bildete eine weiße Wolke unter dem schwachen Licht einer Straßenlaterne, rechts die Straße hinunter hörte er leises Gelächter. Die beiden hockten, in der Dunkelheit kaum auszumachen, in der leeren Fensterhöhle einer Trümmerfassade. Der Fremde hielt Barbara fest in seinen Armen, versuchte sie zu küssen. Doch sie schien sich ihm entwinden zu wollen. Siggi erkannte seine Chance.

»He da! Lass die Barbara los!«

Überrascht blickten die beiden ihn an, ihre Blicke waren glasig, die Gesichter wirkten trotz der Kälte erhitzt.

»Ach, du bist's«, sagte Barbara, »hast mich vielleicht erschrocken.« Sie kicherte und schmiegte sich lächelnd an die Wange des Fremden. Siggis Herz raste. Seine Knie zitterten in der weiten Hose. Er fühlte sich wie der dämlichste Idiot der Welt.

»Brauchst du Hilfe?«

»Nein«, antwortete das Mädchen gedehnt und kicherte kurz, »hier ist alles in bester Ordnung.« Sie wandte sich dem Mann zu, der sie festhielt, und drückte ihm einen schmatzenden Kuss auf die Wange.

»Alles bestens, wenn du nicht da wärst«, ergänzte der Mann und küsste Barbara auf den Mund. Barbara erwiderte den Kuss – vor seinen Augen!

»Geh nach Hause, Siggi, geh schlafen!«

»Genau! Geh nach Hause. Es ist schon spät. Du musst schlafen«, ergänzte der Fremde grinsend. Siggi ballte die

Faust in der Tasche. Der Mann erhob sich jetzt, Barbara immer noch im Arm, gemeinsam wankten die zwei in Richtung Eigelstein, wo Barbara bei ihrer Tante wohnte. Siggi sah zu, wie sie sich vor ihrer Haustür von dem Jungen löste, sah, wie er versuchte, sie wieder an sich zu ziehen, sie zu küssen und kichernd in den Hauseingang zu drängen. Barbara wand sich erneut hinaus, lachte, drückte dem Jungen einen Kuss auf die Lippen und verschwand geschmeidig wie eine Katze in der Haustür, die vor dem enttäuschten Fremden ins Schloss fiel. Er brüllte in Richtung des Hauses – Siggi verstand kein Wort –, murmelte einen Fluch und setzte sich schwankend in Bewegung, wohl in der Hoffnung, irgendwo auf der Weidengasse oder am Eigelstein Ersatz für seine verloren gegangene Liebschaft zu finden.

Siggi zögerte keinen Wimpernschlag. Mit keuchendem Atem rannte er los. Er musste den Geck einholen, bevor er den belebten Eigelstein erreichte. Der ahnte nichts, torkelte bedächtig, ein leises Lied summend, dass eben noch das Duo in der Kneipe geschmettert hatte. Siggi selber fühlte sich wieder völlig nüchtern und klar.

Mit der vollen Wucht aus Siggis Lauf traf sein Stoß ihn im Nacken. Der Schönling stolperte, hielt sich am kalten Stein einer alten Hauswand halb aufrecht. Eine perfekte Position, damit Siggi ihm seine Faust aufwärts ins Gesicht schmettern konnte. Sein Nebenbuhler taumelte nach hinten. Blut schoss aus seiner Nase, der Siggi einen weiteren Schlag versetzte. Als Nächstes donnerte er seinem Gegner die Faust in den Bauch, ein letzter Hieb ließ ihn gekrümmt zu Boden sacken. Siggi beugte sich zu seinem Opfer hinab und schnappte sich mit schnellen Bewegungen die Uhr. »UKB ist für dich verboten. Und wenn du noch mal eins unserer Mädchen auch nur anguckst, bringe ich dich um.«

Er legte sich die Uhr ums Handgelenk, dann trollte er sich, deutlich zufriedener als zuvor, in die Dunkelheit.

2

Marius Sandmann wusste nicht, was ihn an seinem Gegenüber nervöser machte: das zuckende Augenlid oder das fortwährende Rascheln der Plastiktüte, die der Mann krampfhaft mit seinen unruhigen Händen festhielt.

Immerhin musste der Privatdetektiv jetzt nicht mehr mit ansehen, wie ihm der Blick seines möglichen neuen Klienten stetig auswich. Er konnte sich stattdessen auf das Buch konzentrieren, das ihm der Mann, der sich ihm als Vinzenz Dietrich vorgestellt hatte, aufgeschlagen über den Schreibtisch schob. Mit einem dreifachen Klopfen deutete Dietrich auf das untere Schwarz-Weiß-Foto der rechten Buchseite. Es zeigte drei tanzende Pärchen, offenbar an Karneval, eines der Mädchen trug einen Zylinder, einer der Jungen ein eigentümliches Kopftuch, das ihn wie ein Pirat aussehen ließ. Marius nahm das Buch, klemmte eine Hand zwischen die Seiten und schlug es zu, um den Einband zu lesen. Dieser zeigte lediglich ein Straßenschild an einer Hauswand: ›Unter Krahnenbäumen‹. Keine Hinweise auf den Fotografen oder den Verlag. Trotzdem erkannte Marius das Buch sofort, dafür musste er nicht einmal auf den kleinen weißen Aufkleber schauen, mit dem die Kölner Stadtbibliothek ihr Eigentum kennzeichnete.

»Chargesheimers ›Unter Krahnenbäumen‹. Schönes Buch!«, sagte er und blickte den Mann durch seine schwarze Brille fragend an. »Aber ich bin Privatdetektiv, was soll ich für Sie tun?«

»Schauen Sie sich den Mann auf dem Foto doch einmal an!« Dietrichs Stimme hatte einen unangenehm schneidenden Unterton. Marius klappte das Buch wieder auf.

»Welchen der drei Männer meinen Sie?«

»Den auf dem unteren Bild! Den links!«

»Der mit dem Kopftuch?«

»Genau den! Schauen Sie ihn sich einmal genauer an!«

Marius schaute von Vinzenz zu dem Mann auf dem Bild. »Interessant, Sie sehen ihm ein bisschen ähnlich.«

Mit einem lauten Rascheln zog Dietrich ein anderes Foto aus seiner Plastiktüte und legte es neben das Buch. Es war farbig und deutlich später aufgenommen. Das karierte Holzfällerhemd, das der Junge darauf trug, war typisch für die 90er Jahre. Dennoch sah der Junge auf dem Farbfoto genauso aus wie der, den Chargesheimer 40 Jahre zuvor abgelichtet hatte. Vinzenz registrierte aufmerksam Marius' Reaktion.

»Ein bisschen ist wohl untertrieben, oder? Das hier auf dem farbigen Bild bin ich.« Wieder dieses demonstrative viermalige Klopfen. »Und das«, Vinzenz zeigte nun auf den Chargesheimer-Band, »das ist mein Vater.« Viermal Klopfen, einmal für jedes Wort.

»Dass der Mann Ihnen ähnlich sieht, heißt nicht, dass er Ihr Vater ist.«

»Ich erzähle Ihnen etwas über mich.« Sein Klient blinzelte Marius an. »Geboren wurde ich irgendwann im Spätsommer 1982, genau weiß ich das nicht. Am 27. September jedenfalls fand mich eine Stationsärztin des Marienhospitals am Kunibertskloster, als sie nach zehn Stunden Nachtdienst das Krankenhaus verlassen wollte. Ich lag in eine Tüte eingewickelt vor der Tür.«

»Wenige Schritte von Unter Krahnenbäumen entfernt.« Vinzenz nickte heftig mit dem Kopf, sein dünnes Haar fiel ihm in die Stirn. »Nur war das sicher 25 Jahre später.« Ein fast schon hasserfüllter Blick traf Marius. An welche Hoffnung klammerte sich Dietrich? Und warum? »Ihre Eltern wurden nie ausfindig gemacht?«

»Ich glaube nicht, dass jemand ernsthaft nach ihnen gesucht hat. Ich war bloß ein weiteres lästiges Kind, eine Urkunde, ein willkürlicher Name. Ein Stempel und ab ins Heim mit ihm!« Die Hände krallten sich in die Plastiktüte.

»Haben Sie nach Ihren Eltern gesucht?«

»Natürlich. Sonst hätte ich das nie gefunden!« Wieder dieses Klopfen.

»Wie sind Sie auf Chargesheimer gekommen?«

»Ich schaue mir viele alte Bilder an.«

Innerlich seufzte Marius. Ein Waisenkind, das – wie es schien – manisch alte Kölner Fotos betrachtete, um jemanden zu finden, der ihm ähnlich sah. Der sein Vater oder seine Mutter sein könnte. So sah Verzweiflung aus. Dennoch war er fündig geworden. Unglaublich!

»Jetzt möchten Sie, dass ich herausfinde, wer der Mann auf dem Bild ist?«

»Und wo er sich aufhält!«

Marius schätzte seinen neuen Klienten noch einmal ab. »Das ist nicht ganz billig.«

Aus der Plastiktüte zog Vinzenz ein Bündel zerknitterter 5- und 10-Euro-Scheine hervor und legte sie auf den Bildband. »Das sollte als Anzahlung reichen«.

Marius nahm das Bündel und zählte es rasch durch. Es reichte allemal.

Routinemäßig begann der Privatdetektiv seine Recherchen im Internet, wo er erfolglos seinen Auftraggeber überprüfte. Der Name ›Vinzenz Dietrich‹ ergab keine Treffer, die Marius weiterbrachten. Er hatte keine Ahnung, mit wem er es zu tun hatte, außer der Nummer eines Mobiltelefons hatte ihm Vinzenz keinerlei Kontaktdaten hinterlassen. Der Detektiv wusste über seine Klienten gerne Bescheid, vor allem, wenn sie so befremdlich wirkten wie Dietrich. Als Nächstes recherchierte er Chargesheimer und seinen berühmten Bildband, ohne dass das Internet dem früheren Kunstgeschichtsstudenten Neues erzählen konnte. Ebenso wenig über die Straße selbst. Also zog er sich seine Seemannsjacke über den Kapuzenpullover und verließ die Wohnung. Nachdem er die Tür zweimal abgeschlossen hatte, rüttelte er noch einmal an der Klinke, um zu überprüfen, ob sie wirklich zu war.

Eine Dreiviertelstunde später stand er vor einem Treppenabsatz an der Nord-Süd-Fahrt, die die Kölner Altstadt vierspurig durchschnitt. Einige Stufen führten hinab zu Unter Krahnenbäumen. Marius sah schon von hier oben, dass seine Besichtigung wohl zwecklos sein würde. Eine schmale, nichtssagende Straße, eingezwängt zwischen den Rückseiten toter Bürogebäude. Er hatte darauf gebaut, ein paar Anlaufstellen zu finden, wo sich die alten Bewohner der Straße trafen. Hatte gehofft, dort jemanden zu finden, der – wenn schon nicht die Person auf dem Bild selber – vielleicht jemanden kannte, der jemanden kannte … Köln eben. Hier schien jedoch niemand mehr zu leben, der ihm weiterhelfen konnte.

Unschlüssig stieg er die schwarzen Stufen hinunter und ging die Straße entlang in Richtung Musikhochschule, einem kargen Betonbau, dessen rote Metallapplikationen vergeblich versuchten, die Tristesse der Gegend aufzulockern. Anders als auf den Bildern Chargesheimers, die vor Leben strotzten, war niemand auf der Straße unterwegs. Erst ganz am Ende saßen zwei asiatische Musikstudentinnen auf einer rot lackierten Metallbank. Ihre Instrumente lehnten neben ihnen, während sie sich über einige Notenblätter beugten.

Gegenüber des Betonbaus hielt sich ein Kiosk in der Einöde. Marius ging hinein. Hinter der Theke schaute ihn eine türkische Frau undefinierbaren Alters abwartend an. Er zeigte ihr das Foto, das er aus dem Bildband kopiert hatte. Sie schüttelte den Kopf. Nein, Kunden, die so alt waren, dass sie sich an die 50er Jahre des vorigen Jahrhunderts erinnern könnten, hatte sie nicht. »Hier nur Studenten«, stammelte sie. »Vielleicht Eigelstein?«

Der Detektiv folgte ihrem Rat. Aus dem offenen Fenster eines Proberaums der Hochschule klang eine Violine, deren disharmonische, schwermütige Melodie ihn ein Stück weit die leere Straße zurück zum tosenden Verkehr der Nord-Süd-Fahrt begleitete. Ihm kam es vor, als habe er noch nie eine leblosere Straße in Köln gesehen.

*

Jenseits der vierspurigen Nord-Süd-Fahrt war ebenfalls noch ›Unter Krahnenbäumen‹, las er auf dem Straßenschild, rigoros abgeschnitten vom längeren Teil der alten Straße, dafür verbunden mit dem deutlich lebhafteren, weil von Geschäften gesäumten Eigelstein. Wie auf der anderen Seite überwogen gesichtslose Bürogebäude, selten hatte sich dazwischen ein Altbau behaupten können. Die nördliche Seite der Straße war unbebaut geblieben, um ein paar Autos einen Parkplatz zu bieten, und ließ den Blick frei auf ein Hinterhaus am Eigelstein. Unter einem einsamen Baum saß ein alter Mann im Rollstuhl und döste in den ersten warmen Strahlen der Frühlingssonne. Marius überquerte die Straße und setzte sich neben ihn auf eine kleine Mauer, die das Grundstück nach hinten abschloss.

»Schönes, sonniges Plätzchen haben Sie sich ausgesucht«, begann der Detektiv zwanglos das Gespräch und blinzelte in die Sonne. Der Alte hielt den Kopf gesenkt und schwieg. Gemeinsam genossen sie die wärmenden Strahlen. Im Baum bewies eine Kohlmeise lautstark zwitschernd ihre Anwesenheit. Ansonsten war es abgesehen vom leisen Rauschen des Verkehrs still. Nach ein paar Minuten hob der Alte den Kopf. Der Detektiv schätzte ihn auf gut 70 Jahre. Kräftige Hände und klobige Gesichtszüge erinnerten an einen alt gewordenen Boxer. Freundlich lächelte er den Alten an, der grinste schief. Aus seiner Jacketttasche kramte er eine Packung Zigaretten und ein Feuerzeug hervor. Seine Hände zitterten. Marius half ihm, die Zigarette anzuzünden. Tief inhalierte der Alte, lehnte sich in seinem Rollstuhl zurück und atmete schließlich glücklich aus. »Dat wor joot«, sagte er in tiefstem Kölsch. Marius musste sich anstrengen, um ihn zu verstehen. Der Alte klopfte dem Detektiv kurz auf die Hand. »Ming Arz hät et mich ja verbode, et Rauche'. Evver wat willste maache? Na sechzich Joohr? Da hörste och nich' mehr uf.« Mit zitternden Händen hielt er Marius die Zigaretten entgegen. Der Detektiv winkte ab. Ein Schatten der Missbilligung zog über das Gesicht des Alten. »Ihr Jüngelsche wisst nich', wat joot is'.«

»Ein ruhiges, sonniges Plätzchen wissen wir schon noch zu schätzen«, lenkte Marius ein. Gemeinsam hielten sie weitere fünf Minuten die Gesichter in die Sonne.

»Früher war es lebhafter hier, oder?«, fragte Marius nach einer Weile.

»Unger Krahnebäume wor ming Stroß, als Fremder hüttste do nit zo soje domals.« Marius verstand kaum ein Wort.

»Hück is dot anders. All dot!«

Der Detektiv legte dem Mann die Kopie mit dem Foto unters Gesicht und tippte mit dem Finger auf den Jungen mit dem Kopftuch. »Erinnern Sie sich an den?«

Die Augen des Alten weiteten sich einen kurzen Moment, bevor er die Bremsen seines Rollstuhls löste. »Den kenn ich nit«, murmelte er.

Der Detektiv blickte ihm nach, wie er mühsam über die Straße rollte und auf der anderen Seite in einem Neubau verschwand. Als die Tür hinter dem Mann zugefallen war, stand er auf, ging hinüber und schellte bei einer der oberen Klingeln. Der Türöffner summte, Marius schaute in den Hausflur. Kein Aufzug, also wohnte sein Gesprächspartner parterre. Vor einer der Türen im Erdgeschoss lehnte ein Rollator. Marius schaute auf das Klingelschild, auf dem in einer schwer leserlichen Handschrift ›Albertz‹ gekritzelt war. Er schellte. Wie erwartet blieb die Tür des Alten verschlossen. Marius war überzeugt, dass er den Jungen auf dem Bild erkannt hatte. Warum hatte er das abgestritten?

*

Der Alte hatte hinter seiner Tür ausgeharrt und gelauscht. Wie er befürchtet hatte, war ihm der Fremde gefolgt und hatte sich Einlass verschafft. Er hatte seine Schritte gehört und das Schellen. Dumm schien er nicht zu sein.

Mit angehaltenem Atem hatte er gewartet, bis die Schritte sich wieder entfernten, die Haustür hinter dem Mann zufiel und keine neuen Geräusche mehr zu hören gewesen waren. Anschließend hatte er, gepeinigt von einem kräftigen Hustenanfall, erst mal Luft holen müssen. Seit Jahrzehnten hatte er nicht mehr an Siggi Baumgart gedacht und das war gut so. Eilig griff er die Räder seines Rollstuhls und fuhr den Flur hinunter zum Telefon, das auf einem kleinen Tischchen vor dem Wohnzimmer stand. In einem zerfledderten Heft daneben hatte er alle wichtigen Telefonnummern notiert. Mittlerweile gehörten die meisten zu Leuten, die nicht mehr lebten. Mit hektischen, zitternden Händen blätterte er das Heft durch und fand, wonach er suchte. Er drehte die Wählscheibe des Telefons und nahm den großen Hörer ans Ohr. Ein paar Mal tutete es gleichmütig, bevor es knackte und die Stimme der Person, die ihn beschützen würde, nannte ihren Namen. Der Alte hielt sich nicht lange mit Vorreden auf.

»Hä hat inge noch ’em Siggi gefrogt!«

3

Das Haus war leicht zu finden. Hinter einem Notarztwagen standen zwei Streifenwagen und ein Lexus, hinter dem Hannes Bergkamp seinen Opel Vectra parkte und gemeinsam mit den drei anderen die schmale Straße komplett blockierte. Auf der gegenüberliegenden Seite standen die üblichen Schaulustigen in Grüppchen und beobachteten das Geschehen. Sie müssten eigentlich wissen, dass sie nichts zu sehen bekommen würden, dachte der Hauptkommissar der Kölner Kriminalpolizei und grüßte den gelangweilt vor dem Hauseingang stehenden Streifenbeamten. Schon von hier konnte er das Geschrei aus der Wohnung im Hinterhaus deutlich hören.

»Sind Sie eigentlich komplett verblödet?«, brüllte die ihm wohlbekannte Stimme Volker Brandts, seines Zeichen Leiter der Kölner Rechtsmedizin. »Todesursache: Herzversagen? Haben Sie sich den Hals des Mannes einmal angeschaut?«

»In dem Alter, in dem der Mann war … Wer kommt denn da auf Erwürgen?«, hörte Bergkamp eine elendig leise Stimme antworten, als er den Flur durchquerte. Auf den Treppen im Haus standen Schaulustige. Ihnen würde er später noch Zeit widmen. Jetzt betrat er die muffig riechende Wohnung im hinteren Erdgeschoss.

»Jeder, der Augen im Kopf hat, Sie Vollidiot!« Bergkamp sah gerade noch, wie der Chef der Rechtsmedizin einem kleinen Mann um die 50 einen Klemmordner mit einem Zettel auf den Kopf schlug.

»Spinnen Sie? Sie sind ja irre!«, quiekte der Mann, stopfte hektisch seine Sachen in einen schwarzen Arztkoffer und verließ schimpfend die Wohnung. Bergkamp überlegte, ob er ihn aufhalten sollte, doch um ihn konnte er sich später kümmern. Erst einmal warf er einen Blick auf den Toten, einen alten Mann in einem schäbigen, grauen Anzug, der zusammengesunken in einem Rollstuhl saß. Bergkamp ließ den Blick durch die kleine Einzimmerwohnung schweifen. Schubladen waren aufgerissen, Sachen achtlos auf den Boden geworfen worden.

»Raubmord?« Der Hauptkommissar blickte den Rechtsmediziner fragend an.

»Idiotentest würde ich eher vermuten.« Er hob mit Daumen und Zeigefinger den Kopf des Mannes an, deutlich waren Würgemale auf seinem Hals zu erkennen. »Wie kann ein Arzt das übersehen? Können Sie mir dieses Rätsel lösen, Herr Hauptkommissar?«

»Wer hat uns denn benachrichtigt, wenn es nicht dieser Arzt war?«

Vage deutete Brandt mit dem Daumen hinter sich zur Tür. »Der Fahrer des Rettungswagens hat sich geweigert, die Wohnung zu verlassen, ohne vorher die Polizei zu benachrichtigen. Sehr zum Missfallen unserer eben verschwundenen Intelligenzbestie.« Brandt deutete auf das Chaos in der Wohnung. »Wenn einen so ein Chaos nicht stutzig macht, weiß ich nicht, was ein Arzt braucht, um einen Raubmord zu vermuten. Er ist wohl kurz vor seiner Mittagspause gerufen worden. Da will man pünktlich fertig sein. Arschloch!«

»Okay«, lenkte der Kriminalbeamte das Gespräch wieder auf sein eigentliches Thema, »haben Sie denn schon irgendwas herausfinden können?«

Seufzend ließ Brandt den Kopf des Toten los. »Es gibt deutliche Hinweise, dass der Mann erwürgt wurde.« Richtig beruhigen konnte er sich noch nicht. »Selbst ein medizinischer Laie sieht das. Drumherum scheint einiges in Unordnung gebracht worden zu sein. Ich vermute nicht vom Opfer selber.«

»Also wohl tatsächlich ein Raubmord. Lebt der Mann allein hier?« Die Frage war an einen Beamten der Schutzpolizei gerichtet, der in der Wohnungstür stand und das Geschehen in der Wohnung wenig interessiert beobachtete.

»Man müsste die Nachbarn fragen«, antwortete der Mann achselzuckend.

Bergkamp warf ihm einen zornigen Blick zu. »Und warum hat das noch niemand in die Wege geleitet?«

»Wir haben auf die Kripo gewartet«, gab der Beamte frech grinsend zurück.

Brandt gab den Männern von der Spurensicherung ein Zeichen, dass sie sich nun um den Tatort kümmern konnten. Professionell, ohne große Leidenschaft, machten sie sich ans Werk. Sie alle waren der gleichen Überzeugung: Ein wehrloser Alter wird in seiner Wohnung überfallen, erwürgt und ausgeraubt. Vermutlich von jemandem, den er kannte. Kein ungewöhnlicher Fall. Die Kripo würde das Umfeld des Toten befragen, ein paar Verdächtige unter Druck setzen und am Ende würden sie, die Spurensicherung, die entscheidenden Fakten liefern, um den Täter, wenn er nicht ohnehin ein Geständnis ablegte, überführen zu können.

»Wir müssen herausfinden, mit wem der Mann zu tun hatte und ob etwas fehlt«, sagte Bergkamp.

»Na, mal los, Herr Hauptkommissar. Ich fürchte, bis Sie eine neue Kollegin haben, die Sie scheuchen können, werden Sie das selber erledigen müssen.« Brandt klopfte Bergkamp kurz auf die Schulter, als er sich an ihm vorbei nach draußen drängte. »Meinen Bericht bekommen Sie wie immer so schnell wie möglich. Wissen Sie ja.« Er nickte kurz in die Runde und verließ die Wohnung.

Bergkamp blieb wenig glücklich am Tatort zurück. Es war schon eine Weile her, dass seine frühere Partnerin Paula Wagner sich hatte versetzen lassen. Immer noch musste er den größten Teil seiner Arbeit allein erledigen.

Mit einem verärgerten Knurren ging er ins Treppenhaus und unterhielt sich mit den Schaulustigen auf der Treppe. Die meisten hatten wenig zu sagen. Der alte Mann wohnte angeblich schon ewig hier, man kannte sich aus dem Hausflur, sagte ›Guten Tag‹ und ›Auf Wiedersehen‹. Nein, auffällig sei der Mann nicht gewesen und niemand hatte etwas Besonderes bemerkt. Missmutig beendete Bergkamp die Befragung und ließ den uniformierten Beamten die Personalien aufnehmen. Ein wenig ängstlich schaute die Gruppe der Schaulustigen im Treppenhaus nun in die immer noch geöffnete Tür der Erdgeschosswohnung, wo die Leiche des Alten mittlerweile in einem schmucklosen Zinksarg auf ihren Abtransport wartete. Zwei Männer der Spurensicherung in ihren typischen weißen Ganzkörperanzügen suchten auf den Möbeln und Schubladen nach Fingerabdrücken. Der Hauptkommissar hoffte, dass sie Spuren finden würden, die ihm die Arbeit erleichterten.

4

Sein Kopf hing unterhalb der Tischplatte. Von hier sah er durch die offene Tür und den Flur bis zum Wohnungseingang. Er spannte die Bauchmuskeln an und krümmte sich zusammen, bis sein Kopf fast an seine Knie stieß. Aus der aufrechten Kopfposition schaute er hinaus auf einen kleinen verwilderten Grünstreifen, hinter dem eine alte Backsteinmauer die Grenze zum Nachbargrundstück markierte. Auf der Fensterbank standen drei unterschiedlich schwere Kugelhanteln. Sie erinnerten an Kanonenkugeln – nur mit Griff. Großartige Trainingsgeräte und wirksamer Schutz gegen Einbrecher. Wer immer das Fenster aushebeln wollte, musste beim Öffnen über 60 Kilogramm beiseite schieben.

Er ließ sich wieder absinken und atmete dabei ein. Im Augenwinkel sah er das Chargesheimer-Foto mit den tanzenden Pärchen. Erneut zog er den Körper zusammen, seine Gedanken allerdings waren bei dem Foto.

Was hatte dem Alten Angst gemacht? Der Junge auf dem Bild? Er musste ihn zum Reden bringen. Während der Detektiv in seinen Gravity Boots an einer fest verdübelten Reckstange trainierte, dachte er darüber nach, wie er das bewerkstelligen konnte.

Als er mit dem Kopf ein weiteres Mal an den Knien hing, hörte er einen Schlüssel in der Wohnungstür. Marius ließ sich langsam fallen und blickte seiner Freundin Verena Talbot unter dem Tisch hindurch entgegen. Ihr Schritt wirkte unbewusst zögerlich, als betrete sie das gemeinsame Büro mit einem leichten Widerwillen. Marius spannte die Muskeln an und zog sich erneut hoch. Verena blieb in der Tür stehen und blickte auf das Schauspiel, das sie – wie Marius wusste – durchaus schätzte.

Sie stellte ihre Tasche auf den Schreibtisch, ein Vitra-Design-Klassiker, der eigentlich ihr gehörte, und griff nach dem darauf liegenden Foto.

»Chargesheimer? Du willst doch nicht etwa dein Studium beenden?«

Marius antwortete, ohne dabei seine Übungen zu unterbrechen. »Um Gottes willen, nein! Ein Klient möchte, dass ich den Mann mit dem Piratentuch links auf dem Bild finde. Er glaubt, es sei sein Vater.«

Verena schnaubte kurz spöttisch und zeigte deutlich, was sie von dieser Hoffnung hielt. »Wie wahrscheinlich ist das denn bitte?« Abrupt wechselte sie das Thema. »Das ist aus ›Unter Krahnenbäumen‹, richtig?«

»Korrekt, Frau Kunsthistorikerin. Ich war heute da und habe mich umgehört.«

Sie schaute noch einmal interessiert auf das Bild. »Interessant. Kaum tauchst du irgendwo auf, findet die Polizei eine Leiche.«

»Eine Leiche?« Marius hielt mit seinen Übungen inne, mit den Füßen kopfüber an der Reckstange hängend. Seine Welt stand Kopf.

»Hast du nichts mitbekommen? Du willst doch sonst immer alles wissen.«

Marius schüttelte den Kopf.

»Unter Krahnenbäumen haben sie einen alten Mann erwürgt aufgefunden. Einen Rollstuhlfahrer. Die Polizei vermutet, dass es ein Raubmord war.«

»Ein Rollstuhlfahrer?« Mit einer einzigen fließenden Bewegung stemmte sich der Detektiv nach oben, hielt sich an der Stange fest und löste geschickt die Halterungen der

Boots am Reck. Mit einer Drehung stand er auf den Füßen. »Weißt du mehr?«, fragte er Verena.

»Nein, der Fall hat mich nicht interessiert.«

Bis jetzt, dachte Marius.

»Es war in der Hausnummer 8, kurz vorm Eigelstein.« Sie schaute ihn aus ihren perfekt geschminkten blauen Augen an. »Kanntest du den Mann?«

»Ich glaube, ich habe mit ihm gesprochen.«

Verena hob kurz die Augenbrauen. »Hm, hm … an deiner Stelle würde ich mir ein paar Gedanken machen. Worüber habt ihr gesprochen?«

»Über den Mann auf dem Foto«, antwortete Marius.

»Vielleicht ist es ja ein dummer Zufall.« Mit diesen Worten ging sie die offene Holztreppe nach oben, wo sich ihre gemeinsame Wohnung befand. Marius blickte ihr nach, seine Augen hefteten sich an ihre Beine. Weder er noch sie glaubten an Zufälle. Er musste jetzt weiter recherchieren und noch wichtiger: Er musste sich mit der Polizei in Verbindung setzen. Doch stattdessen folgte er Verenas Beinen nach oben.

Am nächsten Morgen verließ Verena Talbot wie immer frühzeitig die Wohnung. Marius hörte ihren eiligen Schritten im Treppenhaus nach, bis sie hinaus auf die Straße trat. Der Detektiv begann seinen Tag mit Nachdenken und Liegestützen und verließ das Haus eine halbe Stunde, einen Obstsalat und einen Tomatensaft später, bewaffnet mit einer Kamera und ein paar falschen Visitenkarten im Portemonnaie.

Als Marius im Eigelsteinviertel angekommen war und endlich einen Parkplatz für den alten Renault 19 gefunden hatte, schien die Sonne. Der Frühling hatte sich offenbar in Köln festgesetzt. Er ließ die Jacke im Auto und suchte sich zunächst ein Café am Eigelstein, wo er sich ein Croissant und einen Apfelsaft bestellte. Mit beidem stellte er sich an einen der Stehtische neben der Ausgangstür, an denen sich morgens Rentner, pausierende Handwerker und Büroarbeiterinnen auf dem Weg zur Arbeit versammelten. Nicht, dass er wieder Hunger hatte, doch erfahrungsgemäß kam man in einem Viertel wie diesem mit den Leuten am einfachsten in einer Kaffeebud ins Gespräch. Am Nachbartisch las eine ältere Frau in der Zeitung einen Artikel über das gestrige Verbrechen.

»Schlimme Sache, nicht wahr?«

Die Frau schien einem Plausch nicht abgeneigt zu sein und machte ihrer Empörung Luft. »Das können Sie laut sagen! Einen alten wehrlosen Mann umzubringen für ein paar lausige Kröten. Heute ist wirklich niemand mehr sicher.«

»Kannten Sie den Mann?« Jetzt registrierte sie die Kamera, die Marius neben sich auf den Tisch gelegt hatte.

»Sind Sie von der Presse?« Bevor er antworten konnte, war sie bereits mitsamt ihrer Zeitung, ihrem Kaffee und Wurstbrötchen an seinen Tisch umgezogen.

Der Detektiv verkniff sich ein zufriedenes Grinsen. »Nicht von dieser«, antwortete Marius durchaus wahrheitsgemäß. Die Frau legte verschwörerisch ihre Hand auf seine. Er hatte Glück. Die ›Verkleidung‹ als Journalist funktionierte nicht immer. Manche Leute wollten partout nicht mit der Presse reden. Allerdings hatte er die Erfahrung gemacht, dass sie immer noch eher mit der Presse redeten als mit einem Privatdetektiv.

»Der Albertz, das war in jungen Jahren kein Kind von Traurigkeit. Meine Schwägerin – die ist hier groß geworden – sagt, dass das irgendwann so kommen musste bei dem Mann. Das war ein richtig schlimmer Finger früher.«

»Spannend, davon stand nichts in der Zeitung! Inwieweit war Herr Albertz ein schlimmer Finger?«

Die Frau hob abwehrend die Hand. »Ach, wenn Sie wüssten!«, sagte sie und Marius verstand, dass sie selbst nichts Konkretes sagen konnte.

»Vielleicht könnte ich mit Ihrer Schwägerin reden?« Marius zog eine der Visitenkarten aus dem Portemonnaie, auf der außer seiner Handynummer rein gar nichts stimmte. Die Frau griff begierig die Karte und las.

»Ach, bei einer Presseagentur arbeiten Sie? Wie interessant!«

Marius lächelte freundlich. »Wir beliefern bundesweit Kunden mit Informationen. Nach dem, was Sie mir bisher gesagt haben, könnte dieser Fall von größerem Interesse sein.«

»Meinen Sie?«

»Entscheiden kann ich das natürlich erst, wenn ich mit Ihrer Schwägerin gesprochen habe. Vielleicht haben Sie eine Telefonnummer für mich?« Marius setzte sein freundlichstes Lächeln auf, während die Frau die Nummer ihrer Schwägerin auf eine Serviette kritzelte. Anschließend machte er aus Höflichkeit noch ein Bild seiner Gesprächspartnerin. Ob das allerdings eine der überregionalen Zeitungen nehmen würde, konnte Marius ihr nun wirklich nicht versprechen.

5

Das weiche Fell des Kaninchens schmeichelte der Haut seiner alten Finger. Unter der Handfläche spürte er den rasenden Herzschlag des kleinen Tieres. Mit den Fingerkuppen konnte er seine Halsknochen ertasten. Eine kurze Bewegung und das Tier wäre tot.

Stattdessen hob er es zurück in seinen Stall, wo es sich, als hätte es seine Gedanken gelesen, in die hinterste Ecke zurückzog. Stroh raschelte. In den anderen Käfigen, die die gesamte hintere Wand des Schuppens einnahmen, hoppelten seine Artgenossen in Erwartung ihrer morgendlichen Futterration aufgeregt hin und her. Aus einem alten, ausgebleichten Eimer nahm er Salatblätter und zerhackte Möhren und gab sie in die Käfige hinein. Anschließend schloss er die Tür des Schuppens hinter sich. Nur eines der Kaninchen stürzte sich nicht sogleich auf das Fressen an der Käfigtür.

Draußen blinzelte Helm Münzenberg in die Sonne. Hinter den Büschen, die Gemüsegarten und Kaninchenstall vom Ziergarten trennten, hörte er die Stimmen seines Sohnes und seines ältesten Freundes. Geschirr klirrte. Seit wie viel Jahren pflegten sie nun schon gemeinsam das Ritual ihres wöchentlichen Frühstücks? Er kam nicht darauf. Viel zu lange jedenfalls! Die Routine langweilte ihn. Die Kaninchen, das Haus, der Garten. Er hielt das alles topp in Schuss. Wie er sich selbst topp in Schuss hielt. Aber wofür? Als er jung war, hatte er geglaubt, dass er seine körperliche Stärke, seine Gesundheit im Alter am meisten vermissen würde. Jetzt war er über 70, kerngesund, und langweilte sich zu Tode.

Die Krokusse auf dem Rasen, über den er jetzt hinüberging zu der sonnenbeschienen Terrasse, leuchteten mit dem Gelb seiner Hose um die Wette. Peter Altmann stand in seiner typischen kerzengeraden Haltung neben den weißen Plastikstühlen und hob die Hand, als Münzenberg auf sie zuging. Der grüßte mit einem Kopfnicken und setzte sich an den Tisch neben seinen Sohn Magnus, dessen Kopf hinter einer aufgeschlagenen Zeitung verschwand und dessen dunkelgrauer Anzug nicht zu den weit aufgeknöpften Hemden und bunten Hosen seiner Tischgenossen passen wollte.

Helms Blick fiel auf die Schlagzeile der Zeitung, interessiert hielt er das Blatt hoch. Dass er seinem Sohn damit das Lesen unmöglich machte, kümmerte ihn nicht. Magnus hielt inne und wartete stumm, bis sein Vater die Zeitung wieder sinken ließ.

»Einen Rollstuhlfahrer auszurauben und zu ermorden! In der eigenen Wohnung. Heutzutage ist nur noch Pack unterwegs!«

Magnus schwieg, Altmann nickte beifällig, während Helm in ein Wurstbrot biss. »Früher hätte es das nicht gegeben«, murrte er beim Kauen.

Magnus ließ die Zeitung sinken, nahm einen Schluck Kaffee. »Saß nicht einer von deinen Männern später im Rollstuhl? Einer aus der alten UKB-Bande?«

»Ali Albertz, ja!« Münzenberg schüttelte leicht mit dem Kopf. »Ist nie aus UKB rausgekommen. Kenne keinen, der so mit der Straße verwachsen war wie der.« Er wandte sich an Altmann. »Wann haben wir den zuletzt gesehen? Das muss Jahre her sein!«

»Puh! Ich glaube, auf deinem 70. Wohnt der noch UKB?«

Helm nickte. »UKB 8.«

»Gleiche Adresse wie der Raubmord«, fiel Magnus auf. Die beiden alten Luden blickten ihn mit einem Mal sehr aufmerksam an.

Helm nahm seinem Sohn die Zeitung aus der Hand und las den Artikel. Schließlich schlug der kleine, kräftige Mann mit dem dichten schlohweißen Haar die Faust auf den Tisch. Kaffee schwappte aus den Tassen auf die Tischdecke. »Irgendeine Kanaille hat den Ali auf dem Gewissen!«, brüllte er und sprang auf. »Pit«, kommandierte er, »den holen wir uns!«

Peter Altmann schwieg verlegen, die kurze Gesprächspause nutzte Helms Sohn Magnus, um sich einzuschalten. »Vater, das hat doch nichts mit dir zu tun! Du hast den Ali seit Jahren nicht mehr gesehen.«

Achtlos winkte der Vater den Einwand mit seiner kräftigen Hand beiseite. Die Aussicht, aus der Routine des Alters auszubrechen, zurück auf die Straße zu können, war zu verlockend. »Dich hab ich nicht gefragt.« Nervös strich Magnus Münzenberg seinen Anzug glatt. »Pit, wir müssen das tun. Die Polizei interessiert sich nicht für den alten Ali. Die sind froh, dass sie ihn los sind. Seinem Mörder heften die noch einen Orden an die Brust.«

»So wird's sein«, antwortete Pit mit einer angenehmen, kräftigen Stimme. »Die lassen den laufen, der den Ali gekillt hat.«

Ein weiteres Mal krachte Helms Hand auf die Tischplatte. Das Geschirr klirrte. »Wir lassen ihn nicht laufen! Trommel die Jungs zusammen, ich will diesen Drecksack haben!«

»Vater!« Magnus' Tonfall klang fast schon verzweifelt. »Das geht dich nichts mehr an. Lass es gut sein!«

Die beiden alten Männer hörten ihn nicht mehr. Sie waren ins Haus geeilt und Helm hing bereits am Telefon. Auch wenn er sich eine ganze Weile aus der Szene zurückgezogen hatte, er kannte noch genügend Leute, die er um Hilfe bitten konnte. Die Jagd war eröffnet.

Marius schätzte seine Gesprächspartnerin auf Mitte 50. Allerdings ließen die kräftige Schminke, die gebräunte Haut und die rot gefärbten Haare kaum Rückschlüsse auf ihr wahres Alter zu. Außer vielleicht, dass ihr Geschmack in Sachen Styling und Kosmetik einem anderen Zeitalter anzugehören schien.

Doch Margarethe Klösgen war mit ihrem Geschmack offenbar nicht allein. Der Detektiv stand in einem engen Ladenlokal, das aussah, als habe die Inhaberin ihren Kleiderschrank in die Öffentlichkeit gehangen. Klösgen gehörte der Laden, und seit einer Viertelstunde versuchte er mit der Frau ein Gespräch zu führen. Immer wieder platzten Kundinnen herein, denen sich die Geschäftsfrau umgehend widmete.

»Kundschaft geht vor«, sagte sie entschuldigend, als sie sich nach einer neuerlichen Unterbrechung wieder zu dem Privatdetektiv gesellte. »Sie sind also der Pressemann, von dem Hilde sprach.« Sie musterte Marius kritisch. »Warum interessiert sich eine Presseagentur aus Hamburg für diese Mordgeschichte?«

»Wir haben eine große Redaktion, die auch lokale Themen anbietet«, log Marius routiniert. »Ich bin für die Berichterstattung aus Köln und dem Rheinland zuständig. Heute interessieren sich die Leute mehr für das, was vor ihrer Haustür passiert, als für das, was draußen in der Welt vor sich geht.«

»Mhm.« Klösgen schien nicht überzeugt.

»Darf ich Sie und Ihr Geschäft fotografieren?« Er hielt die Kamera in die Höhe. »Es ist immer gut, wenn sich die Leute ein Bild machen können.«

»Auf keinen Fall bringen Sie mich mit dieser Geschichte in Verbindung.« Selbst wenn er nicht wirklich glaubte, dass ein Foto das Eis zwischen ihnen brechen würde, hoffte er doch, sie würde ihm nun die Journalistennummer abnehmen. Doch die Frau schüttelte den Kopf, ihr rotes Haar bewegte sich dabei um keinen Millimeter. Das erklärte den intensiven Duft nach Haarspray, der alle anderen Gerüche in dem Geschäft überlagerte. Marius versuchte ihre Zweifel zu zerstreuen, indem er Stift und Notizbuch zückte und mit seinen Fragen begann.

»Sie kannten Georg Albertz?«

»Hören Sie«, sie seufzte schwer, »ich bin seit mittlerweile fünfzehn Jahren eine etablierte Geschäftsfrau hier und das will ich bleiben. Mit allem, was vorher war, habe ich abgeschlossen.«

Das Türglöckchen bimmelte, Klösgen schien erleichtert über die neuerliche Unterbrechung und eilte einer Kundin ihren Alters freudestrahlend entgegen. Während des Gesprächs mit ihr warf sie Marius einen Blick zu, der deutlich machte, dass er das Geschäft verlassen sollte. Der Detektiv schüttelte den Kopf. Fünf Minuten später stand die Ladeninhaberin wieder bei ihm.

Marius brachte das Thema wieder zurück in die gewünschte Richtung. »Wir wollten über Georg Albertz sprechen.«

»Sie wollten über Georg Albertz sprechen«, antwortete die Frau, »ich nicht.«

Marius nickte. So würde er hier nicht weiterkommen. »Am schnellsten werden Sie mich los, wenn Sie mir jemand anderes nennen, mit dem ich reden kann. Irgendein alter Kumpel von Albertz vielleicht?«

»Mit denen wollen Sie nicht reden, glauben Sie mir.«

»Ich bin ein offener Mensch«, erwiderte Marius mit einem Grinsen.

»Die nicht. Das ist das Problem. Wenn Sie sich unbedingt eine blutige Nase holen wollen, können Sie das von mir aus machen. Sagt Ihnen der Begriff ›Ringszene‹ was?«

»Sie meinen diese alten Gangstergeschichten aus den 60er Jahren?«

»Genau die.«

»So wie das durch die Medien gegangen ist in den letzten Jahren, kann ich mir kaum vorstellen, dass da niemand mit mir reden würde. Haben Sie vielleicht ein oder zwei Namen für mich?«

Klösgen schüttelte den Kopf. »Namen müssen Sie selber herausfinden. Die kriegen Sie bestimmt nicht von mir. Wenn ich Sie loswerden will, hol ich mir bestimmt nicht die ins Haus! Manche reden mit der Presse. Andere nicht. Das sollte man respektieren.« Sie blickte den Detektiv vielsagend an.

Marius streckte ihr die Hand entgegen. »Danke, dass Sie mir weitergeholfen haben. Ich weiß das zu schätzen.«

Das war gelogen. Der Detektiv war sauer, dass ihm die Fahrt nach Longerich kaum Erkenntnisse gebracht hatte. Allerdings war die hennagefärbte Boutiquenbesitzerin aktuell seine einzige Quelle und deshalb mit Freundlichkeit zu behandeln.

Als Marius an der Tür stand, rief sie ihm hinterher. »Wenn Sie sich bloß eine blutige Nase holen, sind Sie gut davon gekommen.«

Der Detektiv drehte sich um.

»Ich wollte Sie nur gewarnt haben.« Mit einem Nicken wandte sie sich ab und begann T-Shirts zu falten, die neben ihr auf dem Tresen lagen.

6

Paula Wagner, frisch beförderte Hauptkommissarin der Kölner Kriminalpolizei, saß im großen Konferenzraum des Kalker Präsidiums. Die Plätze neben ihr waren beide unbesetzt geblieben, obwohl hinter den Stuhlreihen und an den Fenstern einige Beamte stehen mussten. Sie ignorierte es; die Worte, die Polizeidirektor Jansen an die ›lieben Kollegen‹ richtete, konnte sie allerdings nicht überhören. Immerhin ging es um sie.

»… gratulieren wir deshalb Kollegin Paula Wagner zu ihrer gerade in Düsseldorf bestätigten Beförderung zur Hauptkommissarin …« Der Direktor ließ den Umstand aus, dass Paula, um ihre Beförderung überhaupt durchzusetzen, selbst in Düsseldorf hatte intervenieren müssen. Die Kölner Polizei hatte ihren Antrag mehrfach abgelehnt. Sie machte sich nichts aus dem Titel, aber es war für sie die einzige Möglichkeit, eine eigene Abteilung zu bekommen und damit halbwegs unabhängig arbeiten zu können. Genauer: Überhaupt wieder arbeiten zu können. Nachdem sie Bergkamps ›Team‹ verlassen hatte, war sie wie eine heiße Kartoffel durch die verschiedenen Kommissariate und Teams herumgereicht und überall geschnitten worden. Sie hatte Kollegen ans Messer geliefert, das verzieh man ihr nicht. Jansen hatte ihr eine Versetzung in eine andere Stadt nahe gelegt, Paula hatte sich geweigert. Nachdem sie sich einmal für Köln entschieden hatte, würde sie sich nicht mehr umstimmen lassen. Die Ablehnung der Kollegen bestärkte sie in ihrem Trotz.

»... und freuen uns, dass die verdiente Kollegin von nun an ihrer eigenen Abteilung vorstehen wird ...« Zwei oder drei Beamte, die am Fenster lehnten, konnte sie aus dem Augenwinkel sehen. Ihre Blicke waren alles andere als freundlich. »Eigens für sie haben wir ein gänzlich neues Kommissariat geschaffen. Immer größer wird die Rolle, die die Wissenschaft in unserer täglichen Arbeit spielt. Wir tragen dem als moderne Polizeibehörde Rechnung und schaffen die *Task Force Science* der Polizei Köln, die mit Mitteln der Wissenschaft und in enger Zusammenarbeit mit Experten alte, ungeklärte Fälle einer erneuten Prüfung unterziehen wird. Frau Wagner wird diese Koordinierungsstelle mit den verschiedenen wissenschaftlichen Abteilungen führen.« Einzelne Beamte applaudierten zögerlich und gaben damit ihre Zustimmung kund, dass Paula nicht allein befördert, sondern zugleich abgeschoben wurde. Jeder wusste, dass diese großspurig ›Task Force‹ genannte Abteilung ein Friedhof sein würde – für abgelegte Fälle und eine aussortierte Kommissarin. Jansen hatte Paula am Vorabend über ihr neues Tätigkeitsfeld informiert. Sie hatte überlegt, ob sie protestieren sollte. Dann hätte sie weiter in irgendeiner anderen Gruppe belanglose Drecksarbeit machen oder Däumchen drehen müssen. Doch sie wollte richtig arbeiten, da war ihr fast egal woran. Hauptsache Polizeiarbeit. Hauptsache eigene Fälle. Eine weitere Demütigung hatte Jansen noch für sie parat. »Hauptkommissarin Wagner ist dank ihre Hartnäckigkeit, vor allem dank ihrer hervorragenden Beziehungen zur Wissenschaft hervorragend für diese Position geeignet.« Gelächter und heftigerer Applaus begleiteten Jansens letzte Worte. Ihre lange beendete Affäre mit Rechtsmediziner Volker Brandt hatte sich herumgesprochen. Den meisten Kollegen dürfte das im Grunde egal gewesen sein, nur bei Paula war es ein weiterer willkommener Anlass, sie schlecht zu machen. Kein Polizist in Köln, der etwas auf sich hielt, verzichtete darauf.

»Nun zu unserer eigentlichen Arbeit«, fuhr der Direktor fort. »Wie Sie alle wissen, wurde gestern ein alter Mann erwürgt in seiner Wohnung in Unter Krahnenbäumen aufgefunden. Hauptkommissar Bergkamp leitet die Ermittlungen und da er in einer arg unterbesetzten Abteilung Dienst tut«, hier warf Jansen Paula einen vorwurfsvollen Blick zu, »kann er Ihre Unterstützung sicher sehr gut brauchen. Sagen Sie uns kurz, Herr Kollege, was Sache ist.«

Hannes Bergkamp erhob sich und Paula beobachtete ihren schlaksigen Ex-Chef, wie er unsicher hinter seinem Tisch stand. Eine Hand trommelte nervös auf der Tischplatte. Sie konnte Hannes Bergkamp immer noch nicht als Arschloch betrachten, selbst wenn sie wollte. Der Hauptkommissar war faul, sonst nichts, und wenn sie nicht die Angehörigen der Opfer, deren Fälle er bearbeitete, bedauert hätte, hätte sie ihn für seine Trägheit sogar ein wenig bemitleidet.

»Nun, viel gibt es eigentlich gar nicht zu sagen«, sprach Bergkamp mit dünner Stimme. »Alles deutet auf einen Raubmord hin. Wir versuchen Zeugen zu finden, die uns weiterhelfen können, und warten auf die Ergebnisse der Spurensicherung. Ich denke, bei einem solchen Fall ist es wichtig, die Presse einzubeziehen, um Hinweise aus der Bevölkerung zu bekommen.«

Ein perfekter Fall für Bergkamp, dachte Paula. Der Hauptkommissar würde jetzt einfach sehen, was die Suche über die Presse ihm bringen würde, ein paar Berichte der Spurensicherung in die Akte nehmen und entweder auf diese Weise einen Täter finden oder den Fall ungeklärt lassen. Die *Task Force Science* war vielleicht ein Versuch, sie kaltzustellen, aber allemal besser, als mit Bergkamp weiter ermitteln zu müssen.

Um Paula herum erhoben sich jetzt die Kollegen, Jansen hatte die Besprechung für beendet erklärt, sie drängte nach vorne, um mit dem Polizeidirektor zu reden. Selbst wenn es ihr schwer fiel, dem Mann nicht einfach ins Gesicht zu schlagen: Er hatte ihr nicht einmal gesagt, von welchem Büro aus sie in Zukunft arbeiten sollte.

Während Paula Wagner noch nach dem Ort ihrer Bestimmung suchte, fuhr Hannes Bergkamp erneut nach Unter Krahnenbäumen. Zufrieden hatte er festgestellt, dass die Medienberichte erste Resultate brachten. Scheinbar waren keine darunter, die die Polizei darüber aufklären wollten, dass außerirdische Mächte in Zusammenarbeit mit der CIA für den Mord verantwortlich zeichneten oder eine geheime Terrorgruppe, die es sich zur Aufgabe gemacht hatte, alle Behinderten auszurotten.

Er parkte den Wagen nach einigem Suchen schließlich unter einem Halteverbotsschild am Eigelstein und lief die paar Schritte bis zum Tatort zu Fuß. Ein normales Mietshaus, dachte er, als er nach dem richtigen Klingelschild suchte. Niemand, der es nicht weiß, käme auf die Idee, dass sich hinter seiner nüchternen Fassade ein Verbrechen abgespielt hatte. Er klingelte, fast direkt im Anschluss ertönte der summende Ton des Türöffners. Das Mädchen erwartete ihn an ihrer Wohnungstür im zweiten Stock, blickte ihn unsicher an.

»Melissa Schreiber«, stellte sie sich vor. Ihr Händedruck war flüchtig, als sie den Hauptkommissar in ihre Wohnung bat, die über den gleichen Grundriss zu verfügen schien wie die Wohnung des Toten. »Ich hab' das in der Zeitung gelesen«, begann sie. »Also im Internet«, verbesserte sie sich umgehend selbst. »Das mit Herrn Albertz, meine ich.«

Das wird eine zähe Angelegenheit, dachte Bergkamp. »Kannten Sie Georg Albertz näher?«

»Wen kennt man schon näher?«, antwortete sie und spielte verlegen mit dem Ärmel ihres geringelten Sweatshirts. Jetzt nicht noch einen Ausflug in die Philosophie, hoffte der Hauptkommissar. »Ich bin vor zwei Jahren zum Studium nach Köln gekommen und seitdem wohne ich hier. Seitdem kenne ich den Ali.«

»›Ali‹ nannten Sie ihn?«

»Er hat sich selber Ali genannt.«

»Warum?«

»Eine Abkürzung für Albertz nehme ich an. Gelegentlich habe ich Einkäufe für ihn gemacht. Hin und wieder haben wir ein wenig geredet. Er hatte ja sonst keinen, soweit ich weiß.«

»Hatte er keine Verwandten oder Freunde?«

»Keine, von denen ich wüsste. Er lebte ziemlich zurückgezogen.«

»Hat ihn nie jemand besucht?«

Das Mädchen dachte eine Weile nach. »Nein, eigentlich nicht. Zumindest habe ich niemanden gesehen. Ich bin natürlich nicht immer hier, müssen Sie wissen.«

»Klar, Sie sind viel an der Uni.«

»Und bei der Arbeit«, ergänzte Melissa.

»Was war gestern?«

»Gestern habe ich Ali gesehen. Er saß gerne gegenüber unter dem Baum in der Sonne. Auf der anderen Straßenseite.«

»Aha?«

»Weit konnte er ja nicht mehr, wegen des Rollstuhls – verstehen Sie? Ich glaube, er wollte gar nicht viel weiter weg. Der muss ewig hier gelebt haben. Der war mit der Straße quasi verwachsen.«

»Verwachsen?« Bergkamp wechselte uninteressiert das Thema. »Gestern saß er also gegenüber unter diesem Baum?«

Melissa nickte. Ihre Zöpfe wippten bestätigend. »Ja. Er hat mich nicht gesehen. Schließlich war er ganz in sein Gespräch vertieft.«

»Mit wem hat er sich unterhalten? Jemanden, den Sie kannten?«

»Nein, den hatte ich noch nie hier gesehen. Gestern fand ich's schön, dass sich jemand die Zeit genommen hatte, um mit einem alten Menschen zu reden.« Sie schaute traurig auf ihren leicht zerfransten Ärmel. Offenkundig nestelte sie gerne daran herum.

»Könnten Sie den Mann beschreiben, mit dem Georg Albertz geredet hat?«

Melissa überlegte eine kleine Ewigkeit. »Ich weiß nicht. Er saß ja da. Also wie groß er war, das weiß ich nicht. Kräftig wirkte er. Kurze Haare, Brille, Kapuzen-Sweatshirt, Jeans. Nichts Auffälliges eigentlich.«

»Dunkle Haare?« Bergkamp hoffte, nicht allzu genervt zu klingen.

»Schon, eher dunkel. Glaube ich. Nein, ich bin mir sicher. Ich habe nämlich eine gute Beobachtungsgabe«, fügte das Mädchen selbstbewusst an.

»Würden Sie den Mann wieder erkennen?«

»Natürlich!«, antwortete sie im Brustton der Überzeugung. Dann gingen sie die Treppe hinunter, denn Melissa machte sich auf den Weg zur Uni.

Allmählich bekam Bergkamp ein Bild vom Tathergang: Jemand entdeckte einen alten Mann auf der Straße, sprach ihn an, folgte ihm nach Hause und raubte ihn aus. Ein einfaches, leichtes Verbrechen und ein einfacher, leichter Fall für ihn. Die meisten Kollegen hassten solche Zufallsbegegnungen, die zu einem Verbrechen führten, weil sie kaum Anhaltspunkte für die Ermittlungen fanden. Bergkamp war das nicht unrecht. Man fand die Täter meist recht schnell, weil Hinweise aus der Bevölkerung die Beamten ans Ziel brachten. Bergkamp würde diesen Fall angehen wie eine Spinne. Er würde sein Netz nutzen und warten. Bei diesem Gedanken fiel ihm etwas ein. Er drehte sich um und rannte dem Mädchen in den Innenhof hinterher.

»Sie müssten im Präsidium vorbeikommen und sich ein paar Fotos anschauen. Außerdem brauchen wir Ihre Aussage für ein Phantombild.«

»Ist das wirklich nötig?«, das Mädchen schloss gerade sein Fahrrad auf, als Bergkamp sie ansprach. »Ich habe immer sehr viel zu tun.«

»Es ist leider unverzichtbar«, antwortete Bergkamp. Seufzend willigte sie ein. Noch vom Auto aus gab er die Beschreibung, die ihm die Studentin gegeben hatte, weiter an die Kollegen. Im Lauf des Tages ging sie an die Presse und die Dinge würden ihren Lauf nehmen.

7

Münzenberg fühlte sich wie ein König. Mit stolzgeschwellter Brust schaute er sich in Rickys Billard um. Obwohl der Salon um diese Zeit am Vormittag eigentlich geschlossen hatte, saßen mehr als ein Dutzend Männer im Halbkreis um ihn herum oder lehnten an den mit grünem Filz bespannten Billardtischen. Einige alte Begleiter war gekommen, mit einigen hatte Münzenberg manche Schlacht ausgefochten. Ein paar der alten Kerle, die noch im Geschäft waren, hatten jüngere Stenze mitgebracht. Männer mit schwarzen, meist kurz geschnittenen Haaren und dunklen Lederjacken über teurem Sportoutfit. Männer, mit denen Münzenberg nicht viel anfangen konnte. Egal, ihm war jede Hilfe willkommen. Er betrachtete es als eine besondere Auszeichnung, dass zwei oder drei der neuen Könige am Ring ihm und seinem Anliegen ihre Aufwartung machten. Wie alle der jüngeren Männer im Raum gehörten sie einer neuen Zeit und einer fremden Kultur an. Heute jedoch zählte das nicht. Heute zählte er!

Der alte Lude erhob sich von seinem Stuhl und schaute in die Runde. Alle Blicke ruhten auf ihm, die der alten erwartungsvoll, die der jungen ein bisschen gelangweilt und abwartend. Er war wieder dabei. Es fühlte sich gut an.

»Männer«, begann er, »vor zwei Tagen wurde einer von uns in seiner eigenen Wohnung ermordet. Ein alter Freund, der mir sehr viel bedeutet hat. Wir alle haben uns gekloppt und gestritten. Weiß Gott, das haben wir! Aber niemand von uns hätte einen alten Mann, der hilflos in einem Rollstuhl saß, heimtückisch gekillt. Einen Freund! Einen von uns! Das darf nicht ungestraft bleiben!« Mit seinen kalten grauen Augen unter den buschigen Brauen blickte er in die Runde. Einige der Alten schüttelten die Köpfe. Die Jüngeren schienen eher mit ihren Mobiltelefonen beschäftigt zu sein. Unbewusst hatte er ein Bein vorgeschoben, die linke Hand steckte lässig in der Gürtelschnalle. Die andere hatte er zur Faust geballt und schwang sie in der Luft, als er weiter sprach: »Nein, Freunde! Wir wollen dieses Schwein haben! Wir wollen, dass er seine Strafe bekommt!«

Einer der jungen Schwarzhaarigen steckte sein Handy zurück in die Tasche und hob die Hand, als wäre er in der Schule. Huldvoll nickte Münzenberg ihm zu.

»Warum überlässt du das nicht der Polizei? Mörder fangen ist nicht unser Job. Ganz im Gegenteil!« Er lachte, als er den letzten Satz sagte und sich nach Zustimmung heischend im Raum umschaute. Einige lachten mit. Die Alten stimmten zwar nicht ein, allerdings begann nun einer von ihnen zu sprechen. Den ›Schälen Franz‹ hatten sie ihn früher genannt. Hätte Altmann, der die ganze Zeit wie ein guter Adjutant hinter Münzenberg gestanden hatte, es Helm nicht gesagt, er hätte Franz nicht erkannt. Aus dem muskelbepackten, sonnengebräunten Blondschopf war ein aufgeschwemmter Glatzkopf mit talgiger Haut geworden, dessen Tätowierungen wie blauer Schimmel auf seiner Haut lagen und mit den rötlichen Äderchen völlig neue Muster bildeten.

»Unser Iwan hier hat recht. Warum sollen wir uns um Alis Tod kümmern? Das ist Sache der Polizei. Nicht unsere.«

»Der Iwan heißt Bashkim, Fettarsch.«

»Mir scheißegal, wie der Iwan heißt. Nennst du mich noch einmal Fettarsch, reiß ich dir selbigen auseinander, dass deine russische Mutter ihre Hurenfreundinnen drin stapeln kann!«

Bashkim sprang auf und wollte auf Franz losgehen. Zwei Männer hielten ihn mühsam zurück. Ein dritter redete in einer Sprache auf den Hitzkopf ein, die Münzenberg nicht verstand. Der junge Zuhälter beruhigte sich und Franz schien ebenfalls nicht weiter auf Streit aus. Schließlich wandte sich der Schlichter, offenbar in der Rangordnung höher angesiedelt als Bashkim, an Franz.

»Er ist Albaner, merk dir das. Wir alle sind Albaner und das nächste Mal, wenn du dein Maul aufmachst, reiche ich ihm das Messer, mit dem er dir den Wanst aufschneidet.« Franz wollte antworten, eine einzige Handbewegung des Mannes genügte jedoch, um ihn zum Schweigen zu bringen.

Münzenberg betrachtete den Albaner aufmerksamer. Das war ein Mann, mit dem man etwas anfangen konnte.

Einer der alten Luden ergriff das Wort. »Der Einwand ist nicht falsch: Warum sollen wir die Arbeit der Polizei erledigen?«

Zu Münzenbergs Enttäuschung stimmten die meisten älteren Zuhälter ein. Altmann beugte sich zu ihm und flüsterte ihm etwas ins Ohr. Münzenberg griff es auf.

»Irgendwann kommt die Polizei dahinter, wer Ali Albertz war. Ihr kennt das: Sie fangen an Fragen zu stellen, von denen wir alle nicht wollen, dass sie gestellt werden. Jeder von Euch hat ein Interesse daran, dass sich die Polizei nicht mit euch beschäftigt oder dem, was ihr tut oder getan habt. Es ist in eurem Interesse, dieses Schwein zu fassen. Außerdem«, Münzenberg griff nach einer Sporttasche, die Altmann ihm von hinten reichte, und hielt sie hoch, »befinden sich hier drin 50.000 Euro. In bar. Sie bekommt derjenige, der mir Alis Mörder liefert.«

Es hatte einige Auseinandersetzungen mit Magnus wegen des Geldes gegeben. Am Ende hatte sich Helm gegen seinen Sohn durchgesetzt. Wie immer. Sprachlos blickten die Männer auf die Tasche. Münzenberg zeigte die Tasche herum wie eine Trophäe, stellte sie auf einen Billardtisch und öffnete den Reißverschluss. Begierig drängten sich die Männer um ihn und starrten auf die Scheine. Er wusste, dass nicht wenige der alten Männer solche Summen früher in nicht einmal einer Woche verdient und verjubelt hatten. Und dass die meisten heute von der Stütze lebten. Dennoch zögerten sie. Münzenberg hatte eigentlich auf die Kraft seiner Worte, auf seine alte Autorität gebaut und das Geld als Notlösung mitgenommen. Nun schien es, als würde weder das eine noch das andere ihm dabei helfen, Alis Mörder zu fassen. Vor wenigen Minuten noch hatte er sich wie ein König gefühlt, jetzt, wo er sah, dass die ersten Zuhörer den Saal verließen, kochte Wut in ihm hoch. So wandte man sich von Helm Münzenberg nicht ab! Nur der Hitzkopf schien echtes Interesse an den Tag zu legen. Bashkim deutete mit dem Zeigefinger auf Münzenberg, grinste, zwinkerte mit dem Auge und sagte: »Du bist ein Mann nach meinem Geschmack, Alter!«

Münzenberg nickte dem Albaner beifällig zu, während er zusah, wie viele der alten Recken ihn im Stich ließen.

Wenn es sein musste, würde er Alis Mörder mit Pit und dem Albaner allein finden. Sein Stolz verbot ihm, sein Angebot an die anderen Männer aufrecht zu erhalten.

Zu seinem Glück war Pit aus anderem Holz geschnitzt. »Es bleibt dabei: Jeder, der uns Hinweise auf Alis Mörder geben kann, ist willkommen. Wir kriegen ihn und wir zählen auf eure Hilfe!«

Ein paar der Älteren drehten sich um und hoben den Daumen als Zeichen ihrer Zustimmung. Vermutlich würden sie sich vor Angst nie wieder melden, hätten sie auf die Entfernung von der Eingangstür des Billardsalons Münzenbergs vor Zorn verkrampfte Faust sehen können.

8

Sie hatten ihren Abend in der Kneipe ›Klein Köln‹ auf der Friesenstraße begonnen. Früher hatte sich hier das Milieu getroffen, doch statt auf Zuhälter, ›Mädchen aus dem Leben‹, wie die Prostituierten genannt wurden, Glücksspieler und Glückssucher, Halb- und Viertelpromis trafen Marius und Verena auf Touristen und Studenten. Der Detektiv versuchte, mit der Kellnerin ein Gespräch über die alten Zeiten zu beginnen, sie winkte entnervt ab. Verena erfuhr derweil von ein paar älteren Männern, dass sie Besucher aus Koblenz waren und sich einen ›netten Abend‹ in

Köln machen wollten. »Ohne die Ehefrauen«, wie einer der Männer ihr augenzwinkernd erklärte, während er ihr den Hintern tätschelte. Verena hatte kurz gelächelt, ihm einen schönen, frauenlosen Abend gewünscht und war zu Marius an die Theke zurückgekehrt.

Nach einem Blick auf die Uhr griff sie ungeduldig nach ihrer Handtasche, die sie bei Marius an der Theke hatte stehen lassen. »Lass uns gehen! Spätestens um neun muss ich beim 50. meines Chefs sein. Und du ebenfalls!«, betonte sie.

Marius verzog leicht das Gesicht. Auf die Geburtstagsfeier eines Medienheinis konnte er gut verzichten. Eigentlich hatte er nur eingewilligt mitzukommen, weil sich die Party in einer der teureren Bars auf der Friesenstraße gut mit seiner Recherche verbinden ließ. »Vorher würde ich gerne noch einen anderen Laden versuchen.«

Jetzt war es an Verena, genervt das Gesicht zu verziehen. Marius blieb stur. Er meinte sich zu erinnern, dass in den Seitenstraßen noch die ein oder andere Rotlichtkneipe zu finden sei. Doch nur am Friesenwall entdeckte er noch eine letzte schummrige Bar. Filialen von Sushi-Imbissen und sündhaft teure Cocktaillounges hatten die alten Nachtclubs fast ausnahmslos verdrängt und ein jüngeres, schickeres Publikum angezogen.

An der Tür der Bar tauchte ein Problem auf. Der Türsteher weigerte sich, Verena hereinzulassen. Mit unverkennbar russischem Akzent erklärte er, sie würde den Damen das Geschäft ruinieren. Nach kurzer Diskussion ging Marius allein hinein, misstrauisch vom Türsteher beäugt. Verena nutzte die Gelegenheit und setzte sich zu ihrem Termin ab.

Beim Eintreten dachte Marius, er sei in eine Filmkulisse gestolpert. Die Wände waren mit violettem Samt verkleidet, eine schwarz lackierte Theke mit ein paar markanten Spots bildete das Herzstück des Raumes und lenkte von den Separees ab, die auf der anderen Seite des Raumes in gedämpften Licht vertraulichere Gespräche ermöglichen sollten. An der Decke baumelte eine sich langsam und gleichmütig drehende Discokugel. Unter ihr tanzte ein Mann mittleren Alters in blauem Anzug mit einem jungen Mädchen in knappem Paillettenkleid. Ein zweiter saß mit auf die Brust herunter gesunkenem Kopf an einem der Tische, neben sich eine Frau, die gelangweilt an ihrer Champagnerflöte nippte und Marius wie ein sattes – und deswegen nicht sonderlich neugieriges – Raubtier kurz taxierte. Die anderen Damen, zwei ebenfalls gelangweilte Frauen Mitte 20 in zu kurz geratenen Kleidern und zwei sicherlich zehn Jahre ältere Frauen, deren Aufmachung noch offenherziger war, teilten mit dem Türsteher den Akzent. Es war das reinste Klischee.

Wenig überraschend konnte niemand Marius bei seiner Suche weiterhelfen. Weder kannten sie den Mann auf dem Foto, noch wussten sie irgendetwas aus den früheren Zeiten oder kannten jemanden, der darüber erzählen konnte. Es schien, als hätten die Osteuropäer die Alteingesessen so erfolgreich verdrängt, dass gleichzeitig die Erinnerung an sie ausgelöscht war. Die Fragen hatten Marius allerdings 40 Euro für zwei Gläser Sekt gekostet, die die ältere der Mittdreißigerinnen, die sich Marius als Chantal vorstellte, flugs auf seinen Namen geordert hatte, als er mit seinem ›Hallo‹ noch nicht fertig war. Als die Frau ansetzte, die ganze Flasche zu ordern, verlangte Marius die Rechnung. Die Frau verschwand und schimpfte leise in ihrer Muttersprache, der Barkeeper kassierte missmutig. Alle Beteiligten waren unzufrieden, als Marius das Etablissement wieder verließ.

Wenige Minuten später betrat er eine Bar ganz anderer Art. Helles Licht, ebenso helle, fast weiße Wände, eine moderne Holztheke. Die Bilder an den Wänden erinnerten eher an eine Galerie. Allein die Musik, die hier aus kleinen Designer-Boxen erklang, war der gleiche Lounge-Elektro-Mix. Im hinteren Bereich des Raumes entdeckte der Detektiv seine Freundin in einer Gruppe, deren Mitglieder sich scheinbar einer bestimmten Hierarchie folgend aufgebaut hatten. In der Mitte neben einem Fässchen Kölsch stand – wie ein König umringt von seinen Kämpen – das Geburtstagskind. Um den Chefredakteur in englischem Tweedsakko sammelten sich einige meist jüngere Männer, in der Mehrzahl ebenfalls Jacketträger. Am Rande dieses inneren Kreises standen kleinere Grüppchen in den für junge Medienmenschen wohl verpflichtenden Hipster-Klamotten. Marius studierte die Szenerie. In der Anordnung der Menschen erinnerte es ihn an die Darstellung höfischer Zusammenkünfte vergangener Epochen. Verena stand inmitten des inneren Kreises neben ihrem Chef und plauderte angeregt mit ihm und einem der Anzugträger. Marius zögerte, bevor er die Bar durchquerte. Er hätte es vorgezogen, irgendwo in der Nähe der Tür stehen zu bleiben, die Leute zu beobachten und nachzudenken. Verena hatte ihn bereits entdeckt und winkte ihn zu sich. Mit vorausgestrecktem Unterarm durchquerte Marius den gut gefüllten Laden und den Kreis um Verena und ihren Chef. Nach einer kurzen, kleinen Vorstellungsrunde und der Verwunderung darüber, dass Marius kein Kölsch trinken wollte, widmeten sich alle Gäste wieder ihren Gesprächen und ihrer Hackordnung.

Marius goss sich ein Mineralwasser in eine Kölschstange und beobachtete das Geschehen, das Buhlen der Jüngeren um die Aufmerksamkeit der Älteren – und mittendrin Verena. Die Hand ihres Chefs auf ihrer Schulter hatte sie mittlerweile zum zweiten Mittelpunkt des Abends und dem Hassobjekt der unteren Chargen werden lassen. Sie war in ihrem Element. Marius fremdelte gewaltig. Ein Gespräch mit ihm brachte keinem der Anwesenden einen Vorteil, also blieb er außen vor. Gelangweilt schaute er sich um und entdeckte eine ältere Frau, die nicht in das jugendlich-schicke Ambiente passte. Sie trug einen weißen Kittel und saß vor den Toiletten auf einem Hocker.

Marius entschuldigte sich und drängte aus dem Kreis hinaus. Verena bemerkte es nicht einmal. Er lächelte die Frau auf dem Hocker freundlich an und wünschte einen ›Guten Abend‹. Überrascht blickte sie hoch und erwiderte den Gruß. Als Marius aus der Toilette zurückkam, ließ er sich Zeit und suchte umständlich nach einer Münze, die er der Frau in den Aschenbecher werfen konnte, den sie als Trinkgeldkasse nutzte.

»Arbeiten Sie schon länger hier?«, eröffnete Marius wenig originell das Gespräch.

»Seh' ich so aus?«, konterte die Frau.

»Eigentlich nicht«, räumte der Detektiv ein und grinste verschmitzt. »Sie sind entschieden zu gut angezogen für den Laden.«

»Ha!« Die Frau lachte laut auf. »Einen Charmeur hab' ich mir da angelacht. Kannst öfter kommen! Bauste mich auf!«

»Klar«, Marius klopfte der Frau kurz sanft auf die Schulter. »Im Ernst: Früher waren hier andere Leute unterwegs, oder?«

»Das kannst du laut sagen. Eine schlimme Gegend war das. Besonders für eine Frau! Das ganze Wochenende Schlägereien, wildfremde Männer, die einen auf dem Nachhauseweg ansprachen und wer weiß was von einem wollten. Das war nicht schön.«

»Heute ist es besser?«

»Viel besser. Heute sind hier nette Leute unterwegs, freundlich, höflich.« Sie entblößte zwei unvollständige Reihen schlechter Zähne. »Wie du!«

Marius musste lachen. »Trifft man hier denn noch irgendwen aus den alten Zeiten?«

Die Toilettenfrau schüttelte den weiß blondierten Kopf mit der alterstypischen, praktischen Kurzhaarfrisur. »Gott bewahre! Zum Glück nicht! Die alten Zuhälter können sich das nicht mehr leisten. Haben alles versoffen und verspielt!« Sie grinste sehr zufrieden, als wäre der Gerechtigkeit auf diese Weise ein Stück weit gedient.

»Wenn ich jemanden aus der Zeit suche, wo könnte ich den finden?«, fragte Marius unbeirrt weiter und holte das zusammengerollte Chargesheimer-Foto aus der Sakkotasche.

»Ein netter, junger Mann wie du? Was will der denn mit den alten Gestalten? Das ist nix für dich«, antwortete die Frau und tätschelte erneut Marius' Hand.

»Ich suche einen bestimmten Mann. Vielleicht darf ich Ihnen einmal kurz ein Foto zeigen?« Während er das sagte, entrollte er das Bild und hielt es der Frau unter die Nase. Sie nahm es tatsächlich.

»Warte, da brauch' ich meine Brill'.« Sie hing an einer Kette vor ihrer Brust. Die Toilettenfrau setzte sie auf und schaute sich das Foto konzentriert an. »Das Bild kenne ich! Das ist dieser Kölner Fotograf, der ›Unter Krahnenbäumen‹ fotografiert hat, oder?«

Marius nickte. »Woher kennen Sie Chargesheimer?«

»Ach ja, Chargesheimer hieß der. Das Bild habe ich mal zusammen mit meiner Schwester im Museum gesehen.«

»Mir geht es um einen der Männer auf dem Bild. Der links mit dem Kopftuch.«

Erneut schaute die Frau auf das Foto, bevor sie es Marius zurückgab. »Nee, tut mir leid, kenn ich nicht. Ist schließlich schon älter, das Bild, oder?«

»Aus den 50ern. Wenn ich ihn suche und der hier früher aktiv war: Wo finde ich jemanden, der mir weiterhelfen kann?«

»Versuch dein Glück im ›GrünEck‹ auf der Palmstraße! Da treffen sich die alten Luden manchmal. Allerdings schmeißen die dich wahrscheinlich raus, wenn du fragst. Bessere Chancen hättest du vielleicht auf der anderen Seite.«

»Auf der anderen Seite?«

»Bei der Polizei. Wenn der hier mitgemischt hat, haben die den irgendwann einmal hochgenommen. Also würde ich mich an die Polizei wenden.«

Die Frau gab Marius das Bild zurück. Ihre Antwort ergab Sinn und die Schlagzeile, die ihm ein Zeitungsverkäufer entgegenhielt, als er von der Toilette zurück zum Tisch ging, erinnerte ihn daran, dass er ohnehin mit der Polizei würde reden müssen. ›Erste Beschreibung des Rollstuhlkillers!‹ stand da in großen weißen Buchstaben auf schwarzem Grund.

Statt zur Geburtstagsfeier zurückzugehen, winkte er Verena aus dem schmalen Gang an der Theke kurz zu und ging. Über den Friesenwall gelangte er auf die Palmstraße. Mit einem mulmigen Gefühl öffnete er die Tür zum ›GrünEck‹ und trat ein. Zwei Mal war er vor den alten Zuhältern gewarnt worden. Selbst wenn er körperlich fit genug war, um sich eines möglichen Angriffs zu erwehren, wusste er aus schmerzhafter Erfahrung, dass er mit körperlicher Gewalt nicht umgehen konnte. Sie ließ ihn ängstlich erstarren, seine Kraft half ihm dann gar nichts mehr.

Ein oder zwei Tische in der altmodisch eingerichteten Kneipe waren besetzt. Das Hipstertum, das die Friesenstraße in den letzten Jahren von Grund auf verändert hatte, war noch nicht bis hier vorgedrungen. Marius stellte sich an die Theke und bestellte unter dem missbilligenden Blick des Wirts ein Wasser. Seine Getränkewahl zementierte gleich seinen Außenseiterstatus. An einem Tisch saßen drei alte Männer und würfelten unter einer gelblich schimmernden, niedrig hängenden Lampe. Marius beobachtete sie eine Weile, während er an seinem Wasser nippte, zog das laminierte Foto Chargesheimers aus der Jackentasche und ging hinüber.

»Entschuldigt bitte, wenn ich kurz mit einer ungewöhnlichen Frage störe.« Er legte das Foto auf den Tisch. Keiner der Männer würdigte das Bild oder den Detektiv eines Blickes. Sie spielten einfach weiter. Marius hüstelte kurz. »Kennt einer von euch vielleicht diesen Mann hier auf dem Bild?« Mit dem Zeigefinger tippte er auf den Jungen mit dem Piratentuch. Keine Antwort. Lautstark polterten die fünf Würfel im Becher. Lautstark klapperten die Würfel im Becher. Vorsichtig schob Marius das Foto weiter auf den Tisch und der Würfelbecher des nächsten Spielers landete darauf, als Marius eine schwere Hand auf seiner Schulter spürte. Er schaute sich um und blickte in das bärtige Gesicht des Wirts. Plötzlich registrierte er einen Schmerz im Unterleib. Er krümmte sich zusammen und drehte sich dabei zurück zum Tisch.

»Hol nich' immer so weit aus beim Schütteln, Franz«, sagte einer der drei grinsend zu dem Glatzkopf, der mit beiden Händen den Würfelbecher umfasst hielt und ihn kräftig schüttelte, bis die Würfel in Hochgeschwindigkeit klapperten wie ein Dubstep-Stück aus einem der Nachbarclubs. Bevor Marius etwas sagen konnte, hatte ihn der Wirt am Kragen gepackt und schob ihn in Richtung Tür. Marius griff vergeblich nach dem Chargesheimer-Bild. Mit all seiner Kraft wand er sich aus dem Griff des Wirts und schüttelte sich kurz, da traf ihn schon die Faust des Bärtigen im Gesicht. Marius taumelte zur Tür hinaus und stolperte zwei Stufen rückwärts auf die Straße. Der Wirt folgte ihm, blieb in der Tür stehen und hob warnend den Zeigefinger.

»Belästige meine Gäste nicht! Such dir woanders Stress!« Ehe Marius antworten konnte, war der Wirt wieder in seiner Kneipe verschwunden. Für einen kurzen Augenblick öffnete sich die Tür noch einmal und eine kräftige, behaarte Hand warf Marius' Brille hinaus, die er bei dem Schlag verloren hatte. Wie zum Hohn hielt ihm der kleine Zeitungsverkäufer in dem zu großen roten Jäckchen, den er schon vorher gesehen hatte, den Express unter die Nase.

»Machste so weiter, sitzte auch bald im Rollstuhl!«

Marius wollte die Zeitung schon genervt wegschlagen, während er sich mit der linken Hand das Kinn rieb, als sein Blick auf den Text fiel, der unmittelbar vor seinen Augen stand: ›Etwa 30 Jahre alt, kräftig, Hornbrille, Kapuzenshirt‹, stand da und in Marius keimte ein Verdacht auf, wen die Polizei als Mörder suchte. Er kaufte dem kleinen Mann eine Zeitung ab, der daraufhin zufrieden ein Lied pfeifend weiterzog. Auf einer Fensterbank abseits des ›GrünEck‹

las er den Artikel, der ihn zum Mordverdächtigen ausrief und dessen Autorin er zu gut kannte.

9

Paula hatte ernsthaft damit gerechnet, dass die *Task Force Science* in einem dunklen Büro in den Kellerräumen des Polizeipräsidiums untergebracht werden würde. Dass es sie noch schlimmer treffen konnte, hatte sie sich nicht vorstellen können. Diese Lösung sei lediglich vorübergehend, hatte Polizeidirektor Jansen eilig erklärt, als er Paulas wütenden Gesichtsausdruck gesehen hatte. Die unmittelbare Konfrontation gehörte nicht zu seinen starken Seiten.

Jetzt parkte sie ihren Honda Civic auf der Rhöndorfer Straße im Kölner Stadtteil Sülz auf dem Parkplatz eines Supermarktes gegenüber der dortigen Polizeiwache, da sie für das zugehörige Parkhaus keine Berechtigung nachweisen konnte.

Schlecht gelaunt überquerte sie die Straße, die überwiegend von flachen Gewerbebauten beherrscht wurde, und ging hinüber zu dem nüchternen Backsteinbau, der einige Meter von der Straße zurückgesetzt lag. Bei dem Diensthabenden am Empfang musste sie sich ausweisen, bevor er ihr einen vorübergehenden Passierschein für Besucher ausstellte und einen Zettel mit einer Wegbeschreibung zu ihrem neuen Arbeitsplatz gab.

Paula fuhr mit dem Aufzug in den dritten Stock. Am Ende des Flurs fand sie Raum 323, die Tür war geschlossen. Aus purer Gewohnheit hätte sie fast angeklopft. Da das hier jetzt ihr Büro und ihre Abteilung war, öffnete sie einfach die Tür und ging hinein.

Ein übler Gestank, eine Mischung aus Schweiß, Farbe, altem Zigarettenqualm und irgendetwas Undefinierbarem, schlug ihr entgegen. Sie ignorierte den älteren Mann mit den zu langen grauen Haaren, der hinter einem Bildschirm saß und sie über eine Lesebrille hinweg anschaute, ging hinüber zum Fenster und scheiterte bei dem Versuch, es zu öffnen.

»Kaputt«, knurrte der Mann hinter dem Bildschirm.

Paula sah nicht ein, in diesem Gestank zu arbeiten. Während sie eine Schreibtischschublade nach passendem Werkzeug durchsuchte, um das Fenster irgendwie aufzuhebeln, begann sie ein Gespräch mit ihrem ersten Mitarbeiter. »Ist das hier unser einziges Büro?«

»Kommt drauf an, wer Sie sind?«

Paula unterbrach ihre Suche und schaute ihr Gegenüber an. »Hauptkommissarin Paula Wagner, ich leite diese Abteilung.«

Wenn sie erwartet hatte, dass der Mann aufspringen, sich entschuldigen oder im Tonfall freundlicher werden würde, hatte Paula sich getäuscht. »Ah.« Er musterte sie ausgiebig. »Hab' schon von Ihnen gehört.«

»Das ist toll«, antwortete die Hauptkommissarin, während sie sich in Ermangelung eines besseren Werkzeugs mit einem Brieföffner auf den Weg zum Fenster machte, »schade, dass ich von Ihnen nie gehört habe.« Mit geübten

Griffen löste sie die Sperre am Fenster und öffnete es. Gierig sog sie die frische Luft ein und schaute auf die Bahngleise hinter dem Supermarkt. Ein Zug ratterte vorbei. Sie drehte sich um und fixierte ihren neuen Untergebenen. »Möglicherweise liegt das daran, dass ich Ihren Namen nicht kenne.«

Der Mann zuckte mit den Achseln und widmete sich weiter seinem Computer. Er hielt den Kopf ein wenig zu hoch, das Kinn zu weit in die Luft gereckt, damit er durch seine Lesebrille auf den Bildschirm schauen konnte. Paula ging zu seinem Schreibtisch und stellte sich hinter ihn. Rasch schloss der Mann das Programm, mit dem er sich beschäftigt hatte, und schaute sie von unten herauf vorwurfsvoll an.

»Selbst als Polizeibeamter habe ich ein Recht auf Privatsphäre«, entgegnete er.

»Sie betrachten Ihren Namen als Bestandteil Ihrer Privatsphäre?«

»Sie haben kein Recht, hinter meinen Schreibtisch zu schleichen und mich auszuspionieren.«

»Wir werden sehr viel Spaß miteinander haben.«

Mit diesen Worten nahm sie sich einen Stapel Papiere von seinem Tisch und sah ihn durch. In der Hauptsache ungelöste Fälle, angefordert von einem gewissen Wolfgang Scharenberg, Kriminalkommissar. »Wolfgang Scharenberg? Sind Sie das?« Der Mann nickte. »Gibt es irgendetwas, was ich über Sie wissen muss? Zum Beispiel, warum Sie in Ihrem Alter immer noch einfacher Kommissar sind?«, fragte Paula weiter, obwohl Scharenbergs bisheriges Verhalten bereits reichte, um ihn unter ›schwieriger Mitarbeiter‹ zu verbuchen. »Oder muss ich dafür in Ihre Personalakte schauen?«, fuhr sie fort, als Scharenberg tat, als hätte er ihre Fragen nicht gehört.

»Personalakte? Ich weiß nicht, ob Sie das dürfen!«

Paula stützte sich mit beiden Fäusten auf Scharenbergs Schreibtisch ab und beugte sich weit zu ihm hinüber. »Jetzt passen Sie mal auf, Kommissar Scharenberg. Was ich darf und was ich nicht darf, entscheide im Zweifelsfall ich. Genauso wie ich im Zweifelsfall entscheide, was Sie dürfen. Entweder spielen Sie hier mit oder ich verwandle ihr geruhsames Arbeitsleben in eine Hölle aus Routinebefragungen, Aktenstudium, Laufarbeit und Formularen!«

»Das dür…«, setzte Scharenberg an, verstummte aber, als er den Blick der Hauptkommissarin sah.

Paula drehte sich um und kehrte zu ihrem Tisch zurück. Scharenberg starrte sie mit großen Augen über seine Lesebrille hinweg an, mit der ihr aus zahlreichen Verhören vertrauten Mischung aus Angst und Wut. Ein wenig zufriedener widmete sich Paula wieder den Akten, als die Tür aufging und ihre Laune den endgültigen Todesstoß versetzt bekam.

10

Zu dritt standen sie Unter Krahnenbäumen und blickten auf das Haus, in dem Ali Albertz gelebt hatte, so lange Altmann sich an ihn erinnerte. Neben Peter Altmann beteiligten sich lediglich der Albaner Bashkim und Hanno Schmitz, ein ehemaliger Türsteher, an der Jagd nach Albertz' Mörder. Altmann war über seinen kleinen Trupp nicht unglücklich. Mehr Leute bedeutete meist mehr Ärger. Bashkim hatte ihn bei Rickys Billard überzeugt. Hanno, wegen seiner Leibesfülle spöttisch ›Halver Hanno‹ genannt, kannte er seit dreißig Jahren. Der Mittfünfziger mochte nicht mehr der Jüngste sein, aber hinter der rundlichen Behäbigkeit schlummerte ein zuverlässiger und schlagkräftiger Kerl.

Sie schellten an einer der unteren Klingeln, als sie niemand einließ, nahmen sie die nächste. Irgendjemand würde schon aufdrücken. Irgendjemand drückte immer auf. Bashkim trug eine schwarze Sporttasche mit Werkzeug, Altmann hatte missbilligend den Kopf geschüttelt, als er den Inhalt der Tasche gesehen hatte. Der Albaner hatte auf ihrer Mitnahme bestanden. Darüber hinaus hatten sie eine Viertelstunde draußen in Altmanns altem Camaro gesessen und überlegt, wie sie vorgehen wollten. Hanno hatte vorgeschlagen, einfach jeden Hausbewohner zu fragen und ›ein wenig Druck zu machen‹, falls jemand nicht bereitwillig genug Auskunft gab. »Das sind brave Leute,« hatte er erklärt, »die lassen sich schnell einschüchtern.«

»Wir wollen kein unnötiges Aufsehen erregen«, hatte Altmann geantwortet und Bashkim hatte ihm zugestimmt. Entgegen seines Auftritts bei Ricky hatte sich Bashkim als kluger Kopf erwiesen. Altmann schätzte das. Gewalt war Teil des Geschäfts, kein Selbstzweck. Auf Altmanns Vorschlag hin hatten sie sich geeinigt, dass sich Bashkim als Mitarbeiter der Hausverwaltung ausgeben sollte, der Erkundigungen wegen der versiegelten Wohnung einholen müsse.

Der Albaner verstand sich hervorragend darauf, die Leute im Haus in ein Gespräch zu verwickeln. Der Eimer mit dem Putzlappen, den er um die Ecke in einem Ramschladen erstanden hatte und den er beständig in der Hand hielt, ließen ihn glaubwürdiger wirken. Bereitwillig erzählten die meisten Leute im Haus ihm mehr, als er gefragt hatte. Altmann war beeindruckt. Noch ahnte er nicht, wie sehr ihn der Albaner in wenigen Minuten erst beeindrucken würde.

Sie waren bereits unter dem Dach an der vorletzten Wohnung angekommen. Wie bisher hielten sich Altmann und Hanno auf dem Treppenabsatz verborgen, als Bashkim schellte. Ein junger, dürrer Mann in weitem T-Shirt und schmutziger Jogginghose öffnete ihnen und blinzelte Bashkim misstrauisch an, während er seine Fragen nervös abblockte. Seine Hände weckten Altmanns Misstrauen, der vorsichtig vom Treppenabsatz hochlinste. Beständig schienen sie in Bewegung. Was Altmann noch besser kannte als einen Junkie, war ein Junkie mit schlechtem Gewissen. Bashkim schien zu einer ähnlichen Einschätzung gelangt zu sein. Nachdem die Tür vor seiner Nase zugeknallt worden war, blickte er fragend zum Treppenabsatz hinunter. Die beiden Älteren kamen die Treppe hoch. Erneut schellte der angebliche Hausmeister. Keine Antwort. Bashkim klopfte lautstark an die Tür, deren Blatt leicht wackelte. Immer noch keine Reaktion. Er donnerte ein weiteres Mal dagegen. Ein fettes Grinsen konnte er sich nicht verkneifen, als er »Drogenfahndung! Öffnen Sie die Tür!« brüllte. Altmann verzog schon die Mundwinkel – er hatte keinen Sinn für solche Kindereien –, als sie hinter der Tür hektisches Rascheln hörten, wie die Trippelschritte von Ratten in altem Mauerwerk. Bashkim hob kurz die Augenbraue. Altmann nickte. Mit voller Wucht warf sich der Albaner gegen die dünne Tür, die bereits beim ersten Versuch krachend nachgab. »'Tschuldigung, mir ist was hingefallen! Nix passiert!«, brüllte der angebliche Hausmeister das Treppenhaus herunter, für den Fall, dass sich jemand über den Lärm wunderte. Dann stürmten die drei Männer die Wohnung. Sie entdeckten den Junkie im Bad, wo er hektisch an der Kloschüssel herumwerkelte. Bashkim packte ihn und schleuderte ihn in die Duschwanne. Der Schlacks krachte gegen Kacheln und Wasserhahn und sackte stöhnend zusammen. Hanno setzte ihm wortlos seinen Fuß auf die Brust und kratzte sich am mächtigen Schnauzbart. Altmann und der Albaner fischten ein paar Plastiksäckchen aus dem Klo, die Bashkim sorgfältig abwischte und in der eigenen Jackentasche verschwinden ließ. Verschmitzt blickte er Altmann an.

»Ist die Entschädigung für die Tür.«

»Das ist doch nicht deine Tür.«

»Aber meine Schulter«, antwortete der Albaner und rieb sich Schmerzen simulierend über den muskelbepackten Arm, mit dem er die Tür aufgebrochen hatte.

Altmann war es egal. Sie waren nicht wegen der Drogen hier und weder er noch Münzenberg hatten ein Interesse an solchen Dingen. Sie wandten sich dem Junkie in der Dusche zu, der Bashkims Diebstahl mit großen, angsterfüllten Augen beobachtet hatte.

»Müsst ihr das nicht irgendwie als Beweismittel aufnehmen?«, fragte er verdutzt und rieb sich Blut von der Nase.

»Nein, müssen wir nicht. Wir sind eine Sondereinheit mit Sonderbefugnissen. Wie die amerikanische DIA. Kennste doch, oder?«

»DIA?«

»Er meint DEA«, brummte Hanno unter seinem Schnauz.

»DIA, DEA, DIE – wen interessiert's? Hauptsache ist doch: Wir sind hier, du bist hier«, bei diesen Worten deutete er mit dem Finger auf den Junkie, »und das hier ist ein nettes und gemütliches Plätzchen …« Mitten im Satz unterbrach Bashkim, packte den Junkie, zog ihn hoch, sodass dessen Kopf gegen die Duscharmatur donnerte, zerrte ihn aus dem Bad heraus in den einzigen Raum der Wohnung, ein nahezu leeres Zimmer, das durch zwei vor Dreck fast blinde Fenster in ein schummrig-mattes Licht getaucht wurde. Hier schleuderte er sein Opfer auf den Boden und trat ihm mit voller Wucht in den Unterleib. Der Junkie krümmte sich, während Bashkim weiterredete. »Nein, das hier ist alles andere als ein nettes, gemütliches Plätzchen, das ist das totale Drecksloch und ich an deiner Stelle würde mir überlegen, ob ich in einem solchen Loch sterben möchte, Arschloch!« Das letzte Wort unterstrich er mit einem zweiten Tritt.

Der Junkie schrie auf und blickte die drei Männer mit schmerzverzerrtem Gesicht an. »Was seid ihr für Bullen? Ich will eure Ausweise sehen!«

Bashkim trat ihm als Antwort ins Gesicht. »Reicht dir das als Ausweis? Habe ich dir doch gesagt: Wir sind eine Sondereinheit mit Sonderbefugnissen, und ab jetzt hältst du die Fresse, es sei denn du wirst gefragt. Hast du das verstanden?« Ein weiterer Tritt. Diesmal in den Bauch. Der Junkie nickte und hielt still.

Während der Albaner sich einen Stuhl nahm und sich zu ihm setzte, durchsuchten Hanno und Altmann die Wohnung. Es war Hanno, der fündig wurde, als er aus dem Spülkasten ein Telefon hervorholte. »Warum versteckt jemand ein Telefon im Spülkasten? Glaubst du Trottel vielleicht, du müsstest dann deine Rechnung nicht bezahlen?«, wandte sich Altmann an den Junkie.

»Das ist mein Telefon! Mein Zweittelefon!«, antwortete er und erntete dafür ein missbilligendes Kopfschütteln Bashkims.

»Hat mein Freund gefragt, ob dir das Telefon gehört?« Er packte den Mann am T-Shirt und zog ihn hoch. Ihre Gesichter waren nur wenige Zentimeter entfernt. Bashkims Stirn sauste auf die Nase seines Gegenübers, die mit einem kurzen, unangenehmen Ton brach. Der Junkie wand sich und hielt sich die Hände vor die blutende Nase. Da er damit die Blutung nicht stoppen konnte, griff er zum T-Shirt. Er weinte.

»Und diese Telefonnummer?« Altmann deutete auf eine mit Kugelschreiber auf das leicht vergilbte Pappschild in der Wählscheibe geschriebene Ziffernfolge. »Ist das deine?«

Der Junge nickte.

»Warum ist die identisch mit der Nummer eines alten Freundes von mir? Eines alten Freundes, der hier im Haus wohnte und vor Kurzem von einem kleinem Drecksschwein ermordet wurde?«

Die Augen des Junkies weiteten sich vor Entsetzen. Er blickte erst Altmann an, dann Bashkim, dann Hanno. Schließlich wandte er sich wieder Altmann zu. Bevor er sprechen konnte, schlug Bashkim zu.

11

1961

Die drei jungen Männer warteten unter dem matten Licht einer Straßenlaterne. Es nieselte, Siggi Baumgart hatte den Kragen seiner Lederjacke hochgeschlagen. Er zog nervös an einer Zigarette, Altmann hüpfte in seinen schwarzen Stiefeletten auf der Stelle, um gegen die Kälte anzukämpfen. Helm stand regungslos da und beobachtete den Eingang der ›Bar Lycia‹, dessen rote Holzvertäfelung durch ein paar nackte Glühbirnen über der Tür angestrahlt wurde. In Schaukästen links und rechts hing eine Getränkekarte, ein Hinweis auf das heutige Showprogramm und ein paar Bilder freizügig gekleideter Frauen, deren üppige Formen Siggi durchaus gefielen. Aber sie waren nicht wegen der Frauen da. Zumindest nicht direkt.

Seit zwanzig Minuten standen sie hier. Kein Gast hatte in dieser Zeit den Weg zur Lycia gefunden. Das nasskalte Wetter hielt selbst die notgeilsten Männer zu Hause, hatte Münzenberg schon am Nachmittag angekündigt und recht behalten.

»Let's go!«

Siggi und Pit waren froh, Helms Kommando folgen zu können. Viel länger hätten sie es in der Kälte nicht ausgehalten. Sie überquerten die Straße, kein Mensch war auf den Ringen unterwegs außer ihnen. Helm klopfte an die Tür der Bar. Eine kleine Luke wurde geöffnet. Ein misstrauisches blaues Auge blickte auf die drei jungen Männer vor der Tür. Schließlich schloss sich die Luke, der Türknauf drehte sich und die Tür wurde nach außen aufgestoßen.

»Keinen Ärger, Jungs!«, gab ihnen der Türsteher mit auf den Weg, als er sie einließ. Die drei hockten noch nicht an der Theke, als sich die gesamte Belegschaft zu ihnen gesellt hatte. Siggi fühlte die Erregung, als sich eines der Mädchen an ihn schmiegte. Er küsste sie frech auf den Mund. Das Mädchen zuckte zurück.

»He, was soll das? Das macht man nicht.« Ihre Stimme hatte einen leicht wehleidigen Unterton.

An seiner Stelle antwortete Helm. »Stell dich nicht an, mein Freund wollte nur nett sein.«

»Gibt's hier Ärger?« Bevor Helm weiterreden konnte, baute sich der Chef des Ladens selbst vor ihm auf. Toni Schütz mochte in die Jahre gekommen sein, aber er war immer noch eine beeindruckende Erscheinung. Aus dem Augenwinkel konnte Siggi sehen, wie der Türsteher ein paar Schritte näherkam.

Münzenberg fixierte Toni. »Ärger? Hier? Nein.«

»Gut.« Mit der Überzeugung des alten Luden, dass sein Auftreten genügte, die Gemüter in Zaum zu halten, drehte Toni sich wieder um, um in den kleinen Raum hinter der Theke zurückzugehen und seine Mädchen wieder sich selbst und den Gästen zu überlassen.

»Noch nicht«, ergänzte Helm und Schütz erstarrte in seiner Bewegung. Die Mädchen beeilten sich, von der Bar wegzukommen. Pit griff sich eine von ihnen und zerrte sie zurück. Das Mädchen schrie auf, versuchte sich loszureißen, um zu ihren Kolleginnen zu laufen, die sich beim Türsteher versammelten. Helm registrierte, wie er den Eingang verriegelte. Was immer hier geschehen sollte, es sollte buchstäblich hinter verschlossenen Türen geschehen.

Von oben waren plötzlich Schritte zu hören. Ein fetter Mann in schwarzem Anzug und bunter Fliege stand auf dem Treppenabsatz, der zu den Separees führte, und blickte auf die Szenerie an der Theke. Das Mädchen an seiner Seite, Siggi schätze sie auf gerade einmal 18, löste sich aus seiner Umarmung. Er hörte ihre trippelnden Schritte auf dem Linoleumboden, anschließend eine Tür und einen Schlüssel, der hektisch zweimal umgedreht wurde.

»Na, Kinder«, sagte der Mann selbstsicher und ging in seinen hochglanzpolierten Schuhen die Treppe hinunter. Siggi taxierte den ihn. Sein Auftreten und sein selbstgefälliger Gang konnten nicht darüber hinwegtäuschen, dass er ein leichtes Opfer sein würde. Einfach ein Gast zur falschen Zeit am falschen Ort. Pech.

Helm schien zu der gleichen Auffassung gelangt zu sein. Er wandte sich dem Mädchen zu, das immer noch versuchte, sich Pits Griff zu entziehen. »Willst Du zu den anderen?«, fragte er sie freundlich. Sie nickte. »Kannst Du haben.«

Pit ließ das Mädchen los, Helms Faust landete krachend auf ihrer kleinen Nase und schleuderte das Mädchen durch den Raum. Sie stürzte rücklings hinein in die Gruppe ihrer schreienden Kolleginnen, die selber fast dabei zu Boden gingen. Der Freier blickte zu ihnen hinüber. »Alle Neune«, kommentierte er belustigt. Selbst auf die Entfernung war die Geilheit in seinen Augen sichtbar.

Toni versuchte einzugreifen. Siggi hatte bereits den Hammer aus dem Ärmel gezogen und versetzte ihm einen kräftigen Schlag gegen die Stirn. Schütz sank bewusstlos zu Boden. Erst jetzt realisierte der feine Herr im schwarzen Anzug, was geschah. Wäre er klug gewesen, wäre er nach oben geflohen und hätte sich in einem der Zimmer eingeschlossen. Doch stattdessen verharrte er und beobachte gebannt das Geschehen.

Der Türsteher stürzte sich auf Helm und begrub ihn unter sich. Helm riss die Arme vor das Gesicht, um die Schläge des früheren Boxers abzuwehren. Als Siggi versuchte, ihn mit dem Hammer anzugreifen, packte der Mann ihn und wand ihm scheinbar mühelos das Werkzeug aus den Hand. Helm nutzte seine Chance, schoss hoch und donnerte seine Rechte auf das Kinn seines Widersachers. Siggi versetzte ihm einen Tritt in die Seite. Zu dritt stürzten sie sich auf ihn und wenige Augenblicke später war alles erledigt.

Die beiden Luden lagen bewusstlos auf dem Boden. Ihre Mädchen drängten sich zu viert in die hinterste Ecke. Der Weg nach oben war ihnen durch den Freier versperrt.

Diesem widmete sich Helm als Nächstes. Zu dritt gingen sie auf den Mann zu, der die Hände hochhob, die Handflächen den drei jungen Männern zugewandt.

»Ich gehöre doch gar nicht dazu. Ich bin doch nur auf Besuch. Ich hab auch nichts gesehen. Bitte, lassen Sie mich einfach gehen.«

Helm lächelte freundlich, als er vor dem Freier stehen blieb. »Keine Panik! Wir wollen doch unsere neuen Kunden nicht erschrecken.« Gelassen nahm er ihm das Portemonnaie aus der Jackettasche, zählte in Ruhe die Scheine, die darin lagen, und steckte sie schließlich ein. Anschließend ordnete er dem Mann das Sakko wieder und ließ ihn ziehen. Der Freier machte, dass er wegkam. Grinsend schloss Pit ihm auf und deutete eine spöttische Verbeugung an, als der Mann aus der Bar stolperte.

»Räumen wir auf«, kommandierte Helm, die Mädchen bewegten sich vorsichtig zur Treppe hin. »Ihr bleibt da, wo ihr seid!«, fuhr Münzenberg sie an. »Pass auf sie auf, Pit.«

»Zu gerne.«

Siggi und Helm hoben erst den Türsteher hoch, trugen ihn zur Tür und warfen ihn auf die Straße. Sein Chef folgte ihm wenige Augenblicke später. Zurück in der Bar schaute Siggi sich immer noch ein wenig ungläubig um. Münzenberg hatte versprochen, dass es einfach werden würde. So einfach hatte er sich nicht vorgestellt. Ihre erste eigene Bar. Mit ein wenig Besitzerstolz fuhr er mit der Hand über den schwarz glänzenden Tresen und die verchromten Leisten. Ihre Bar. Helm nahm ihn in den Arm und führte ihn zu Pit und den Mädchen. »Welche willst du?«

Ihre Bar. Ihre Mädchen.

12

»Hallo, Hauptkommissarin Wagner, ich bin Ihnen zugeteilt.« Die junge Frau mit den Katzenaugen streckte Paula unsicher lächelnd die Hand entgegen. Paula ignorierte die Geste.

»Ich dachte, er sei das größte Übel.« Mit dem Kinn deutete Paula leicht hinten auf Scharenberg, während sie die Frau, die vor ihr in der Tür stand, unfreundlich anstarrte. Nur zu gut erinnerte sie sich an Franka Schilling, die Kollegin eines Polizisten, der einen jungen Auszubildenden totgeprügelt und mit zwei anderen Polizisten versucht hatte, die Tat zu vertuschen. Paula wäre damals beinahe erschossen worden. Das Gefühl, mit dem Leben abgeschlossen zu haben, hatte sich tief in ihr Inneres eingebrannt. Wenn sie manchmal nachts wach lag, meinte sie noch heute die Kälte der Waffe an ihrer Schläfe spüren zu können. Jansen wusste, dass Franka mit Lehmbach und seinen Kumpels befreundet war. Warum also schickte der Polizeidirektor ausgerechnet sie in Paulas neues Team? Eine zusätzliche Demütigung? Oder steckte mehr dahinter?

»Darf ich vielleicht reinkommen?« Franka ging auf Paulas Unfreundlichkeit mit keinem Wort ein. Stattdessen betrat sie das Büro und blickte sich kurz um. Sie stellte ihre braune Handtasche auf den Fußboden neben der Garderobe ab, ging hinüber zu Scharenberg, stellte sich vor und schüttelte ihm die Hand. Anschließend wandte sie sich wieder der Hauptkommissarin zu.

»Ich bin froh hier zu sein.«

Paula lag eine böse Bemerkung auf der Zunge. Sie schluckte sie herunter. Offenbar hatte man ihr einen Maulwurf ins Team gesetzt. Sie schwieg immer noch, als sich Franka im Büro umsah, ein paar der Fallakten von Scharenbergs Schreibtisch nahm und von einem zum anderen guckte. Die miese Atmosphäre ignorierend sprach sie weiter. »Womit fangen wir an?«

»Scheißegal, Hauptsache, es sind Polizisten drin verwickelt«, antwortete die Hauptkommissarin, verließ ihr Büro und knallte wütend die Tür hinter sich zu.

Wenige Minuten später hätte der Junkie wohl alles gestanden, was die drei Männer hören wollten. Bisher hatten sie aus ihm herausgeprügelt, dass er kurz nach dem Mord in Albertz' Wohnung gewesen war und ein paar Sachen hatte mitgehen lassen. Weder Altmann, noch Bashkim oder Hanno, der sich der Verhörprozedur angeschlossen hatte und sich mit dem Albaner einen Wettkampf an Brutalität lieferte, waren mit diesen Antworten zufrieden. Bevor ihr Opfer weitersingen konnte, klingelte Pit Altmanns Handy. Mit einer Handbewegung stoppte er Bashkims und Hannos Blutrausch.

»Im ›GrünEck‹? Gestern Abend? Warte mal kurz! Hanno, war der Junge gestern Abend …«

Noch bevor Hanno die Frage wiederholen konnte, schrie der Junge schon auf. Es war schwer zu entscheiden, ob es die Angst war oder eine leise aufkeimende Hoffnung, erlöst zu werden, dass sich seine Stimme fast überschlug. »Nein, nein, nein!«, brüllte er. »Ich war noch nie im ›GrünEck‹!«

Altmann wandte sich wieder seinem Telefongespräch zu. »Wir haben hier so einen dürren, klapprigen Junkie … Kräftig, kurz geschorene Haare? Nein, Chef.« Der Mann am anderen Ende sagte noch ein paar Worte, bevor Pit das Telefon zurück in die Tasche seiner Lederweste steckte. »Lasst ihn in Ruhe, wir haben den falschen Mann.«

Hanno ließ von dem Junkie ab und reagierte mit dem ihm eigenen Gleichmut und einem Schulterzucken. »Also haben wir jetzt wenigstens eine Beschreibung des Richtigen.«

Bashkim wandte sich ebenfalls ab. Kurz bevor sie die Wohnung verließen, drehte er sich noch einmal um und trat dem blutenden Junkie auf dem Boden mit voller Wucht in den Unterleib.

»Was sollte das?« Altmann konnte eine gewisse Verärgerung nicht leugnen.

»Er ist ein Dieb«, antwortete Bashkim, »er hat es verdient.«

Das Mädchen war pünktlich. Sie trug Jeans und Ballerinas wie bei ihrer ersten Begegnung im Haus des ermordeten Georg Albertz und schaute sich mit dem gleichen unsicheren Blick in Hannes Bergkamps Büro um. Bergkamp war von seinem Stuhl aufgestanden, um den Schreibtisch herumgegangen und gab Melissa Schreiber die Hand. Ihre Hände waren ein wenig feucht. Die Aufregung, vermutete der Hauptkommissar. Er kannte das aus zahlreichen Zeugenbefragungen.

»Also, Frau Schreiber, wir schauen uns eine Reihe von Fotos an, wenn Sie darauf jemanden wiedererkennen, ist es gut. Wenn nicht, gehen wir zu einem Kollegen, der nach Ihrer Beschreibung ein Bild des Verdächtigen am Computer erstellt. Das ist alles, keine große Sache.«

Bergkamp bot ihr Paulas alten Schreibtischstuhl an. Auf seinem Rechner lag noch eine offene Patience. Mit ein paar Klicks öffnete er die Bilddatenbank der Kölner Kriminalpolizei. Nachdem er Melissa kurz erklärt hatte, wie das System funktionierte, überließ er ihr Maus und Tastatur. Eigentlich hätte er das übernehmen müssen. Es war verboten, fremde Personen an die Rechner, geschweige denn ins System zu lassen. Zurück an seinem Platz las er im Internet die Berichterstattung zu den Ergebnissen der Kölner Haie.

Nach einer Viertelstunde schüttelte Melissa verlegen den Kopf. »Es tut mir leid. Ich kann wirklich nicht mit Bestimmtheit sagen, dass einer von denen hier der Mann ist, der …« Sie sprach den Satz nicht zu Ende. »Ich würde Ihnen wirklich gerne helfen. Das ist immer noch alles so schrecklich für mich. Der arme Ali! Vielleicht war er einfach zu weit weg? Ich habe den Mann ja nur einmal kurz auf der anderen Straßenseite gesehen.«

»Das ist schon in Ordnung. Es war ein Versuch. Manchmal landen wir einen Glückstreffer in der Datenbank. Meist jedoch nicht. Gehen wir einfach zu dem Kollegen, der das Phantombild macht.«

Melissa nahm ihre Tasche und zusammen machten sie sich auf den Weg zum Zeichner im fünften Stock. Als er an dessen Tür klopfte, interpretierte er das knappe Brummen als Aufforderung einzutreten. Der kräftige Mann am Tisch, dessen Haartolle einem Rock'n'Roller aus den 50er Jahren eine Menge Bewunderung eingebracht hätte, sah sie an. Bergkamp stellte die beiden einander vor. Hartwig Meierkamp lud Melissa ein, sich auf den freien Stuhl neben ihm zu setzen. Bergkamp hätte stehen müssen und nahm das zum Anlass, die beiden allein zu lassen.

»Ihr kommt zurecht?«, fragte er mehr aus Höflichkeit, als er schon wieder in der Tür stand. Meierkamp nickte. Der Polizeizeichner schien nichts dagegen zu haben, mit der Zeugin allein zu sein.

Sandmann kochte. Auf dem Küchentisch lag der Express mit Verenas Artikel.

»Musstest du eine Beschreibung von mir mit reinschreiben?«

»Ja, ich musste. Das ist mein verdammter Job!«

»Du hättest mich wenigstens vorwarnen können! Stattdessen laufe ich am Abend völlig unvorbereitet in meine eigene Fahndung rein.«

»Vorwarnen? Aufgrund der Beschreibung erkennt dich keine Sau! Es gibt Tausende in Köln, die sich mit ›kräftig, kurzhaarig, Brille‹ beschreiben ließen. Außerdem: Du kannst froh sein! Eigentlich hätte ich der Polizei sagen müssen, dass ich weiß, nach wem sie suchen.«

Mit diesen Worten stand Verena vom Küchentisch auf, einem antiken runden Holztisch, den sich Marius nie hätte leisten können.

»Warum hast du es nicht getan?«

»Weil ich dich liebe.«

Was hätte Marius darauf noch erwidern sollen? Seinen Verdacht, dass sie ihn deswegen nicht verpfiffen hatte, weil die Jagd nach dem Mörder eine gute Story versprach und sie ihre beste Quelle wohl kaum an die Kölner Polizei verlieren wollte? Selbst wenn er das hätte sagen wollen, Verena gab ihm gar nicht mehr die Zeit dazu. Sie ging einfach. Jetzt wusste Marius nicht, auf wen er mehr wütend war: auf seine Freundin oder auf sich selbst.

Er versuchte seine Wut in Liegestützen zu ersticken. Andere mochten meditieren. Er pumpte. Als er sich ein wenig beruhigt hatte, beendete er sein Training und tauschte nach einer kurzen Dusche die Trainingshose gegen Jeans und Kapuzenpulli. Am Küchentisch sitzend suchte er nach der Telefonnummer der einzigen Polizistin in Köln, der er vertraute. Immerhin hatte er noch einen Auftrag. Dass er ihn nun als Gesuchter in einem Mordfall erledigen sollte, vereinfachte die Sache nicht. Er überlegte, inwieweit Paula Wagner wusste, dass nach ihm gefahndet wurde, und inwieweit das für sie eine Rolle spielte.

13

Die drei Polizisten der *Task Force Science* saßen in ihrem Büro, jeder hinter seinem Computerbildschirm verschanzt, was bei Franka Schilling hieß, dass sie versuchte, sich hinter ihrem privaten Laptop zu verstecken. Der dritte Schreibtisch und ein zusätzlicher Computer waren bestellt, hieß es. Paula vermutete, sie waren irgendwo da, wo ihre Visitenkarten und ihr Hausausweis lagen: weit weg. Am liebsten hätte sie weiter geschwiegen und ihre Akten nach einem Fall durchsucht, der sie interessierte. Aber sie war die Leiterin dieser Abteilung und wenn sie sie führen wollte, musste sie reden. Selbst wenn Scharenberg sich wahrscheinlich nicht viel darum scheren würde, was sie sagte, und Franka es brühwarm an die Kollegen weitertratschen würde. Volker Brandt als Leiter der Rechtsmedizin hätte ebenfalls an diesem Treffen teilnehmen sollen, hatte sich aber knapp per Mail bei Paula entschuldigt und einen Vertreter angekündigt, auf den sie nun seit zwanzig Minuten warteten. Auf Seiten der Wissenschaft schien das Interesse an ihrer Task Force nicht allzu ausgeprägt zu sein.

»Fangen wir an«, eröffnete Paula das Gespräch. Widerwillig rollte sie zur Seite, damit der Computer sie nicht mehr völlig verdeckte. Franka schob ihren Stuhl selbstbewusst in die Mitte des Raumes. Scharenberg blieb hinter seinem Bildschirm hocken.

»Die Forensik scheint sich ein wenig zu verspäten«, redete Paula weiter.

»Schicken Sie doch eine Beschwerde«, spottete Scharenberg. Franka blickte Paula unverwandt aus ihren Katzenaugen an. Dieser Blick würde sie noch in den Wahnsinn treiben. Sie nervte, entschied Paula.

»Vielleicht schicke ich Sie mit der Beschwerde zu Brandt«, wandte sich Paula an Scharenberg, wohl wissend, dass ihm der Ruf des Rechtsmediziners vertraut war. »Was haben wir denn für Fälle und welche neuen Ansätze könnte uns die abwesende Forensik liefern, sie zu lösen?«, fuhr sie fort.

Wieder ergriff Scharenberg als Erster das Wort. »Solange die Herren Wissenschaftler nicht da sind, klammern wir die zweite Frage erst einmal aus«, kommandierte der. »Überlegen wir uns lieber, welche Fälle uns am vielversprechendsten erscheinen.«

Paula hätte diesen Angriff auf ihre Autorität kontern müssen. Stattdessen schaute sie erst Scharenberg, anschließend Franka an, die mit einem Achselzucken Zustimmung signalisierte. »Gut. Haben Sie Vorschläge?«

Scharenberg hielt einen Aktenordner in die Höhe. »Das hier!« Paula wartete einen Moment, dass er weitersprach.

»Und was ist ›das hier‹?«

»Ein Mord. Ein Galerist wird in seiner Galerie erschossen, der Mörder ist bis heute unauffindbar.«

»Irgendwelche Verdächtigen?«

Scharenberg schüttelte den Kopf. »Die Polizei hat damals Mitarbeiter verdächtigt, die Familie vernommen, einen Raubmord ausgeschlossen, weil nichts gestohlen wurde. Die einzigen, die vom Tod des Ermordeten profitiert haben, waren seine Familienangehörigen. Die haben einiges geerbt damals.«

»Und wie könnte uns Wissenschaft da heute weiterhelfen?«, fragte Franka. »Gab es Beweismittel, Spuren, irgendwelche Dinge, die der Mörder am Tatort zurückgelassen hat, die wir neu analysieren könnten?«

Anstatt zu antworten, starrte Scharenberg grimmig auf seinen Bildschirm, die Arme vor der Brust verschränkt.

»Also nicht«, antwortete die Hauptkommissarin an seiner Stelle. »Und warum möchten Sie, dass wir uns ausgerechnet mit dieser Sache befassen?«

Scharenberg bockte stur weiter. Paula seufzte innerlich. Sie konnte mit einem Angriff auf ihre Autorität wesentlich besser umgehen als mit dieser Art unkooperativen Verhaltens.

»Sonst noch Interessantes?«

»Es gäbe da vielleicht was«, hob Franka an, wurde jedoch durch Paulas Handy unterbrochen, das mit Bob Marleys ›I shot the Sheriff‹ auf sich aufmerksam machte. Die Hauptkommissarin griff nach ihrem Mobiltelefon, blickte zum Display, und verließ ohne ein entschuldigendes Wort den Raum.

Ihre Freude über den Anrufer war größer, als sie gedacht hätte. »Marius! Lange nichts mehr von dir gehört!«

»Dito.«

Ja, sie hatte sich melden wollen und es doch nicht getan. Kurz horchte sie an der Tür ihres eigenen Büros. Von drinnen war kein Laut zu hören. Vermutlich schwiegen Schilling und Scharenberg sich gerade an. Vielleicht spitzten sie die Ohren, um zu belauschen, was Paula hier draußen zu sagen hatte? Sie ging ein paar Schritte den Gang hinunter zu einem Fenster, das den Blick freigab auf die schäbig wirkenden Gewerbebungalows der Umgebung. »Was kann ich für dich tun? Meiner Erfahrung nach meldest du dich, wenn du bei einer Ermittlung ein wenig unorthodoxe Hilfe der Polizei brauchst.«

»Wenn ich mich recht entsinne, profitiert die Polizei in den meisten Fällen ebenso von meinen Anrufen.«

Paula war sich immer noch nicht sicher, ob das Selbstbewusstsein des jungen Privatdetektivs echt oder aufgesetzt war. »Ich bin gerade mitten in einer Teambesprechung und habe deswegen nicht die Zeit dafür, dass wir uns gegenseitig unsere Verdienste aufzählen. Also mach's kurz. Oder meld' dich später noch einmal.« Der letzte Satz hatte sie ein wenig Überwindung gekostet.

»In Ordnung. Ich suche einen Polizisten, der sich mit der Ringszene in den 60er und 70er Jahren auskennt. Fällt dir jemand ein?«

»In den 60er Jahren? Da war ich noch nicht einmal geboren und wie du vielleicht weißt, bin ich in der Kölner Polizei qua Herkunft und Ermittlungserfolgen eher ein Außenseiter.« Sie interpretierte Marius' Schweigen als Enttäuschung. »Vielleicht kann dir einer meiner hinreißenden neuen Kollegen weiterhelfen.« Sie riss sich von der wenig erheiternden Aussicht los und ging zurück in Richtung Büro. Dort steckte sie den Kopf durch die Tür, das Handy weiter am Ohr. »Kann mir einer von euch Hübschen einen Kollegen nennen, der sich mit der Ringszene vor 40 Jahren auskennt?« Scharenberg verkrampfte noch mehr, als Paula Wagner ihn ›hübsch‹ nannte, Franka Schilling errötete. Keiner der beiden fühlte sich wohl mit dieser Benennung, was Paula, die sich für ihre Lockerheit gegenüber ihren ungeliebten Untergebenen schon verflucht hatte, versöhnlich stimmte. Marius Sandmann hatte einen guten Einfluss auf ihre Laune. Sie war sich nicht sicher, ob ihr das gefiel. Manchmal glaubte sie, dass es vor allem ihre Wut war, die sie antrieb. Nach einigem Zögern brummte Scharenberg einen Namen. Sie musste zweimal nachfragen, ehe sie ihn verstand. Erneut schloss sie hinter sich die Tür.

»Hast du es gehört?«, fragte sie den Detektiv.

»Heim irgendwas habe ich verstanden.«

»Heimering heißt der Kollege. Ich kenne ihn nur vom Hörensagen, weil er schon seit ein paar Jahren pensioniert ist. Falls du ihn im Telefonbuch nicht findest: Jahrelang war er Vorsitzender eines Kleingartenvereins in Sülz. Darüber solltest du ihn aufstöbern können. Vielleicht kann ich dir später noch seine aktuelle Adresse raussuchen.«

»Das schaffe ich schon.«

Nach dem Telefonat ging sie wieder zurück zu ihrem Team. »Wo waren wir stehen geblieben?«

»Wir suchten einen Fall, mit dem wir unsere Arbeit beginnen können«, erwiderte Franka wie eine brave Schülerin, was hervorragend zu ihrer inzwischen wieder verblassten Wangenröte gepasst hätte. »Ich hätte vielleicht einen.« Eine Akte lag auf ihrem Schloss, der sie ein Foto entnahm und hochhielt. Paula blickte in das Gesicht eines jungen Polizeibeamten in der Uniform der 70er Jahre. »Gregor Heck, ein Kollege, der 1978 von einem Unbekannten erstochen wurde.« Franka schaute Paula an, provozierend, wie diese fand.

»Warum sollten wir ausgerechnet diesen Fall untersuchen?«, fragte die Hauptkommissarin verächtlicher, als sie gewollt hatte.

»Sie wollten doch unbedingt einen Fall, in den Polizisten verwickelt sind.« In Frankas Stimme lag ein kleiner, vermutlich nicht einmal unberechtigter Vorwurf. Paula jedoch fragte sich, warum der Maulwurf ihr ausgerechnet den Mord an einem Kollegen vorschlug. Sie musste herausfinden, mit wem Schilling unter einer Decke steckte. Am liebsten hätte sie ›Aber nicht als Opfer!‹ geantwortet, doch sie wusste, wie diese Antwort aufgenommen worden wäre. Gerade von denen, an die sie Franka Schilling weitertragen würde.

»Was macht den Fall denn noch für uns interessant? Außer Ihrer mutwilligen Wahl, Frau Kollegin?« Scharenberg kam Paula überraschend zu Hilfe, doch Franka schien sich nicht beirren zu lassen.

»Erstens wurden Heck Kontakte ins Rotlichtmilieu rund um die Kölner Ringe nachgesagt.«

»In die Ringszene?« Paulas Interesse war geweckt.

Franka nickte und fuhr fort. »Zweitens habe ich mir die Akte gestern Abend gründlich durchgelesen. Ich habe noch nie eine so schlampig geführte Ermittlung gesehen.«

Der letzte Satz hing zwischen ihnen in der Luft und jeder stellte sich die gleiche Frage: Warum wurde ausgerechnet bei dem Mord an einem Kollegen, einem Verbrechen, das normalerweise jeden Polizisten auf Trab brachte, derart schlecht ermittelt, dass es selbst die Akten nicht verheimlichen konnten? Die Entscheidung der Hauptkommissarin war gefallen. Das war ihr Fall. Warum Schilling sich die Akte bereits am Vorabend angeschaut hatte, fragte sie sich nicht.

14

1957

Siggi Baumgart hatte nicht viel Freude an seiner Beute. Meist versteckte er die Uhr verschämt unter dem Jackettärmel. Das wertvolle Stück war viel zu auffällig für einen Jungen von UKB.

Deshalb hatte er sich entschlossen, die Uhr zu verkaufen oder wenigstens zu tauschen. Unsicher stand er vor dem Haus, in dem Helm Münzenberg wohnte, einem einstöckigen Pavillon mit maroden Fenstern und abblätternder Farbe, die die aus scheinbar wahllos zusammengesuchten Trümmern gebaute Mauer dahinter offenlegte. Helm selber lehnte lässig an der Hauswand, die Hände unter das Revers seines Jacketts gesteckt, und beobachtete das Treiben auf der Straße, während er gleichzeitig mit Siggi redete. Neben ihm, nicht ganz so lässig, dafür fast einen Kopf größer, stand Helms bester Freund Peter Altmann, den wegen seines Nachnamens alle ›ahle Pit‹ riefen, obwohl er sogar jünger war als Siggi. Helm nahm die Uhr, hielt sie locker in der Hand und ließ sie mit schnellen Bewegungen durch die Finger gleiten.

»Schönes Stück, Baumgart, wo haste die denn her?«

»Tauschware«, nuschelte Siggi. Helms Augen brannten sich förmlich in seine. Er glaubte Siggi offenbar kein Wort. Stumm gab er die Uhr an Pit weiter, der versuchte, seinen Chef an Lässigkeit zu überbieten. Dabei ließ er die Uhr fast aus der Hand fallen. Siggi schnellte nach vorne, um seinen wertvollen Besitz vor dem drohenden Aufprall auf dem Bürgersteig abzufangen. Er hatte sich immer für reaktionsschnell gehalten, aber Helm hatte die Uhr bereits geschnappt, bevor Siggi ihr überhaupt nahe gekommen war. Überrascht schaute der Fänger auf die Rückseite der Uhr und zeigte sie seinem Kumpel. Der hob die Augenbrauen. Beide blickten Siggi mit einer Mischung aus Bewunderung und Mitleid an.

»Kein Interesse«, sagte Helm und gab ihm die Uhr ohne viel Federlesens zurück, stieß Pit an und ließ Siggi stehen. Der blickte nun ebenfalls auf die Rückseite der Uhr, obwohl er wusste, was da stand. Der Geck hatte seinen Namen eingravieren lassen: ›Adolf Heimering‹ entzifferte Siggi. Der Name sagte ihm nichts.

Die Hände in den Taschen vergraben ging er ratlos in Richtung Eigelstein. Er hatte gehofft, Helm die Uhr verkaufen zu können, versprach er sich davon doch einen besseren Preis als bei den Altwarenhändlern rund um die alte Torburg. Nun wusste er nicht, was er tun sollte. Helm war an der Uhr interessiert gewesen, bis er den Namen des Gecks gelesen hatte. Dann hatte er ihm das wertvolle Stück zurückgegeben wie eine heiße Kartoffel. An der Ecke zur Domstraße hörte er ein Rufen.

»Da!«

Der Geck stand etwa dreißig Meter von ihm entfernt an der Ecke zum Eigelstein und zeigte mit dem Finger auf Siggi. Neben ihm standen zwei Männer.

Der eine, ein kräftiger Mann mit Halbglatze, trug einen schwarzen Mantel, der andere Kleidung, die Siggi allzu gut kannte und nie gerne sah: eine frisch gebügelte Polizeiuniform. Er nahm die Beine in die Hand und rannte Unter Krahnenbäumen hinunter in Richtung Kunibertskloster und Rhein. Hinter sich hörte er die Schritte seiner Verfolger. Auf der Ecke zu Kahlenhausen drehte er sich um. Sie waren ihm deutlich näher gekommen. Überrascht registrierte er, dass allein der Uniformierte und der Junge im folgten. Bevor er sich fragen konnte, wo der dritte abgeblieben war, stürzte sich eine schwarze Masse von der Seite auf ihn und drängte ihn in eine nahe Hofeinfahrt. Zwei Männer, die dort ein Pferdefuhrwerk beluden, schauten überrascht hoch und wollten Siggi zu Hilfe eilen. Doch der Mann zog einen Ausweis aus der Tasche, hielt ihn den beiden Männern entgegen und brüllte: »Polizei! Verschwindet! Aber fix!« Daraufhin hoben sie abwehrend die Hand und widmeten sich im Schuppen hinter dem Fuhrwerk irgendwelchen wichtigeren Aufgaben.

Atemlos erreichten der Geck und sein uniformierter Begleiter die Einfahrt. Der Mann in Zivil, dessen Ähnlichkeit mit dem Geck aus der Nähe kaum zu übersehen war, hatte Siggi gepackt und drückte ihn gegen die Hauswand. Das also hatte Helm zurückschrecken lassen. Siggi hatte ausgerechnet dem Sohn eines Polizisten die Uhr geklaut.

»So, Bürschchen!« Der Brocken blickte Siggi zornig an und keuchte. Offenbar war er über die freigeräumten Trümmergrundstücke nördlich der Straße gekommen. Clever, dachte der Junge noch, und schon ging es los.

Ein erster Kopfstoß traf ihn. Er versuchte vergeblich, sich die Nase zu halten. Der Zivilbulle hielt ihn fest. Seine Arme hatten kein Spiel. Unvermittelt schleuderte er ihn gegen die gegenüberliegende Wand. Siggi spürte einen Fuß, der sich seinem Bein in den Weg stellte, fiel und donnerte mit dem Kopf gegen den Stein. Der Streifenpolizist packte ihn und hielt ihn fest, während der Zivile seine Taschen durchwühlte. Natürlich fand er, was er suchte, und gab es seinem Sohn zurück, der gierig danach griff.

»Nehmen Sie mich jetzt mit auf die Wache?«, fragte Siggi.

Heimerings Vater blickte ihn verächtlich an. »Du bist die Mühe nicht wert …« Ein Eisenhammer schien sich in Siggis Magen bohren zu wollen, immer und immer wieder. Nicht einmal sein Vater hatte jemals so hart zugeschlagen. Fast kotzte er dem Mann auf die Schuhe. Der riss ihn hoch und presste seinen Kopf gegen die Wand. »… und wenn wir hier mit dir fertig sind, wirst du nie wieder irgendein krummes Ding drehen. Das verspreche ich dir.«

Als Nächstes traf ihn die Faust des Polizisten unter dem Auge, der andere Mann hatte inzwischen seinen Knüppel gezogen und prügelte damit auf Siggi ein, der Blut spuckend auf dem Pflasterboden der Einfahrt lag, sich zusammenkrümmte und die Hände schützend vor den Kopf hielt. Schließlich ließen die beiden Männer von ihm ab.

»Das genügt«, sagte der Mann im schwarzen Mantel und ging mit seinem Kollegen zurück auf die Straße. Doch einem genügte das nicht. Der Geck beugte sich zu Siggi hinunter, spuckte ihm ins Gesicht und trat ihm mit voller Wucht in den Unterleib. Dreimal. Dann spuckte er erneut und folgte seinem Vater, der die Szene von draußen wortlos beobachtet hatte.

15

Adolf Heimering war rasch gefunden. Marius stand an einem sonnigwarmen Frühlingstag in einem penibel gepflegten Schrebergarten. Lediglich einige Krokusse, die ohne jede erkennbare Ordnung hier und da auf dem sauber geschnittenen Rasen gelb und violett blühten, störten das durchkomponierte Gesamtbild. Der alte Mann saß auf einem weißen Plastikgartenstuhl, hatte den Kopf auf der Brust und schnarchte. Ein Speichelfaden hing an seiner Unterlippe. Mit einem Rucken fuhr der Kopf schließlich hoch und ließ den Detektiv in ein müdes, mit Falten durchzogenes Gesicht blicken. Der pensionierte Polizist erinnerte ihn an jemanden. Aber an wen?

»Verzeihen Sie, dass ich zu Ihrer Begrüßung nicht aufstehe«, sagte der Alte. »Ich bin ein alter Mann und meine Knochen wollen nicht mehr so wie ich.« Seine Stimme hatte etwas Keuchendes. Er deutete mit zittrigen Fingern auf einen Gehstock, der an den Stuhl gelehnt an seiner Seite stand. »Mein Kopf ist fit, aber mein Körper nicht mehr. Manchmal wünschte ich, es wäre andersherum. Setzen Sie sich doch!« Mit der gleichen zittrigen Hand deutete der pensionierte Polizist auf einen zweiten, freien Gartenstuhl. »Haben Sie gut hierher gefunden? Sind schon ein Segen, diese kleinen Dinger«, er hielt sein Mobiltelefon in der Höhe, »früher hätten Sie mich hier nicht erreichen können.« Er pausierte kurz, um tief einzuatmen. »Über ›früher‹ wollten Sie mit mir reden, nicht wahr? Die alte Ringszene«, er schnaufte und griff nach einem Beatmungsgerät, das Marius bisher entgangen war, weil es hinter dem Mann und dem Stuhl verborgen gewesen war. »Das muss ich immer in der Nähe haben«, erklärte der Alte, »rechts halte ich mich am Stock fest, links ziehe ich ein Beatmungsgerät wie einen fetten Hund hinter mir her. Mein Arzt sagt, das wäre ein Leben.« Verlegen schaute der Detektiv sich um. Der Polizist lachte. »Mein Schwiegersohn kümmert sich um den Garten. Als ich mich noch drum gekümmert habe, sah er anders aus. Jetzt ist es ein Garten, der genauso spießig und ordentlich ist, wie man es von einem Polizisten erwartet.« Wieder verschwand sein Gesicht für einige Sekunden hinter der Plastikmaske. Statt Worten drang ein röchelndes Atmen aus seinem Mund. »Mein Schwiegersohn ist übrigens Fotograf, und …«

»Apropos Fotograf!« Plötzlich erinnerte sich Marius, wo er Heimerings Gesicht schon einmal gesehen hatte. Er unterbrach dessen Redefluss und hielt ihm eine neu gemachte Kopie des Chargesheimer-Fotos unter die Nase. »Das sind Sie da rechts, oder?«

Heimering nahm das Bild in seine zitternden Hände. Er musste es sich nahe vor die Augen halten, um es erkennen zu können. Durch seine dicken Brillengläser betrachtete er das Foto eine lange Zeit, als versuche er sich zu erinnern. Kurz huschte sein Blick lauernd zu Marius hinüber. Als er die Hand sinken ließ, nahm der ihm das Bild vorsichtig wieder ab.

»In was für alten Geschichten Sie graben! Ich dachte, Sie wären wegen der Ringszene gekommen. Unter Krahnenbäumen – gibt's die Straße überhaupt noch?«

»Nicht wirklich«, antwortete Marius.

»Besser so«, antwortete der alte Mann.

»Es gibt Leute, die das bedauern. Unter Krahnenbäumen ist heute eine ziemlich triste und tote Straße.«

»Haben Sie einmal daran gedacht, dass es Leute geben könnte, die genau das gewollt haben? Wir Polizisten haben uns Jahre vergeblich bemüht, in solchen Straßen dem Gesetz Geltung zu verschaffen. Schließlich mussten wir einsehen, dass andere das besser konnten. Stadtplanung sei dank!«

»Erzählen Sie mir über den anderen Mann auf dem Foto, den Mann mit dem Piratentuch.«

Die Sonne verschwand hinter den hohen Bäumen im Westen der Kleingartenanlage. Von der Militärringstraße her drang das Rauschen des Berufsverkehrs zu ihnen herüber. Marius fröstelte. Allerdings lag das weniger an der Kälte, mehr an der Geschichte, die der alte Polizist ihm erzählt hatte.

»Erinnern Sie sich noch an den Namen des Jungen?«

»Als ob ich den jemals vergessen könnte!« Heimering griff zum Atemgerät und schnaufte einige Male in die Plastikmaske. »Sein Name war Siegfried Baumgart.«

Marius wiederholte den Namen für sich. »Was wurde aus Baumgart nach ihrer …« Marius zögerte kurz, suchte nach einem Wort, das seinen Gesprächspartner nicht verstummen lassen würde. »Nennen wir es: nach ihrer ›erzieherischen Maßnahme‹?«

»Ich habe keine Ahnung. Damals war ich noch nicht bei der Polizei. Erst zehn Jahre später habe ich meinen Dienst in Köln angefangen. Vorher war ich in Düsseldorf. Ich brauchte eine Luftveränderung.«

»Lebt Ihr Vater noch?«

»Er wurde wenige Wochen später zusammengeschlagen und musste den Dienst quittieren. Anschließend hat er sich ziemlich schnell zu Tode gesoffen.«

»Hat Baumgart sich gerächt?«

»Mein Vater hat das bestritten. Er hat gesagt, eine Bande habe ihm aufgelauert. Mich hat er damit nie überzeugt.«

»Wissen Sie, wo ich diesen Siegfried heute finden kann?«

»Ich habe nicht die leiseste Ahnung und ich will es auch nicht wissen. Entweder hängt er in irgendeiner verkommenen Spelunke oder er sieht sich die Radieschen schon längst von unten an. Wo hängen denn sonst die ganzen legendären Zuhälter von damals herum? In irgendwelchen kleinen ranzigen Sozialwohnungen versaufen sie das bisschen, was ihnen der Staat unnötigerweise gibt.« Seine Tirade endete in einem heftigen Husten und einem hektischen Griff zur Maske.

»So, wie Ihr Vater gesoffen hat?«

»Fahren Sie zur Hölle!« Als Marius das Gartentörchen hinter sich schloss, hörte er noch das keuchende Atmen unter der Plastikmaske.

16

Paula Wagner studierte Margarethe Klösgen, wie sie vertraut mit einer Kundin plauderte, während sie scheinbar interessiert ein paar Kleider auf einer langen Garderobenstange durch die Finger gleiten ließ. Erst als die ältere Dame das Geschäft verließ, wandte sich Paula der Eigentümerin zu. Sie zückte ihren Ausweis und hielt ihn der Ladenbesitzerin unter die Nase.

»Hauptkommissarin Paula Wagner, Kripo Köln. Es geht

um den Mord an Gregor Heck 1978. Sie erinnern sich vielleicht? Ist schon ein Weilchen her.«

»Heck?« Die Rothaarige musterte Paula abschätzend, als die Türglocke bimmelte. »Das ist lange her, das kann ein paar Minuten warten.« Sie ließ sie stehen.

»Mord verjährt nicht«, brüllte Paula durch den Laden. Klösgen funkelte sie wütend an, flüsterte kurz mit ihrer neuen Kundin, die mit einem Seitenblick auf Paula verschwand. Nachdem die Tür hinter ihr zugefallen war, schloss Margarethe ab und drehte das ›Offen/Geschlossen‹-Schild herum.

»Gehen wir nach hinten«, sagte sie in einem Ton, der sich kaum mühte, nicht nach Kommando zu klingen. Paula folgte ihr in eine kleine Küche, an deren hinterer Wand sich Schuhkartons stapelten. Einziger Schmuck war die Kopie eines alten Gemäldes. Margarethe setzte sich auf einen Stuhl und zündete eine Zigarette an. Der Aschenbecher vor ihr ließ keinen Zweifel, dass sie das öfter tat. Die Kommissarin lehnte sich an die Küchenzeile und stützte die Hände auf ihr ab.

»Gregor Heck! Das ist über 30 Jahre her!«, reagierte Klösgen empört. »Und immer noch kommt irgendwann eine Scheißpolizistin daher und gräbt den alten Dreck wieder aus. Ich habe damit abgeschlossen. Ich habe mir hier was aufgebaut. Glauben Sie, das lasse ich mir von jemanden wie Ihnen kaputt machen?«

»Ich bin nicht hier, um Ihnen Ärger zu machen. Ich möchte ein paar Informationen zu Gregor Hecks Tod. Sind Sie damals verhört worden?«

Die Frau nickte und drückte hektisch die Zigarette aus.

»Kannten Sie Heck näher?«

»Das habe ich damals alles schon gesagt.«

Paula machte unbeirrt weiter. »Sie haben gesehen, wie er die Kleine Brinkgasse herunterlief, bis plötzlich ein Mann auf ihn zukam und zustach.«

Klösgen nickte nur.

»Den Mann haben Sie natürlich nicht erkannt?«

»Es war dunkel.«

»Ungewöhnlich, dass ein Polizist allein mitten in der Nacht in einer Straße auftaucht, in der ausschließlich das Milieu verkehrte, finden Sie nicht? Immerhin stand die Gasse in einem recht eindeutigen Ruf.«

»Nicht nur das! Sie war sogar an beiden Enden zugemauert und nur durch einen kleinen Eingang zugänglich.«

»Trotzdem geht ein Polizist allein dorthin. Eigenartig.«

»Warum?«

»Weil sich kein Polizist im Dienst dort allein hingetraut hätte.«

»Vielleicht war er nicht im Dienst? Haben Sie darüber schon einmal nachgedacht? Männer haben Bedürfnisse, Frau Hauptkommissarin. Da unterscheiden sich Polizisten nicht im geringsten von anderen Kerlen. Ganz und gar nicht!«

Mit dem letzten Wort zündete sie sich eine weitere Zigarette an und inhalierte tief.

»Was wollen Sie damit sagen, dass sich Polizisten ganz und gar nicht von anderen Kerlen unterscheiden? Hatte Heck Sex mit Prostituierten?«

Margarethe Klösgen schüttelte mitleidig den Kopf. »Ehrlich: Sind Sie so doof oder tun Sie nur so? Glauben Sie vielleicht, Heck war der einzige? Tagein, tagaus haben die Bullen mit den Mädchen zu tun. Glauben Sie, das weckt keine Begehrlichkeiten? Männer sind Schweine, Frau Hauptkommissarin. Glauben Sie mir, ich habe genug von denen gesehen. Und Polizisten«, sie drückte ihre zweite Zigarette nur halb aufgeraucht aus, »sind die allerschlimmsten.«

»Sie wissen, dass ich Sie wegen Beamtenbeleidigung anzeigen könnte?«

Klösgen lachte. »Sie wissen, dass Sie das nicht tun werden. Außerdem habe ich recht und das wissen Sie auch.« Die Ladenbesitzerin stand auf. »Unser Plauderstündchen ist zu Ende, ich muss das Geschäft wieder aufmachen. Gehen Sie!«

Paula stieß sich mit den Händen von der Küchenzeile ab und folgte ihr in den Verkaufsraum. »Eine Frage noch: War Heck der einzige Polizeibeamte, der mit Prostituierten verkehrte?«

»Glauben Sie ernsthaft, dass ich Ihnen diese Frage beantworten werde?«

Paula Wagner schüttelte den Kopf, doch Margarethe Klösgens Blick genügte ihr als Antwort völlig.

Zurück im Büro erwartete Paula Scharenberg und dessen strenger Geruch. Mit einem Schraubenzieher und etwas roher Gewalt gelang es ihr nach ein paar Minuten endlich das Fenster zu öffnen. Der Kommissar schloss es nach wenigen Augenblicken wieder. Dann öffnete sie es wieder. Als Scharenberg sich erneut anschickte, fuhr Paula ihn an, dass das Fenster offen zu sein habe. Der Kommissar blickte sie finster an, setzte sich zurück hinter seinen Schreibtisch und verharrte dort leise murmelnd. Paula meinte die Wörter »Lungenentzündung« und »Körperverletzung« hören zu können, widmete sich aber ein weiteres Mal der Akte Heck. Sie brauchte lange, um sich durch die prall gefüllten Ordner zu arbeiten. Auf den ersten Blick sah es aus, als hätten die ermittelnden Beamten getan, was man erwarten würde, wenn ein Kollege erstochen wurde.

Sie hatten Dutzende Vernehmungen durchgeführt, waren Hunderten Hinweisen nachgegangen und schienen jeder noch so ausweglosen Spur gefolgt zu sein. Doch je weiter Paula die Akte durcharbeitete, umso mehr verstärkte sich ihr Verdacht, dass in dieser Informationsfülle zwar kein System erkennbar war, aber System darin steckte. Keine der Spuren, die die Polizei damals verfolgt hatte, hatte zu irgendeinem Ergebnis geführt. Jeder neue Hinweis führte in eine weitere Sackgasse. Der Aktionismus der ermittelnden Beamten wirkte, als täten sie nur so, als wollten sie den Fall aufklären. Sie hasste es, mit Polizisten reden zu müssen. Hier aber ließ es sich nicht vermeiden. Sie legte Scharenberg die Akten auf den Tisch.

»Schauen Sie das durch und sagen Sie mir, was Sie davon halten.«

Scharenberg blickte sie an, als habe sie ihn persönlich angegriffen, nahm die Akten und legte sie neben sich auf den Schreibtisch. Paula warf sich die Lederjacke über, nahm den Autoschlüssel und verließ das Büro. Im Flur stieß sie fast mit Franka Schilling zusammen. Mürrisch grüßend ließ sie ihre zweite Mitarbeiterin stehen, die sie am Arm festhielt.

»Können wir kurz reden?«, fragte Franka.

Paula seufzte. »Worüber?«

Die blonde Kommissarin zögerte, bevor sie weitersprach. »Ich weiß nicht genau, wie ich es sagen soll. Mir scheint, als hätten Sie ein Problem mit mir.«

»Ach«, fauchte Paula. Schilling zuckte zusammen, was die Hauptkommissarin noch mehr verärgerte. Für wie blöd hielt die sie eigentlich? »Sie haben mich an Lehmbach und Maaßen verpfiffen, jetzt tauchen Sie in meiner Abteilung auf. Wundern Sie sich wirklich, dass ich ein Problem mit Ihnen habe?«

Franka wirkte aufrichtig empört. »Ich habe Sie nicht verpfiffen! Maaßen war sowieso hinter Ihnen her. Außerdem war Lehmbach mein Partner.«

»Ein feiner Partner. Ich vermute, jemand, der einen Jugendlichen totschlägt und in den Rhein wirft, passt viel besser zu Ihnen als eine kaltgestellte Polizistin. Ich würde wetten, es gäbe ein Dutzend Kollegen, die Sie mit Kusshand als Mitarbeiter nehmen würden, stattdessen tauchen Sie in meiner Abteilung auf! Ausgerechnet Sie! Eine gut vernetzte, allseits beliebte Kollegin, die mit kriminellen Polizisten unter eine Decke steckt! Die Frage lautet nicht, was ich für ein Problem mit Ihnen habe, sondern warum Sie in meiner Abteilung sind und wer Sie hierhin geschickt hat.« Mit diesen Worten stürmte Paula zum Aufzug.

Franka Schilling blieb vor der Bürotür stehen und blickte ihr nach. »Ich wollte hierher kommen. Niemand hat mich dazu überreden müssen.«

»Umso schlimmer«, antwortete Paula, als sich die Aufzugtür hinter ihr schloss.

17

Kurz nach Paula verließ Scharenberg das Büro und fuhr mit der Bahn hinaus nach Dellbrück, wo er an der Tür einer gediegenen Villa aus den 20er Jahren des vorigen Jahrhunderts schellte. Eine Hausangestellte öffnete ihm und führte ihn, nachdem er ihr seinen Ausweis zwei Zentimeter unter die Nase gehalten hatte, in einen getäfelten Flur, von dem aus eine Freitreppe in die oberen Stockwerke führte. Scharenberg schaute sich um, während das Mädchen hinaufeilte, um die Hausherrin zu holen. Alles hier wirkte, als wäre die Zeit seit dem Bau des Hauses stehen geblieben. Der Reichtum weckte unverhohlen des Kommissars Neid. Petra Sperber, eine dünne Frau in ihren 50ern mit streng zurückgekämmten blonden Haaren, erschien oben auf dem Treppenabsatz und musterte den Polizisten abschätzig. Die Fingerspitzen auf dem Treppengeländer, stieg sie langsam hinunter und hielt Scharenberg zur Begrüßung eine kalte Hand entgegen. Sie schien entschlossen zu sein, das Gespräch hier im Flur zu führen.

»Kommissar Scharenberg, Kriminalpolizei Köln«, legte er los, »ich arbeite in einer Sondereinheit, die sich mit ungeklärten Verbrechen beschäftigt – auch mit dem Mord an Ihrem Vater.« Scharenberg meinte ein leichtes Zucken um die Augen der Frau erkennen zu können. Doch sie gewann ihre Fassung rasch wieder.

»Das alles ist lange her«, antwortete Sperber.

»Sie wissen ja: Mord verjährt nicht.«

Die Frau nickte stumm. »Haben Sie neue Erkenntnisse gewinnen können?«

»Nun, die Wissenschaft schreitet voran. Wir haben heute ermittlungstechnische Methoden, die einen Fall in einem völlig neuen Licht erscheinen lassen können.« Er lauerte auf eine Reaktion der Blondine, die ihn kühl musterte.

»Ich will ganz offen sein, Herr Kommissar. Wir haben Jahre gebraucht, um den Verlust meines Vaters einigermaßen zu verkraften. Es war eine grausame Zeit und ich gebe zu, dass der Umstand, nichts über das Motiv oder den Täter selbst zu wissen, uns allen sehr zugesetzt hat. Irgendwann haben wir uns damit abgefunden und weitergelebt. Was bleibt einem sonst übrig? Wir mussten uns unser eigenes Leben aufbauen.«

Sie wollte weitersprechen. Scharenberg unterbrach sie barsch. »In der Tat, das haben Sie. Man kann sagen, was man will, der Tod Ihres Vaters war ein Glücksfall, nicht wahr?«

Petra Sperber erstarrte. »Wie meinen Sie das?«

»Sie haben ein beachtliches Vermögen geerbt. Sie haben kurz, nachdem Sie das Erbe ihres Vaters angetreten haben, all seinen Besitz verkauft. Mit Ausnahme dieses hübschen, kleinen Hauses hier«, korrigierte sich der Kommissar und deutete mit einer vagen Handbewegung um sich. »Im Anschluss haben Sie ziemlich konsequent Ihr eigenes Geschäft aufgebaut. Ohne das Erbe Ihres Vaters wäre das nicht möglich gewesen.«

»Was wollen Sie damit sagen?« Die Stimme der Frau zitterte leicht, wie Scharenberg zufrieden registrierte.

»Nichts,« antwortete er in gespielter Unschuld, »ich wollte allein darauf hinweisen, dass die Ermittlungstechniken fortschreiten, die entscheidende Frage bei einem Mord jedoch stets die gleiche ist.« Hier machte Scharenberg eine Pause.

Mit spürbar unterdrückter Wut setzte die Tochter des ermordeten Galeristen das Gespräch fort. »Und wie lautet diese Frage?«

»Wem nutzt der Mord? Wer profitiert davon? In den meisten Fällen ist dieser Jemand der Mörder.«

Es fiel Sperber sichtlich schwer, die Fassung zu wahren. Sie wankte, als sie zur Haustür trat und sie aufriss. Auf ihren Wangen sah Scharenberg eine leichte Röte. »Verlassen Sie mein Haus! Sofort!«

Zufrieden grinsend stand der Kommissar ein paar Minuten vor der alten Villa und blickte zu den Fenstern im ersten Stock, hinter deren Vorhängen er die Hausherrin vermutete. Manchmal musste man das Wild ein wenig aufschrecken, bevor man es erlegen konnte.

Paula Wagner jagte gerade ihren Honda Civic über die Frankfurter Straße, als ihr Handy klingelte. Ihre Laune besserte sich keineswegs, als sie die Nummer erkannte. Polizeidirektor Jansen druckste herum, versuchte sich in Small Talk, während Paula ungeduldig, mit den Fingern auf dem Lenkrad trommelnd, vor einer Ampel wartete.

Endlich kam er zur Sache.

»Wir haben die *Task Force Science* ins Leben gerufen, um die Zusammenarbeit zwischen Polizei und wissenschaftlichen Ermittlern zu verbessern, nicht wahr?«, begann er umständlich. Paula grunzte nur. Was sollte sie dazu sagen? »Natürlich lassen wir Ihnen freie Hand, Frau Hauptkommissarin, wenn es darum geht, die Fälle auszuwählen, die Ihnen Erfolg versprechend erscheinen. In Ihre Ermittlungsmethoden will ich Ihnen im Prinzip gar nicht hineinreden. In keinster Weise!«

Statt zu antworten, gab Paula Wagner Gas und wartete darauf, zu erfahren, was Jansen eigentlich von ihr wollte.

»Was ich allerdings in keinster Weise verstehe: Warum schicken Sie dennoch Ihre Leute zu Ermittlungen hinaus?«

Paula seufzte. »Gelegentlich, Herr Polizeidirektor, gehört selbst für ein wissenschaftsorientiertes Team gute, klassische Laufarbeit zu den unvermeidlichen Übeln unseres

Daseins.« Dass sie es bisher vermieden hatte, die Wissenschaft allzu sehr in die Arbeit einzubinden, ließ sie ebenso unerwähnt wie ihre Vermutung, dass die Wissenschaft in Gestalt Brandts das ebenso halten wollte.

»Sie müssen mir nicht erzählen, wie unser Job aussieht, Frau Wagner«, fuhr der Polizeidirektor sie an. »Es ist in jedem Fall nicht vertretbar, dass Ihre Mitarbeiter die Opfer lange zurückliegender Verbrechen auf ungehörigste Weise belästigen und beschuldigen!« Jetzt hatte Jansen also die Wut gepackt. Vielleicht hätte Paula ihm doch nicht erklären sollen, wie Polizeiarbeit funktioniert? »Schon gar nicht, wenn es sich bei dieser Person um eine äußerst respektable und angesehene Frau handelt, die in den höchsten Kreisen dieser Stadt verkehrt und uns allen«, die Stimme des Direktors erreichte nun nie gekannte Höhen, »allergrößten Ärger bereiten kann! Verstehen Sie, was ich meine?«

Paula rätselte, doch sie war klug genug, sich das nicht anmerken zu lassen. Schließlich erklärte Jansen ihr, was geschehen war. »Heute stand einer *Ihrer* Mitarbeiter vor der Haustür der Familie Sperber in Dellbrück und beschuldigte die Tochter eines Mordopfers, Ehefrau eines Stadtrates und angesehene Society-Lady dieser Stadt, ihren Vater ermordet zu haben! Sind Sie und Ihre Leute noch ganz bei Trost, Wagner?«

Mit jedem Wort des Direktors wuchs ihre eigene Wut. Sie setzte dicse jedoch umgehend in steigenden Druck auf das Gaspedal des Hondas um und wäre fast mit einem ausscherenden Kleintransporter zusammengestoßen. Hupend umkurvte sie ihn. Schwellenberg schien am anderen Ende der Leitung kurz zu erschrecken. Trotz seines Zorns wirkte er besorgt. »Alles in Ordnung bei Ihnen?«

»Alles bestens!«, antwortete Paula. »Ich werde umgehend mit meinen Mitarbeitern reden. Das verspreche ich Ihnen!«

Ihre wütende Entschlossenheit beruhigte wiederum den Polizeidirektor. Fast nachgiebig antwortete er. »Tun Sie das. Wir versprechen uns sehr viel von Ihrer Abteilung und solche Vorfälle erschweren uns allen die Arbeit.« Er beendete das Gespräch. Paula konnte ihn nicht mehr fragen, warum er ihr solche Mitarbeiter gegeben hatte, wenn er so große Erwartungen in ihre Abteilung setzte. Stattdessen wendete sie im großen Bogen auf der vierspurigen Straße, erntete ein kleineres Hupkonzert und fuhr umgehend zurück nach Sülz.

Dort angekommen knöpfte sie sich ohne langes Zögern den stinkenden Kommissar vor.

»An welchem Fall arbeiten wir gerade?«, schnauzte Paula. Scharenberg verschränkte die Arme vor seinem Bauch. Paula stemmte die Fäuste auf Scharenbergs Schreibtischplatte, beugte sich nach vorne und fixierte den Kommissar. Langsam wiederholte sie jedes einzelne Wort. »An … welchem … Fall … arbeiten … wir … gerade?« Scharenberg wich in seinem Stuhl zurück und schwieg trotzig. Paula schlug mit beiden Händen auf den Tisch. Franka Schilling, die sich mit dem Laptop vor Scharenberg und seinem Geruch auf einen Besucherstuhl geflüchtet hatte, zuckte zusammen. Scharenberg zeigte keine Regung. »Ich habe Ihnen gesagt, Sie sollen diese Akte«, Paula donnerte mit der Faust auf die Ordner zum Fall Heck, »durchackern. Stattdessen trampeln sie im Vorgarten einer Stadtratsgattin herum und beschuldigen sie, vor mehr als dreißig Jahren ihren Vater ermordet zu haben. Sind Sie bescheuert? Gehört das zu unserem Fall?«

Scharenbergs Kinn bohrte sich fast in seine Brust.

Paula beantwortete die Frage schließlich selbst. »Nein, es gehört verdammt noch mal nicht zu unserem Fall! Machen Sie hier Ihre Arbeit, ersparen Sie sich und mir Ihre Sonderwege!« Paula holte tief Luft. »Und duschen Sie!« Scharenberg sah sie verletzt an. Doch die Hauptkommissarin war wieder auf dem Weg zur Tür.

»Eine Scharade!«, rief er ihr mit brüchiger Stimme hinterher.

Verwirrt drehte Paula sich zu ihm um. »Eine *was*?«

Scharenberg hielt die Akte Heck hoch. »Eine Scharade. Unmengen sinnloser Aktivitäten, um den Eindruck von Arbeit vorzutäuschen, ohne ein Ergebnis liefern zu müssen.«

»Und warum das alles?«, fragte Franka. »Immerhin ist ein Kollege erstochen worden!«

Paula lehnte nachdenklich an der Tür. Scharenberg hatte in Worte gefasst, was sie im Kopf gehabt hatte. Franka die Frage formuliert, auf die sie eine Antwort finden mussten. Sie nickte beiden kurz zu und verließ das Büro.

Scharenberg blickte verwirrt Franka an. »Stinke ich?« Ratlos roch er an seinem Hemd.

Die Polizistin stand auf. »Dusch einfach«, sagte sie und folgte der Hauptkommissarin auf den Flur.

Paula stand bereits im Aufzug, die Tür schloss sich gerade, als Franka sie rief. »Paula?«

Überrascht drehte die Hauptkommissarin sich um. Sie konnte sich nicht erinnern, Franka Schilling das ›Du‹ angeboten zu haben! »Was?«, antwortete sie gereizt, doch die junge Polizistin kam unverdrossen und schweigend auf sie zu. Es lag eine große Zielstrebigkeit in ihrem Gang. Empfindsamere und ängstlichere Menschen als Paula hätten Frankas Bewegungen als bedrohlich betrachtet. Selbst bei einer körperlich schwächeren Frau.

Die Fahrstuhltür ging zu, mit einer schnellen Bewegung hielt Franka Schilling ihre Hand vor den Lichtsensor. Sie schaute sich kurz um. »Ich will ebenfalls nach unten«, sagte sie, und ehe sich Paula versah, stand sie mit Franka im Aufzug. Ihre junge Kollegin stand nun direkt vor ihr.

»Sie wollten wissen, warum ich in Ihre Abteilung wollte.«

Paula blickte in Frankas irritierende Katzenaugen und nickte. Immerhin waren sie jetzt wieder beim ›Sie‹. Paula war entschlossen, es dabei zu belassen. »Sie wollen mir also sagen, warum Sie sich in meine Abteilung haben versetzen lassen.«

Franka nickte. Es schien Paula, als holte die Polizistin kurz Luft. Dann trat sie entschlossen nach vorne und küsste die Hauptkommissarin auf den Mund.

18

Eine Stunde später saß eine hochgradig verwirrte Paula in einem Sülzer Schrebergarten. Es war nicht das Atemgerät und nicht die Unfreundlichkeit ihres Gesprächspartners, die sie aufwühlte. Ihr Herz klopfte, ihre Knie zitterten und ein Blick in den Rückspiegel des Honda hatte sie zuvor überzeugt, dass auch ihre Wangen gerötet waren. Paula war noch nie von einer Frau geküsst worden und sie wusste nicht im mindesten, was sie davon halten sollte. Franka hatte den Fahrstuhl im ersten Stock angehalten und war wortlos ausgestiegen. Sie selbst hatte erst nach fünf Minuten daran gedacht, den Knopf für das Parkdeck zu drücken. Dort hatte sie versucht, einen klaren Gedanken zu fassen. Das war ihr nicht gelungen, also hatte sie sich auf den Weg zu ihrem Gesprächspartner gemacht.

Aus ihren Gedanken erwachte sie erst, als ein LKW-Fahrer – mit dem deutlichen Hinweis ›Hier kommt DIDI‹ hinter der Windschutzscheibe – sie auf dem Militärring wütend anhupte, weil sie statt der vorgeschriebenen 70 Stundenkilometer 30 fuhr. Verschämt drückte sie aufs Gaspedal und hängte den Laster ab.

In der Schrebergartenkolonie verlief sie sich und musste einen älteren Herrn, der mit einem Spaten ein Beet umgrub und ihr ausführlich seine Pflanzungen für das Frühjahr erläuterte, um Hilfe bitten. Eine Viertelstunde zu spät erreichte sie den Garten des pensionierten Kriminalkommissars Adolf Heimering, den sie allein schon wegen seines Vornamens nicht mochte. Sein angeblicher Gedächtnisverlust machte die Angelegenheit nicht besser.

»Ich erinnere mich wirklich nicht an diesen Fall Hock. Es tut mir leid, Frau Oberkommissarin, das waren über die Jahre zu viele Fälle.« Hätte er dabei nicht so verschlagen gegrinst, Paula hätte ihm vielleicht sogar geglaubt. Resigniert stand sie schließlich auf. Mehr aus Gewohnheit hatte sie ihm gegen Ende des Gesprächs ihre Telefonnummer aufgeschrieben. Visitenkarten besaß die *Task Force Science* immer noch nicht. In der Verwaltung hieß es, die seien in Arbeit und sicher bald zu haben.

Verena Talbot nahm wie üblich in der ersten Reihe Platz. Von hier hatte sie einen sehr guten Blick auf die drei Männer, die nun hinter Bürotischen auf der Bühne Platz nahmen, und konnte ihr Mienenspiel beobachten, das ihr mindestens so viel erzählte wie das, was sie gleich sagen würden. Außerdem hatte sie von hier den kürzesten Weg zur Tür, durch die die Männer wieder verschwinden würden. Nur für den Fall, dass sie nach der offiziellen PK noch Fragen hatte, die die Kollegen nicht zu hören brauchten. Sie nickte dem Pressesprecher der Kölner Polizei ebenso freundlich zu wie Polizeidirektor Jansen und Hauptkommissar Bergkamp, die neben dem Sprecher Platz genommen hatten. Hinter den Männern leuchtete das Emblem der Kölner Polizei, das von einem Beamer auf eine Leinwand geworfen wurde und dessen Lichtstrahl Bergkamps schütteres Haar wie glänzende Fäden aussehen ließ.

»… haben wir nun wohl einen Durchbruch in unseren Ermittlungen erzielt. Herr Polizeidirektor Jansen wird Ihnen gleich näheres dazu mitteilen«, beendete der Sprecher seine Begrüßung der zahlreich erschienenen Journalisten. Wenn Jansen selbst die PK übernahm, hatten sie etwas zu bieten. Schlechte Nachrichten hätte der Polizeidirektor Bergkamp überlassen. Der Pressesprecher drückte auf einen Knopf an Jansens Tischmikrofon. Jansen errötete und räusperte sich verlegen. Das grelle Pfeifen einer Rückkopplung ließ die Zuhörer zusammenzucken. Hauptkommissar Bergkamp studierte seine Fingernägel. Dafür, dass es sich hier um seinen Fall handelte, wirkte er bemerkenswert unbeteiligt. Verena wusste, dass Bergkamp kein großer Freund der Presse war, die wenigsten Polizisten waren das. Aber sie hatte den Eindruck, als wäre Bergkamp nicht nur die Konferenz egal, sondern sogar das, was Jansen zu sagen hatte.

Dessen zweiter Anlauf verlief ohne Störgeräusche. »Uns ist es heute gelungen, einen entscheidenden Schritt im Krahnenbäumen-Mord zu machen. Dank einer mutigen Zeugenaussage und der guten Arbeit unserer Spezialisten konnten wir ein Phantombild des Hauptverdächtigen anfertigen.«

Hinter dem Direktor wechselte das Bild und statt des Polizeiemblems erschien ein verwischt wirkendes Schwarz-Weiß-Bild eines Männerkopfes. Langsam wurde das Porträt schärfer und die junge Journalistin war nicht sonderlich überrascht, ein Gesicht zu sehen, dass ihrem Lebensgefährten sehr, sehr ähnlich sah. Mit angehaltenem Atem horchte sie auf Reaktionen der Journalisten hinter sich. Niemand schien den Mann auf dem Foto zu erkennen. Schwellenberg sprach weiter.

»Dieser Mann, über dessen Identität wir noch nichts wissen, wird dringend gesucht. Das Bild erhalten Sie …«, hier zögerte er und der Pressesprecher sprang ihm bei.

»Sie bekommen es als Kopie am Ausgang oder finden es im Pressebereich unseres Online-Systems. Wir möchten darauf hinweisen, dass wir auf Ihre Hilfe und Unterstützung angewie…«

Jansen übernahm wieder und fiel seinem Sprecher ins Wort. »Veröffentlichen Sie dieses Bild, damit der feige Mord an dem alten Mann bald aufgeklärt werden kann!« Er reckte das Kinn leicht nach vorne, als er sprach, ein Versuch energisch zu wirken, aber die Feldherrenpose misslang dem Polizeidirektor gründlich.

Verena hatte kaum noch zugehört. Sie starrte auf Bergkamp. Er kannte Marius, warum hatte er ihn nicht identifiziert? Inständig hoffte sie, dass keiner der drei Männer bemerkte, was ihn ihr vorging. In diesem Moment wünschte

Verena sich, weit hinten in der letzten Reihe zu sitzen. Sie hielt den Kopf gesenkt und tippte wüst sinnlose Zeichenfolgen in ihren Laptop. Aus dem Augenwinkel sah sie, wie Bergkamp und die beiden anderen aufstanden. Der Hauptkommissar drehte sich zu dem Phantombild um und schaute es lange an. Verena hätte schwören können, dass er das Bild das erste Mal sah. Sie versuchte in seinem Gesicht zu lesen. Bergkamp zog kurz die Augenbrauen zusammen, als versuchte er sich zu erinnern, wo er dieses Gesicht schon einmal gesehen hatte. Anschließend gesellte er sich zum Small Talk mit dem Polizeidirektor.

ZWEITER TEIL

Chicago am Rhein

»I hurt myself today
To see if I still feel
I focus on the pain
The only thing that's real«
Hurt, Nine Inch Nails

19

Hannes Bergkamp stand mit Polizeidirektor Jansen noch eine Weile an der Tür. Ein paar Journalisten unterhielten sich mit dem Pressesprecher. Früher hätten alle ihn oder Jansen belagert. In den letzten Jahren hatte sich das geändert. Nachfragen blieben meistens aus oder hatten wenig mit dem Fall zu tun. Anfangs hatte sich Bergkamp darüber gewundert, mittlerweile wusste er, dass die Journalisten ihre Texte bereits fertig hatten, bevor die PK zu Ende war. Eine nervige Ausnahme bildete Verena Talbot, aber auch die schien inzwischen gelernt zu haben. Zumindest tippte sie nach wie vor angestrengt auf ihrem Laptop herum. War sie nicht mit diesem Privatdetektiv zusammen? Das Bild des Gesuchten stand immer noch in mehr als ein Meter mal ein Meter Größe leuchtend über dem Pressetisch. Bergkamp schaute auf Verena, dann auf das Bild. War das möglich?

Während sein Porträt einen Quadratmeter an der Wand des Pressesaales der Kölner Polizei füllte, saß Marius Sandmann in einem nach Papier riechenden, schmucklos kühlen Kellerraum inmitten unzähliger Regalkilometer Papier. Er hatte es Verena zu verdanken, dass er hier sein konnte, wo normalerweise niemand Fremdes Zutritt hatte. Sie hatte ihn in das Archiv ihrer Zeitung mitgenommen und dort inoffiziell ›vergessen‹, wie sie sich beim Abschied ausdrückte. Nachdem sie gegangen war, brachte Marius seine Kleidung wieder in Ordnung und saß nun konzentriert auf einem schäbigen Bürostuhl. Der grünlich schimmernde Bildschirm eines Mikrofiches spiegelte sich in seinen Brillengläsern. Seine Pupillen wanderten zügig von links nach rechts, gelegentlich schob er mit der altmodischen Rollenkonstruktion die Informationen nach oben. Der Detektiv hatte ›Siegfried Baumgart‹ in die Suchmaske eingetippt und mit Berichten aus dem Kölner Milieu gerechnet, doch war bisher nicht fündig geworden. Wenn Siggi Baumgart Teil dieses Milieus gewesen war, war er zumindest nie mit der Presse in Berührung gekommen. Am Vorabend hatte sich Marius einen Dokumentarfilm zum Thema angeschaut, ebenfalls ohne Erwähnung Baumgarts. Vermutlich war nicht jeder der damals Beteiligten an Presse und Öffentlichkeit interessiert – aus gutem Grund.

Nach langer Suche brachte der Name ›Siegfried Baumgart‹ schließlich einen Treffer. Wäre der Artikel, um den es ging, nicht mit einem Foto ergänzt gewesen, Marius hätte auf eine Namensgleichheit gewettet. Der Mikrofiche war mit einem Drucker verbunden. Als Marius den Artikel ausdrucken wollte, fragte ihn das System nach Benutzernamen und Passwort. Da er beides nicht besaß, blickte er sich kurz um, versicherte sich, dass er allein im Raum war, und lobte in Gedanken einmal mehr den Erfinder der Handykamera. Dann fotografierte er den Artikel vom Bildschirm ab, durchforstete das System noch einmal allgemein nach Beiträgen zur Kölner Ringszene, fand nichts, was sein Interesse fesselte.

Als er das Archiv verließ, klingelte sein Handy.

»Hallo Marius!«, flüsterte Verena, als könnte sie belauscht werden. »Ich komme gerade aus einer Pressekonferenz der Kölner Polizei zum Mord in UKB.«

»Gibt es Neues?« Marius ging in einen Hauseingang, um ungestört vom Straßenlärm telefonieren zu können.

»Sie haben uns eben ein Phantombild ihres Hauptverdächtigen in die Hand gedrückt und zum Abdruck freigegeben. Man kann sagen, was man will, ein paar Sachen kann die Kölner Polizei.«

»Zum Beispiel?«

»Phantombilder! Sie haben dich richtig gut getroffen.«

»Sie haben was?«

»Sie haben ein Phantombild von Dir veröffentlicht. Die suchen dich. Du bist ihr Hauptverdächtiger.«

Bergkamp hätte seine frühere Mitarbeitern Paula Wagner anrufen können, um an Marius Sandmanns Telefonnummer zu gelangen, hatte aber darauf verzichtet. Seitdem sie im Alleingang vor über einem Jahr einen der spektakulärsten Mordfälle in der jüngeren Kölner Kriminalgeschichte gelöst hatte – ausgerechnet gemeinsam mit eben diesem Marius Sandmann! –, hatten sie kein Wort mehr miteinander gewechselt.

Deshalb hatte er sich nach der Pressekonferenz in sein Büro begeben, die Festnetz- und Mobilfunknummer von Sandmann recherchiert, doch weder unter dem einen noch dem anderen Anschluss hatte sich der Detektiv gemeldet. Bergkamp hatte gehofft, ihn ins Präsidium bestellen zu können. Stattdessen musste er selbst raus und stand nun vor einem schmucklosen Mietshaus auf der Vogelsanger Straße. Er schellte, nichts geschah. Hatte Sandmann Wind bekommen? Bergkamp war unschlüssig, ob er ihm den Mord zutraute. In jedem Fall war er ein wichtiger Zeuge und musste vernommen werden.

Plötzlich öffnete sich die Tür. Eine ältere Frau kam gebeugt aus dem Haus und blickte den Polizisten von unten herauf misstrauisch an. Der Hauptkommissar versuchte, sich an der Alten vorbei in den Hausflur zu schieben. Die Frau versperrte ihm mit ihrem kleinen, massigen Körper den Weg. »Wo wollen Sie hin, junger Mann?«

Bergkamp zückte seinen Ausweis und hielt ihn der Frau unter die Nase. »Polizei«, sagte er. Die Frau machte keinerlei Anstalten, beiseite zu gehen.

»Ja und?«

»Ich muss zu Sandmann, dem Detektiv.«

»Ach, können Sie Ihre Fälle nicht mehr allein lösen?« Sie machte Platz und Bergkamp zwängte sich an ihr vorbei.

Nach kurzem Suchen drückte er einen altmodischen Lichtschalter. Rechts von ihm waren zwei lange Reihen von Briefkästen in die Wand geschraubt. Als er kein Geräusch im Flur hörte, griff er mit der flachen Hand durch Sandmanns Briefschlitz und holte ein paar Umschläge hinaus, fand nichts, was ihn interessierte. Am Ende des Flurs befand sich der Eingang zur Detektei. Er schellte zweimal. Keine Reaktion.

Links von der Detektei gab es einen offenen Durchgang zum Hinterhof. Er ging hinaus und betrachtete die rückwärtige Fassade. Niemand saß in den Fenstern und beobachtete ihn. Die Hand über den Augen schaute er in die Fenster im Erdgeschoss hinein. Er wusste genug über Kunst und Design, um zu erkennen, dass der junge Detektiv einige kostspielige Möbel besaß. Im hinteren Zimmer, einer Mischung aus Büro und Sportraum, führte eine Holztreppe ins erste Stockwerk. Offenbar war die Detektei im Erdgeschoss mit der Wohnung darüber verbunden. Leider konnte er nichts dort oben erkennen. Aus dem Treppenhausfenster des Nachbarhauses würde er vielleicht einen Blick in die Wohnung des Detektivs werfen können.

Das Betreten des Nachbargrundstückes fiel dem Polizisten deutlich leichter. Er verzichtete einfach darauf, sich als Polizist auszugeben, was früher noch fast jede Tür geöffnet hatte. Die Kollegen vom Einbruchsdezernat und der – intern spöttisch ›Prophylaxe & Zahnpflege‹ genannten – Einheit zur Kriminalitätsvorbeugung konnten so oft darauf hinweisen, wie sie wollten, irgendwer drückte einem immer auf. Nur nicht der Polizei.

Bergkamp brüllte kurz »Post!« durch das Treppenhaus, klapperte an den Briefkästen und wartete, bis alle Türen wieder geschlossen waren. Aus dem Treppenhausfenster zwischen dem ersten und zweiten Stock konnte er wunderbar in Sandmanns aufgeräumte Wohnung blicken. Auch hier überwogen Designstücke und antike Möbel. Seine eigene Einrichtung war an einem einzigen Wochenende in einem Möbelhaus am Stadtrand gekauft worden, kurz nachdem seine Frau ihn rausgeworfen hatte, und dürfte zusammen so viel wie das Bett des Privatdetektivs gekostet haben. Er wunderte sich, wie der Detektiv sich diese Möbel leisten konnte. Der Hauptkommissar war überzeugt, dass Sandmanns Beruf die Anschaffung solch ausgewählter Stücke nicht ermöglicht hatte. Kurz überlegte er, ob die Journalistin wohl genug verdiente, um sich so eine Wohnung leisten zu können. Er glaubte es nicht. Hatte Sandmanns offensichtlicher Reichtum möglicherweise mit dem Mord zu tun? Vielleicht war der Detektiv doch nicht nur Zeuge, sondern tatsächlich ihr Hauptverdächtiger. Der Gedanke gefiel dem Hauptkommissar. Er konnte sich ein Grinsen nicht verkneifen.

Noch am gleichen Abend bekam Hannes Bergkamp seinen Haftbefehl gegen Marius Sandmann und die rot gekleideten Boten des Express trugen die Geschichte in alle Kneipen der Stadt. ›Privatdetektiv der Rollstuhlkiller?‹ titelte die Zeitung, daneben das Phantombild mit Marius Sandmanns Namen.

Auch der Wirt im ›GrünEck‹ kaufte wie jeden Abend eine Zeitung, eher für sich als für seine Gäste, doch an den Mann auf dem Foto erinnerte er sich sofort. Es dauerte ein paar Minuten und Helm Münzenberg hatte mehr als nur eine vage Beschreibung des Mannes, den er jagte.

20

Länger konnte Paula die Rückkehr in ihr Büro nicht aufschieben. Ihr Herz klopfte bis zum Hals, als sie den dunklen, stillen Flur im dritten Stock der Sülzer Polizeiwache entlangging. Nachdem sie zweimal tief eingeatmet hatte, öffnete sie die Tür. Ihr Blick huschte über Franka hinweg, blieb an dem durch die Lesebrille auf seinen Bildschirm schielenden Scharenberg kurz hängen, um sich schließlich fest auf die Ablage ihres eigenen Schreibtisches zu heften, hinter dem sie sich rasch niederließ.

Es war nicht allein Frankas Anwesenheit, die die Kommissarin irritierte. Irgendetwas war anders. Fragend blickte sie über den Bildschirmrand hinweg zu ihren beiden Mitarbeitern, die einander an ihren Schreibtischen gegenübersaßen, jeder in seine Arbeit vertieft. Irritierte Paula, dass beide arbeiteten? Nein, das war es nicht. Erst als ihr Blick zum geschlossenen Fenster wanderte, gegen das ein Kölner Frühlingsregen trommelte, erkannte sie die Veränderung. Es roch nach Seife. Nach sehr viel Seife.

»Wie war es bei Heimering?«, fragte Scharenberg, als ihm Paulas fragender Blick peinlich wurde.

»Kannten Sie ihn?«

Scharenberg schüttelte den Kopf. »Franka hier«, er deutete mit einem Kugelschreiber auf seine Kollegin, »kennt seinen Neffen.«

Franka warf Scharenberg einen zornigen Blick zu. Paula lag eine Bemerkung auf der Zunge, dass Franka wohl mit jedem Polizisten in Köln befreundet sei, aber sie behielt sie für sich. »Woher kennen Sie ihn, Schilling?« Ihre eigene Distanziertheit beruhigte Paula.

»Ich will nicht drüber reden«, murrte Franka.

Ihr Kollege hingegen war in Redelaune. »Sie hat ihm das Knie in die Eier gerammt.«

Frankas roter Kopf schnellte hoch. »Er hat mir an die Titten gegrapscht!« Ihre Wut war immer noch zu hören. »Zehn Kollegen standen drum herum und haben gelacht.«

»Danach wohl nicht mehr, was?«

Franka wandte sich mit zorngeröteten Wangen an Paula. »Was hättest du … was hätten Sie getan?«

»Vermutlich das Gleiche«, antwortete die Hauptkommissarin wahrheitsgemäß.

»Wenn es Ihr Vorgesetzter gewesen wäre?«, fragte Scharenberg, eine graue Augenbraue spöttisch hochgezogen.

»Dann erst recht«, antwortete Paula. »Sie sind also strafversetzt?«, wandte sie sich wieder an Franka.

Auch dieses Mal antwortete der fast schon nervend gesprächige Scharenberg. »Das sind wir doch alle.«

Statt zu bestätigen, was eh jeder wusste, nahm sie die Akte hoch, die auf ihrem Schreibtisch lag und zog einen Zettel heraus. »Ich habe mir die Befragungen noch einmal durchgelesen, die damals im Mordfall Heck gemacht wurden. Drei Zeugen würde ich gerne noch einmal auf den Zahn fühlen.« Sie reichte die Liste mit den Namen an Franka weiter, ihre Hände berührten sich kurz. Erschrocken zuckte Paula zurück. »Es handelt sich um die aus der Tatnacht: Neben den Prostituierten Margarethe Klösgen, mit der ich bereits gesprochen habe, sowie Albertine Schmitz interessiert mich vor allem Georg Bastians, ein kleiner Schläger und Türsteher.«

»Bastians?«, schallte es fragend aus Scharenbergs Ecke, »Georg Bastians?«

Paula nickte ihm zu. »Georg Bastians, damals wohnte er in einem kleinen 1-Zimmer-Appartement auf dem Friesenwall, heute – glaube ich – irgendwo im Rechtsrheinischen. Er arbeitete um die Ecke in der Brinkgasse und wurde von einem Nachbarn gesehen, als Heck erstochen wurde.«

»Kalker Hauptstraße wohnt er heute«, antwortete Scharenberg, der eine Akte aufgeschlagen vor sich liegen hatte.

»Kennen Sie ihn?«

»Nein. Aber sein Name taucht in der Akte Sperber auf.«

Beide Frauen blickten ihn überrascht an. Paula vergaß sogar, Scharenberg zu fragen, warum zum Teufel er sich immer noch mit der Akte Sperber beschäftigte.

»Was macht ein kleiner Türsteher aus der Brinkgasse im Mordfall Sperber?«

»Das Haus, in dem er gewohnt hat, hatte Sperber gehört. Unten drin befand sich damals eine Bar, ich glaube, die ›Bar

Chou Chou‹.« Franka verdrehte die Augen, als Scharenberg den Namen aussprach. »Ich kann nix dafür«, reagierte der Kommissar gereizt.

»Hört auf, euch zu streiten!«, ging Paula dazwischen, das erste Mal ihre Mitarbeiter duzend. »Ist Bastians damals vernommen worden?«

»Im Fall Sperber, meinen Sie jetzt?«, fragte Scharenberg.

»Ja, im Fall Sperber.«

»Ja, ist er.«

Franka ging dazwischen. »Was hat er gesagt? Warum ist er überhaupt ins Visier der Polizei geraten?«

Scharenberg musste nicht einmal in die Akte schauen, um zu antworten. »Die Polizei kam damals irgendwann dahinter, dass Sperber das Haus am Friesenwall besaß. Da haben sie natürlich geprüft, ob er irgendwelche privaten oder geschäftlichen Kontakte ins Milieu hatte.«

Paula und Franka hoben gleichzeitig die Augenbrauen und sprachen beide mit der gleichen Ungeduld: »Und? Hatte er?«

Scharenberg blickte die beiden Frauen aufgeschreckt an und schüttelte den Kopf. »Ihm wurde nie etwas nachgewiesen.«

»Aber?«

Scharenberg wackelte auf dem Stuhl herum. »Also nach allem, was die Akte hergibt, war das Haus für Sperber einfach eine Investition.«

»Finden Sie raus, was aus dem Haus wurde!«

Bashkim, Pit und Hanno saßen in Pits altem Camaro und beobachteten einen Hauseingang auf der Vogelsanger Straße. Der Albaner hatte einen weniger auffälligen Wagen nehmen wollen. Pit und Hanno hatten seine Bedenken beiseite gewischt. Pit selber saß am Steuer, Hanno im Fond des Wagens. Eine attraktive Blondine ging an ihnen vorbei und auf die Haustür zu.

»Geiles Gestell!«

»Das ist `ne Journalistentussi«, warf Bashkim in die Runde.

»Aus'm Fernsehen? Wo kann ich mir die mal näher anschauen?«

»Nein, aus der Zeitung.«

»Du liest Zeitung?«

»Halt die Fresse!«

»Die sollte zum Fernsehen, guckt euch an, wie die aussieht.«

»Die sollte an die Stange, nicht ins Fernsehen.«

»Die sollte an meine Stange«, brummte Hanno von hinten. Pit lachte.

Sie warteten eine weitere Stunde, bis der Privatdetektiv auftauchte. Ohne lange zu zögern, stieg Bashkim aus. Pit startete den Wagen, setzte aus der Parklücke und hielt unmittelbar vor der Haustür. Sandmann drehte sich um, als Bashkim ihn um Feuer bat. Noch bevor er antworten konnte, schlug der Albaner zu und zerrte den taumelnden Privatdetektiv in den Wagen. Mit quietschenden Reifen brauste er davon.

21

Die Schmerzen weckten Sandmann. Ein Brennen in seinem Gesicht. Langsam kam er zu sich. Er saß nackt auf einem klapprigen Holzstuhl, die Beine an die Füße des Stuhles und die Arme hinter dessen Lehne gefesselt. Ein grelles Licht leuchtete ihm in die Augen, in dem er vereinzelt Schemen ausmachen konnte, die sich bewegten. Jedes Mal, wenn einer der Schemen aus dem Licht hervortrat und für einen kurzen Moment Gestalt annahm, erhielt der Detektiv einen Schlag ins Gesicht. Gesprochen wurde nichts.

Nach einiger Zeit ließen sie ihn wieder allein. Es war kalt und roch muffig. Die Lampe ließen seine Peiniger brennen. Wenn Marius auf den Boden starrte und vorsichtig aus den Augenwinkeln ein Stück an dem grellen Licht vorbeischielte, konnte er ein wenig von seiner Umgebung erahnen. Der Boden bestand aus schwarzem, abgeschabtem Plastik. Die Wand zu seiner Linken war mit einem dunkelroten Stoff beschlagen, der an mehreren Stellen eingerissen war und alte Ziegel zum Vorschein brachte. Einer der Risse war teils mit dem Ausfaltbild aus einem alten 80er-Jahre-Playboy verdeckt. Der rechte Teil des Raums verschwand in der Dunkelheit.

Die Schmerzen lauerten sowieso hinter dem Licht. Eine Tür wurde aufgeschlossen. Schritte quietschten leise auf dem Plastikboden.

Dieses Mal kamen sie von zwei Seiten und sie schlugen ihm nicht ins Gesicht. Stattdessen spürte er dumpfen Schmerz auf den Oberschenkeln, den Schultern, im Bauch und im Unterleib. Rasch verfärbten sich die getroffenen

Stellen rotblau und schwollen an. Nach wenigen Minuten fühlte Marius dumpfen Schmerz am ganzen Körper. Selbst dort, wo er nicht getroffen worden war. Ein dritter Mann schlug mit etwas schmalem, in der Luft böse Zischendem auf ihn ein. Marius – schnell atmend, erschöpft und halb blind vor Schmerzen – konnte beim besten Willen nicht erkennen womit. Ihm wurde schwarz vor Augen, doch den Schmerz meinte er immer noch zu spüren.

Ein Schwall kaltes Wasser holte ihn zurück. Der Detektiv brauchte einen Moment, ehe er begriff, wo er war. Das Licht brannte noch greller. Ein Stuhl kratzte auf dem Boden. Jemand setzte sich ihm gegenüber in den Lichtkegel, steckte Marius eine Zigarette in den Mund und zündete sie an. Der Detektiv hustete, die Zigarette fiel auf seinen Oberschenkel und verbrannte die Haut fast bis aufs Fleisch, ehe der Mann sie wegschnippte.

»Nichtraucher?« Marius nickte. »Tut mir leid«, fuhr der Mann fort und Marius wollte glauben, dass er das aufrichtig meinte. »Du weißt, warum du hier bist?«

Der Detektiv schüttelte den Kopf. Er wollte antworten, brachte jedoch kein Wort hervor. Der Mann packte ihn am Kinn und hielt seinen Kopf hoch. Überrascht blickte Marius in das Gesicht eines alten Mannes.

»Möchtest du, dass die Jungs weitermachen?«

Rasch schüttelte Marius den Kopf. Der Mann gab ihm eine kräftige Ohrfeige.

»Das ist keine Antwort. Möchtest du, dass die Jungs weitermachen?«

»Nein«, antwortete der Detektiv gepresst. Die Angst vor weiteren Schmerzen beherrschte sein Denken. Im Hintergrund öffnete sich erneut die Tür.

»Ist er das?« Der Mann auf dem Stuhl erhob sich und

drehte sich um. »Bleib sitzen«, sagte die Stimme im Hintergrund gönnerhaft.

»Er ist es.«

»Redet er?«

»Wir haben gerade erst begonnen, uns zu unterhalten.«

»Frag ihn, warum er Ali kalt gemacht hat!«

In einer anderen Situation hätte Marius vielleicht geschmunzelt über diese kölsche Gangsterplattitüde. Mühsam versuchte er ein Zittern in den Beinen zu unterdrücken. Die Anstrengung ließ den Muskel verkrampfen. Er musste seinen Folterern nicht noch den Gefallen tun und seine Angst zeigen.

»Also: Warum hast du Ali Albertz umgebracht, Detektiv? Wart ihr in irgendwelche krummen Dinger verwickelt?«

»Ich habe Albertz nicht getötet. Wirklich nicht!«

Der Mann vor ihm seufzte. »Junge, soll ich dich jetzt respektieren, weil du ein harter Kerl bist, der das alles hier ausgehalten hat? Möchtest du wirklich, dass alles von vorn losgeht?«

»Nein!« Marius Stimme klang lauter und schriller, als er gewollt hatte.

»Na, sind wir uns ja einig.« Als würde er Marius zustimmen, tätschelte er ihm den Oberschenkel und schlug dabei kräftig auf einen Bluterguss. Der Schmerz ließ Marius zusammenzucken. Vergeblich versuchte er sich auf dem Stuhl wegzudrehen.

»Also noch einmal«, dieses Mal fragte die Stimme aus dem Hintergrund, »warum hast Du Ali gekillt?«

»Ich habe ihn nicht getötet. Wirklich nicht! Ich war bei ihm, weil ich jemanden suche.« Die nächsten Minuten redete der geschundene Detektiv wie ein Wasserfall, erzählte von Vinzenz Dietrich und dessen Suche nach seinem Vater. Hin und wieder unterbrach einer der Männer und fragte nach. Er spürte das Misstrauen in dem Raum. Oder vielleicht fürchtete er sich davor.

»Hast du ihn gefunden?«, fragte der Mann im Hintergrund. Marius überlegte, ob er sein Wissen vollständig preisgeben sollte und zögerte einen Moment. Bevor er entscheiden konnte, blieb ihm die Luft weg. Ein Presslufthammer hatte sich in seinen Solarplexus gebohrt, jedenfalls fühlte es sich so an. Minutenlang sah er Sterne, sein Atem ging japsend und der Schmerz strahlte in seinen ganzen Körper aus.

»Was hast du herausgefunden?« Die Stimme hinter dem Licht. Scharf jetzt und ohne die Wärme des Dialekts.

»Bis jetzt nur einen Namen«, beeilte sich Marius zu antworten, »Siegfried Baumgart!« Stille hing im Raum. Einen Moment dachte Marius, er sei allein und alles nur ein Traum. Wären die Schmerzen nicht so echt gewesen!

»Siggi Baumgart? Du bist auf der Suche nach Siggi Baumgart?« Der kölschen Stimme, deren Urheber Marius immer noch nicht sehen konnte, war die Verblüffung anzuhören.

»Ja, genau den suche ich.« Niemand antwortete. Es schien, als habe der Name die ganze quälende Szenerie, das gesamte Räderwerk des Schmerzes zum Stillstand gebracht. Es war wie ein Zauberwort, eine Erlösung. Lange schwiegen die Männer, als würden sie über das nachdenken, was Marius ihnen gesagt hatte. Ihm war klar, dass alle auf ein Wort des Alten im Hintergrund warteten. Er am allermeisten.

»Finde ihn!« Die einzigen Worte, die der Alte schließlich sagte. Marius hörte die Tür, die Schritte der anderen Männer. Schließlich sah er schemenhaft, wie der Mann auf dem Stuhl sich erhob, um sich seinen Kumpanen anzuschließen. Noch einmal klapperte die Tür, dann war Marius allein.

22

Am frühen Morgen schellte Bergkamp, begleitet von zwei Streifenbeamten, an Sandmanns Wohnungstür. Eine verschlafene Verena öffnete ihm. Er hielt ihr forsch einen Durchsuchungsbeschluss vor die Nase und versuchte, sich an der zierlichen Journalistin vorbeizudrängen. Doch Verena blieb einfach in der Tür stehen.

»Ich würde mir das gerne in Ruhe durchlesen«, sagte sie und deutete mit einer Bewegung ihres Kinns auf das Schreiben.

Bergkamp war es gewohnt, dass die Leute bereitwillig Platz machten, wenn er mit einem offiziellen Dokument in der Hand vor deren Augen herumwedelte. »Sie wissen, dass Sie mich hineinlassen müssen, Frau Talbot.«

»Wenn es sich bei diesem Wisch, mit dem Sie da vor meiner Nase herumgefuchtelt haben, um einen Durchsuchungsbefehl handelt, lasse ich Sie selbstverständlich herein. Bevor ich das tue, will ich mir dieses Papier in Ruhe durchlesen. Also geben Sie schon her!«

Bergkamp tat, was die Journalistin wollte. Verena las das Papier in Ruhe durch. Mit den Worten »Da fehlt ein Stempel« gab sie es ihm zurück.

Verwirrt starrte Bergkamp auf den Zettel. »Wo?«

Mit einem perfekt manikürten Finger zeigte Verena auf ein Feld neben der Unterschrift des Richters, der den Durchsuchungsbeschluss mit krakeliger Handschrift unterschrieben hatte. »Da!«

»Aber das spielt doch keine Rolle«, entgegnete der Polizist.

»Kommen Sie einfach wieder, wenn Sie Ihren Stempel haben.« Mit diesen Worten schloss sie die Tür.

»Lassen Sie uns verdammt noch mal rein! Wir haben das Recht, Ihre Wohnung zu betreten!«, brüllte Bergkamp. Verena antwortete nicht einmal. Wütend schlug er gegen die Tür.

Verena öffnete. »Wenn Sie die Tür kaputt machen, wenden Sie sich wegen der Reparatur an unseren Vermieter, Herrn Ökcan. Hier ist seine Nummer.« Ohne ein weiteres Wort reichte sie ihm einen Zettel und schlug die Tür wieder zu.

»Die hat Haare auf den Zähnen, was?«, warf einer der beiden Streifenbeamten ein und erntete einen zornigen Blick Bergkamps.

»Halten Sie die Fresse!« Der Hauptkommissar stürmte an dem Mann vorbei ins Freie. Er würde dieser Journalistin schon zeigen, was eine ordentliche Durchsuchung wäre!

Sein Handyklingeln weckte den Detektiv auf. Bevor die Müdigkeit ihn übermannte, hatte er versucht, sich von den Fesseln zu befreien, sich dabei aber wortwörtlich ins eigene Fleisch geschnitten. Irgendwann war er vor Erschöpfung eingeschlafen.

Bevor er mit dem Stuhl in Richtung des Klingeltons rücken konnte, verstummte dieser. Der Schmerz pochte und brannte in seinem ganzen Körper.

Langsam gewöhnte Marius sich wieder an die Lichtverhältnisse. Der Scheinwerfer war irgendwann mit einem Knall erloschen. Jetzt herrschte morgendliches Halbdunkel. An der hinteren Wand erkannte der Detektiv eine Bühne. Vor ihr lagen seine Kleider auf einem Haufen. Für den Augenblick interessierten ihn eher die Gläser, die hinter einer Bar auf mehreren Regalbrettern standen. Ein paar Scherben würden ihm helfen, seine Fesseln zu durchtrennen. Mühsam robbte er mit dem Stuhl ans Ende der Theke. Eine Stufe beendete seine Mühen. Hier kam er nicht weiter.

Irgendwann würde Paula mit Franka über das Geschehen reden müssen. Es war lediglich ein Kuss, redete sie sich ein. Nur das Gefühl, wieder ein verwirrter Teenager zu sein, ließ nicht locker. Sie erschrak, als sie Frankas schmale Schultern und blonde Stoppeln sah. Die Kommissarin wandte ihr den Rücken zu und starrte in ihr Laptop. Instinktiv sah Paula hinter den anderen Monitor am zweiten Schreibtisch, aber Scharenberg saß nicht dahinter. Sie war mit Franka allein. Ihr Herz klopfte erneut bis zum Hals. Nur ein Kuss, verdammt noch mal!

Franka, die das Geräusch der Tür gehört hatte, drehte sich um. Paula lächelte, nickte ihr zu, murmelte etwas wie »Ach, schon da.« und huschte an ihren Platz.

»Ich wollte ein paar Sachen überprüfen.«

»Sie müssen sich nicht entschuldigen.«

Zu ihrem Glück trat Scharenberg in diesem Moment ein und mit ihm ein intensiver Geruch nach Seife.

»Störe ich?«

Paula konzentrierte sich auf ihren Bildschirm, doch Franka blickte ihm mitten ins Gesicht. »Nein, du kommst zu spät. Wir hatten eine Frühbesprechung angesetzt. Vergessen?«

Empört blickte der Mann von Franka zu Paula. »Frühbesprechung? Davon hat mir keiner was gesagt.«

»Oh doch«, die Kommissarin unterstrich ihre Aussage mit einem heftigen Nicken, »das haben wir gestern Abend gemeinsam beschlossen.«

»Das kann nicht sein! Ich bin doch nicht doof!«

»Lassen Sie gut sein«, ging Paula schließlich dazwischen. »Alle sind pünktlich. Das ist schon erschreckend genug.«

»Also doch keine Frühbesprechung!« Scharenberg warf seiner Kollegin einen bösen Blick zu, als er sich an den gemeinsamen Schreibtisch setzte. Die Kommissarin grinste.

»Wie auch immer!« Scharenberg ergriff die Initiative. »Ich jedenfalls habe heute morgen schon einen Ausflug hinter mich gebracht.«

»Sie haben nicht wieder Stadtratsgattinnen beehrt, hoffe ich!«

Scharenbergs Augen funkelten kurz böse.

»Dann hätten wir den Polizeidirektor schon zu Besuch gehabt«, setzte Franka noch einen drauf.

Scharenberg verschränkte die Arme vor der Brust. »Ich muss keine Überstunden machen! Ich muss niemandem erzählen, was ich währenddessen herausgefunden habe. Sie können Ihren Scheiß gerne alleine machen!«

»Ist schon gut, Scharenberg! Erzählen Sie!« In diesem Tonfall würde Paula mit einem kleinen Kind reden und sie fragte sich, ob das nicht das beste Verhalten gegenüber einem Menschen wie Walter Scharenberg war. Er jedenfalls schien zufrieden und schaute beide stolz an.

»Im Grundbuchamt!«

»Und? Was hast Du dort herausgefunden?« Franka wedelte ungeduldig mit der Hand, ihr Armband klimperte leise.

Paula war schneller mit der Antwort als Scharenberg. »Bastians hat Sperbers Haus gekauft.« Ihre beiden Ermittler schauten sie überrascht an.

»Woher wissen Sie das?«, fragte Scharenberg.

Paula zuckte mit den Achseln. »Es ergibt einfach Sinn. Wann hat er es erworben?«

»Zwei Wochen, nachdem Sperber ermordet worden war, haben die Familie und Bastians einen Kaufvertrag abgeschlossen. Eine entsprechende Vormerkung ist im Grundbuch eingetragen worden.«

»Wenn Bastians ein Haus in der Lage gekauft hat, muss es ihm jemand finanziert haben. Lassen sich die Banken nicht irgendwelche Rechte ins Grundbuch eintragen?«, fragte Franka.

»Normalerweise lässt sich eine Bank eine Grundschuld eintragen, damit sie ihre Ansprüche geltend machen kann, wenn der Käufer seinen Kreditverpflichtungen nicht nachkommt«, dozierte Scharenberg.

»Welche Bank gibt einem kleinen Schläger wie Gerd Bastians einen Kredit?«

Wieder antwortete Paula als Erste. »Keine vermutlich?« Mit einem Nicken bestätigte Scharenberg ihre Vermutung. »Bliebe die Frage, wie Bastians trotzdem an das Geld für den Kauf gekommen ist. Was wissen wir über den Preis?«

Scharenberg schüttelte den Kopf. »Nichts genaues. Das Haus müsste damals etwa 500.000 Mark wert gewesen sein.«

»Nach allem, was wir über Bastians wissen, hat der nie so viel Geld auf einmal besessen. Der Mann war ständig pleite. Spielschulden vor allem.«

»Womit bezahlt er dann ein Haus am Friesenwall?«

Einen halben Tag saß Bergkamp Däumchen drehend in seinem Büro. Bei jeder anderen Gelegenheit wäre ihm das lieb gewesen. Doch heute überflog er die Internetberichte über die Kölner Haie unkonzentriert, spielte halbherzig ein paar Onlinespiele und widmete sich immer noch wütend einer Internetrecherche zu Verena Talbot, die seine Laune immerhin ein kleines bisschen hob.

Die Frau war ein Biest. Sie hatte nicht die geringsten Skrupel, in ihren Artikeln ihren Freund als Hauptverdächtigen in einem Mordfall vorzuführen. Was Sandmann an ihr fand, konnte nichts mit Denken zu tun haben. Vermutlich war sie eine Granate im Bett. Er musste an Paula Wagners Aussage denken, dass die meisten Verbrecher nicht besonders klug, sondern meist ausgesprochen dumm waren. Damit hatte sie wohl recht. Ansonsten war Paula Wagner selbst nicht die Hellste. Sonst säße sie jetzt wohl kaum mit ein paar abgeschobenen Polizisten, die keiner haben wollte, weit weg vom Präsidium, wo die wichtige Polizeiarbeit erledigt wurde. Hätte sie sich klüger angestellt, wäre sie noch bei ihm. Es klopfte. Ein Bote brachte das den ganzen Vormittag ersehnte Dokument.

23

Wie ein Wirbelsturm fegte Hauptkommissar Bergkamp mit seinen Männern durch die Wohnung. Keine Schublade blieb ungeöffnet, kein Schrank verschlossen, kein Buch undurchblättert. Er beschlagnahmte den Laptop des Detektivs, nachdem er erfolglos versucht hatte, das Passwort zu knacken. Die Talbot hatte störrisch darauf beharrt, es nicht zu kennen. Bergkamp glaubte ihr kein Wort. Er revanchierte sich, indem er gemeinsam mit den Kollegen ihren Kleiderschrank sorgfältigst inspizierte. Außer dem Laptop und einem Whiteboard, mit dessen Notizen Bergkamp nichts anzufangen wusste, fand er nichts Interessantes. Man hätte fast meinen können, in der Wohnung eines kunstinteressierten Privatmannes zu sein, nicht in der eines mordverdächtigen Detektivs. Auf dem Schreibtisch lag sogar ein altes laminiertes Schwarz-Weiß-Foto, das drei junge Paare beim Feiern zeigte. Bergkamp warf das Foto nach einem kurzen Blick neben sich auf den Boden. Einer der Beamten hinterließ einen Fußabdruck darauf.

»Die wohnen ganz chic, die zwei«, sagte er, als sie wieder im Flur standen.

»Fragt sich, womit ein Privatdetektiv und eine Schmierenjournalistin solche Möbel bezahlen.«

Gefühlte Stunden hatte Marius damit vergeudet, die gefesselten Füße auf die Stufe zur Theke zu stellen, um sich hoch zu hieven. Vergeblich! Er hatte sogar mit dem Gedanken gespielt, sich zu drehen und rückwärts fallen zu lassen. Allerdings fürchtete er, nicht mehr hochzukommen, wenn er einmal lag – was seine Situation nicht verbessern würde. Zwischenzeitlich hatte er überlegt, um Hilfe zu rufen. Vermutlich würde ihn niemand hören. Selbst wenn, war er sich nicht sicher, ob er nicht vielleicht Leute anlocken würde, die er hier gar nicht haben wollte.

Ratlos blickte er sich um. Auf der anderen Seite des Raumes war ein Spiegel auf die Wand geleimt worden. Dunkle Blutergüsse zeichneten sich deutlich auf seiner Haut ab. Er sah aus wie eine mittelalterliche Märtyrerfigur. Nackt, gefesselt, blutig. Striemen überzogen die Hämatome.

Der Spiegel aber bot eine Chance. Trotz seiner gefesselten Hände brachte der Detektiv einen Barhocker unter seine Kontrolle, schob sich und ihn in Richtung Spiegel. Dann schlug er den Hocker gegen das Glas. Es bebte kurz, mehr nicht. Marius fluchte.

24

Paula parkte den Wagen auf der Kalker Hauptstraße unweit des Polizeipräsidiums. Franka hatte sich angeboten mitzufahren, Paula aber abgewunken. Sie würde das ohne ihre Hilfe schaffen, hatte sie gesagt. Dabei wollte sie mit Franka nur nicht allein sein. Die Polizistin hatte daraufhin eine Schnute gezogen und war abgerauscht, um sich mit langweiligem Finanzkram zu befassen.

Paula schellte an der Glastür aus den 70er Jahren, vor der hingeworfene Werbeprospekte lagen und ein Pappbecher, aus dem Kaffee auf die Straße lief. Mit dem Fuß kickte sie den Becher vorsichtig beiseite, als der Summer ertönte.

Im zweiten Stock erwartete sie Gerd Bastians. Mochte er früher eine beeindruckende Erscheinung gewesen sein, heute war er das nicht. Sein Gesicht war zugleich aufgedunsen und zerfurcht, die Augen blass, die zu dicken Lippen spröde, das Haar grau und dünn. Bastians trug ein verwaschenes rotes Sweatshirt der Universität zu Köln, von dem Paula vermutete, dass er es aus einem Kleidersack geklaut hatte. Ebenso wie die speckige Jeans, die ihm eindeutig eine Nummer zu klein war. Die einzigen passenden Kleidungsstücke schienen die beiden Plastikbadelatschen zu sein, die er an ungepflegten Füßen trug. Doch seine Instinkte schienen noch zu funktionieren. Bevor sie sich überhaupt vorstellen konnte, begrüßte Bastians sie mit den Worten: »Was will die Polizei von mir?«

»Über Ihren Immobilienbesitz reden«.

Bastians blickte sie verständnislos an und griff neben sich. Unbewusst führte Paula die Hand zu ihrer Pistole, die sie inzwischen fast immer trug. Doch statt nach einer Waffe griff Bastians nach einem Bier, das er neben der Tür auf ein Schränkchen gestellt hatte, und trank einen großen Schluck. Paula drängte sich einen Schritt nach vorne, um einen Blick in die Wohnung zu werfen. Sie sah nichts – außer leeren Bierflaschen und Dreck.

»Darf ich vielleicht reinkommen?« Wollte sie das wirklich? Hinein in diesen Schmutz, dessen Gestank nach schalem Bier, muffigem Staub und menschlichen Exkrementen sich langsam auf dem Flur breitmachte, je länger die Wohnungstür offen stand?

Bevor Bastians sie hineinbitten konnte, hörte sie hinter sich ein Räuspern. Die Hauptkommissarin drehte sich um und blickte einer Frau ihren Alters ins Gesicht, deren drahtige schwarze Haare zu einem Zopf geflochten waren und die eine ebenso schwarze Aktentasche in der Hand hielt.

»Hallo, Frau Klinken«, lallte Bastians, »ich hab' Besuch.«

»Das sehe ich.« Die Stimme der Frau klang nüchtern und geschäftsmäßig. Sie hielt Paula die Hand entgegen und stellte sich vor. »Marie Klinken. Ich bin die gesetzliche Betreuerin von Herrn Bastians. Sie sind Hauptkommissarin Wagner nehme ich an?«

Paula nahm die kalte, trockene Hand und nickte. »Kennen wir uns?«

»Eine Ihrer Mitarbeiterinnen war eben bei mir und hat sich nach Herrn Bastians erkundigt. Da dachte ich mir, dass ich besser einmal vorbeischaue, bevor die Polizei den Zustand meines Klienten ausnutzt.«

»Ich hatte nicht die Absicht, irgendwen auszunutzen.«

»Das freut mich zu hören. Also haben Sie sicherlich kein Problem damit, das Gespräch mit mir fortzusetzen?« Nach einem Seitenblick auf den glasig dreinblickenden und an seiner Bierflasche nuckelnden Bastians schob sie nach: »Unten auf der Straße!«

Paula war damit überhaupt nicht einverstanden. Sie hatte gehofft, eine unbedachte Aussage des Mannes könnte ihr weiterhelfen. Doch sie folgte der Frau hinunter auf die lärmende Hauptstraße.

»Mein Klient ist seit sieben Jahren in meiner Obhut und wie ich Ihrer Mitarbeiterin schon erklärt habe, kaum aussagefähig. Wenn Sie darauf bestehen, lasse ich das ärztlich bestätigen. Aber seien Sie versichert: Was immer Sie von ihm wissen wollen, er kann es Ihnen nicht sagen. Der Mann hat sich regelrecht das Gehirn weggesoffen. Entschuldigen Sie die Deutlichkeit.«

Paula wusste Deutlichkeit durchaus zu schätzen. »Wenn mir Herr Bastians ohnehin nichts sagen könnte, warum wollten Sie nicht, dass ich mit ihm spreche?«

»Weil Herr Bastians möglicherweise Dinge sagt, die ihm nicht zum Vorteil gereichen. Schon gar nicht gegenüber der Polizei. Selbst, wenn Sie nicht wahr sind.«

»Woher wollen Sie wissen, dass Bastians lügt?«

»Weil er gerne mit Sachen prahlt, die er nicht getan haben kann.« Klinken überlegte einen Moment. »Kommen Sie mal mit!«

Eilig trippelte sie vor der Kommissarin die Stufen hoch, wobei Paula die hübschen Beine der Betreuerin auffielen. Im zweiten Stock angekommen, schloss Klinken Bastians Tür auf. Paula sah, wie Bastians sich schwerfällig von einem Sofa erhob und mit der Bierflasche in der Hand leicht schwankend zur Tür schlurfte. Erst jetzt bemerkte sie, wie stark seine Hände zitterten. »Was'n?«, fragte er dumpf.

Die Betreuerin antwortete. »Herr Bastians, Sie haben gelesen, dass ›Unter Krahnenbäumen‹ ein alter Mann ermordet wurde, oder?«

Die Augen des Alkoholikers leuchteten auf. »Ja! Davon habe ich gehört!« Er trank einen kräftigen Schluck. Ein zufriedener Seufzer entwich seiner Kehle, als er die Flasche absetzte. Er sah beide Frauen auf eine Art an, die wohl bedrohlich wirken sollte, stattdessen Paulas Mitleid hervorrief. »Den habe ich kalt gemacht! Mit 'nem Messer!«

»Ist er denn nicht vor Ihnen weggerannt?«, fragte Klinken scheinheilig.

»Ja, hat er versucht! Ich war schneller! Und dann: Ritsch!« Mit der Bierflasche in der Hand deutete Bastians einen Schnitt durch den Kehlkopf an, wobei er einen Großteil des Flascheninhalts auf seinem Sweatshirt verschüttete.

Klinken wandte sich an Paula. »Sehen Sie? Der Mann gesteht Ihnen alles und ich kenne zu viele Polizisten, die ihm das gerne glauben würden. Wenn Sie wirklich etwas wissen wollen, ist es in Ihrem besten Interesse, Gerd Bastians als allerletzten zu fragen.«

Im zehnten oder elften Versuch erst splitterte das Spiegelglas und das Bild von Marius Wunden brach sich dutzendfach darin. Weitere Schläge waren nötig, ehe die ersten Scherben zu Boden fielen. Unerreichbar für seine gefesselten Hände. Marius versuchte, einzelne aufzufangen, schnitt sich dabei in den Finger. Mehrfach hörte er sein Handy klingeln. Schließlich warf er sich verzweifelt mitsamt seinem Stuhl um und schrie vor Schmerz auf, als er mit den Blutergüssen des linken Oberschenkels auf dem Betonboden auftraf. Zum Glück landete er nicht in den Scherben.

So gelang es ihm endlich, eines der Glasstücke mit den Fingern zu greifen und die Fesseln nach einer ihm endlos erscheinenden Weile zu durchtrennen. Danach lag er eine halbe Stunde flach auf dem Boden, streckte die Glieder von sich und atmete. Nichts sonst.

25

Vor dem Polizeipräsidium nestelte Paula in voller Fahrt ihr Handy aus der Jackentasche und wählte Frankas Nummer. »Sie haben mit Bastians Betreuerin geredet?«

»Ja«, antwortete es knackend und abgebrochen. Der Empfang war miserabel.

»Warum weiß ich nicht, dass Bastians unter Betreuung steht?« Sie hasste mangelnde Vorbereitung. Noch mehr hasste sie das Gefühl, hängen gelassen worden zu sein.

»Es tut mir leid«, es knirschte erneut. Paula verstand kein Wort. Sie unterbrach Franka genervt, nahm das Telefon aus der Sprechvorrichtung und klemmte es sich zwischen Ohr und Schulter, während sie mit einer Hand und deutlich zu schnell unter der LanxessArena durchfuhr, um ein paar Grünphasen der zahlreichen Ampeln mitzunehmen.

»Jetzt geht es besser«, forderte sie Franka zum Weiterreden auf.

»Wie gesagt: es tut mir leid. Ich habe versucht mehr über Bastians Finanzen herauszufinden. Das einzige Ergebnis war, dass er unter Betreuung steht. Ich dachte mir, ich versuche gleich einmal mit seiner Betreuerin zu reden. Natürlich hätte ich Sie informieren müssen.«

Die freie Fahrt in Richtung Deutzer Brücke beruhigte Paulas Wut. Sie drückte aufs Gas. Ihre Stimmung besserte sich.

»Vergessen Sie's. Hat die Klinken Ihnen was erzählt?«

»Was glauben Sie?«, fragte Franka rhetorisch. »Sie hat sich natürlich auf Ihre Schweigepflicht und Ihre Verantwortung berufen. Ehrlich gesagt, weiß ich nicht einmal, ob Sie überhaupt eine Schweigepflicht besitzt.«

»Egal, Sie besitzt in jedem Fall keine Verpflichtung mit uns zu reden.«

»Solange keine Straftat vorliegt«, ergänzte Franka. Paula wurde hellhörig, weswegen sie den Streifenwagen übersah, der sich an ihre Rücklichter gehängt hatte.

»Liegt was vor?«

»Nein, zumindest nichts Aktuelles. Bastians ist wohl komplett durch den Wind.«

»Das ist er. Ich habe mit ihm gesprochen.«

»Okay, verstehe«, antwortete Franka. »Jedenfalls habe ich Klinken nach den Vermögensverhältnissen Bastians' befragt.«

»Und selbstverständlich wollte sich die verantwortungsvolle Betreuerin nicht darüber auslassen?«

»Natürlich nicht. Als ich ihr erzählt habe, dass Bastians ein Haus am Friesenwall besitzt, hat sie mich angeguckt, als hätte ich mir die Kleider vom Leib gerissen.«

»Gierig?«, entfuhr es Paula und sie bereute ihre Bemerkung sofort. Am anderen Ende der Leitung herrschte einen Moment Stille, die von einem Martinshorn unterbrochen wurde. Der Streifenwagen zog links an Paula vorbei. Sie fluchte und legte rasch das Handy auf den Beifahrersitz. Vor der Abfahrt zur Rheinuferstraße stoppte sie der blausilberne Mondeo, ein groß gewachsener Streifenbeamter stieg aus, zog sich Uniform und Hose zurecht und kam zu ihrem Seitenfenster.

Paula kurbelte die Scheibe hinunter. »Guten Morgen, Kollege!« Sie hielt dem Mann ihren Dienstausweis hin, der einen kurzen Blick darauf warf.

»Führerschein und Fahrzeugpapiere, bitte!«

»Ist jetzt nicht Ihr Ernst, oder?«, erwiderte die Hauptkommissarin. Doch der Blick des Beamten ließ keinen Zweifel. Paula kramte in ihrer Handtasche und zog die Papiere heraus, die der Beamte an sich nahm und ausgiebig betrachtete.

»Kleinen Moment«, sagte er schließlich und ging zu seinem Wagen.

»Das glaube ich jetzt nicht!« Paula war fassungslos. Sie hörte Frankas Stimme leise auf dem Beifahrersitz und nahm das Handy wieder hoch.

»Was ist los?«, fragte Schilling.

»Polizeikontrolle«, antwortete Paula und zog die Silben dabei betont auseinander.

»Ist nicht wahr?«, entfuhr es Franka. »Sollen wir später weiterreden?«

»Nein, bleiben Sie dran, er kommt schon zurück. Hat sich wohl geklärt.«

Paula legte das Telefon zurück auf den Beifahrersitz, als der Polizist mit ihren Papieren wieder bei ihr war. Sie rechnete damit, sie stillschweigend in die Hand gedrückt zu bekommen, einen kurzen Gruß auszutauschen und weiterfahren zu können. So war es unter Polizisten üblich, eine der wenigen kameradschaftlichen Gepflogenheiten der Kölner Polizei, die sie schätzte. Jeder hatte schließlich eine Schwäche. Der Beamte beugte sich ins Fenster hinein.

»Sie sind mindestens 90 gefahren und haben dabei telefoniert, Frau Wagner. Das macht 200,- Euro.«

»Spinnen Sie jetzt?«, entfuhr es der Hauptkommissarin.

»Soll ich noch Beamtenbeleidigung mit aufnehmen? Sie können froh sein, wenn wir Sie überhaupt weiterfahren lassen und Ihren Führerschein nicht gleich einkassieren! Zahlen Sie jetzt oder sollen wir Ihnen einen Strafzettel zukommen lassen?« Der Beamte grinste, als er einen Satz hinterher schob. »Wenn Sie möchten, gerne auf die Sülzer Wache.«

Paula kochte. Sie zweifelte keine Sekunde, dass die beiden Beamten schon wussten, wer da vor ihnen fuhr, bevor sie sie gestoppt hatten. Jeder andere Polizist wäre mit einer

Alibi-Verwarnung davon gekommen. Sie nicht. Sie nahm die Papiere aus der Hand des Polizisten. »Schicken Sie es mir auf die Wache«, antwortete sie, kurbelte das Fenster hoch und hörte gerade noch wie der Beamte »Wie Sie wünschen, Frau Hauptkommissarin« sagte, bevor sie an ihm vorbeifuhr und kurz hinter dem Streifenwagen die Abfahrt zur Rheinuferstraße wählte, froh, dass die Beamten aus ihrem Blickfeld verschwanden. Erneut steckte sie das Handy in die Freisprechanlage. Man konnte nie wissen. Franka war noch in der Leitung.

»200,- Euro! Ich bin wahrscheinlich die erste Polizistin seit Jahren, die in Köln Strafe für irgendwas zahlen muss!«

»Machen Sie sich nichts draus. Mir schicken die jeden Abend einen Kollegen vorbei, der kontrolliert, ob ich mein Anwohnerparkschild ordnungsgemäß im Auto liegen habe. Wir sind beliebt bei den Kollegen«, ergänzte sie ironisch.

Paula wollte etwas Aufmunterndes sagen. Ihr fiel nichts ein. »Wir waren bei Gier, oder?«, fragte sie schließlich.

»Oh ja, Gier war das richtige Wort. Aber sie war nicht gierig auf mich.«

»Sondern auf Bastians überraschend aufgetauchten Reichtum.«

»Definitiv«, bestätigte Franka.

»Was die Frage aufwirft, wohin die Mieten fließen, wenn der Vermieter und seine Kontobevollmächtigte davon nichts wissen.«

26

Er wusste nicht, wie lange er nackt auf dem kalten Boden gelegen und jedes Staubkorn unter seinem schmerzenden Körper gespürt hatte. Durch ein kleines Kellerfenster drangen ein paar schüchterne Lichtstrahlen in die Bar ein. Staubkörner tanzten im Licht. Marius rollte sich ein, zwei Meter auf dem Boden und ließ sich von den Strahlen wärmen. Mehrfach klingelte sein Handy. Er ignorierte es. Schließlich drehte er sich auf den Bauch, stützte die Hände auf den Boden und stand auf. Er schwankte leicht und musste sich an der Bar abstützen. Sein Blick fiel auf sein Bild in dem zerbrochenen Spiegel. Seine Wangen waren geschwollen, die Lippen aufgeplatzt. Erst jetzt realisierte er den metallischen Geschmack von Blut in seinem Mund. Über den Augenbrauen klebte ebenfalls getrocknetes Blut. Langsam ging er auf sein Spiegelbild zu, um sein Gesicht genauer zu studieren. Ohne Brille musste er ganz nah herangehen. Seine Nase berührte fast das gesprungene Glas. Wütend griff er nach dem Barhocker, der immer noch auf dem Boden lag und zerschlug sein Spiegelbild in tausend Stücke. Dann nahm er seine Kleider und zog sich an.

Der Weg nach draußen führte über eine Kellertreppe und einen gewöhnlichen Hausflur auf eine kleine Gasse. Rechter Hand sah er den Breslauer Platz, dahinter den Hauptbahnhof. Für einen Augenblick lehnte er sich an die Wand und schloss die Augen. Anschließend griff er nach seinem Mobiltelefon. Zwölfmal hatte Verena versucht ihn zu erreichen. Drei immer drängender werdende Nachrichten hatte sie ihm hinterlassen, doch als er jetzt ihre Nummer wählte, sprang nur die Mailbox an. Weil das Sprechen ihm schwerfiel, brach er ab und machte sich auf den Weg. Die Beine schmerzten. Ein Schnitt im Fuß ließ ihn bei jedem Schritt zusammenzucken. Wegen eines Blutergusses auf dem linken Knie hinkte er leicht. Die wenigen Passanten starrten ihn erschrocken an. In der Bahn ließ er sich auf die hinterste Bank fallen und versuchte sein Gesicht zu verstecken, indem er den Kopf auf die Brust drückte und tat, als würde er schlafen.

Kurz vor der eigenen Haustür klingelte sein Handy. Er erzählte Verena knapp, was geschehen war. Entgegen ihrer sonstigen Neigung, durch nervende Fragen den Dingen auf den Grund zu gehen, akzeptierte sie Marius' kargen Bericht.

»Was hast du jetzt vor?«

»Nach Hause gehen und schlafen.«

»Das solltest du nicht. Wo bist du gerade?«

»Ich bin gleich auf der Vogelsanger. Wieso sollte ich das nicht tun? Das ist das Beste, was ich gerade machen kann.«

»Die Polizei sucht dich wegen des Mordes an Albertz. Da würde ich wetten, dass sie unsere Wohnung im Auge behält. Du würdest ihr direkt in die Falle laufen.«

»Vielleicht ist das nicht das Schlechteste?«, überlegte Marius laut, wenngleich er nicht die geringste Lust auf ein erneutes Verhör hatte. Er hatte andere Pläne.

»Bleib einfach, wo du bist. Ich hole dich in zehn Minuten ab.« Verena legte auf, bevor er antworten konnte.

Nach nicht einmal zehn Minuten bog Verenas weinrotes MG Cabrio um die Ecke. Um die Schmerzen beim Auftreten möglichst gering zu halten, schob sich Marius langsam von dem Stromkasten herunter, auf dem er gesessen und gewartet hatte. Aus dem Wagen heraus beobachtete ihn seine Freundin mit einer Mischung aus Entsetzen und Faszination.

»Was haben sie mit dir angestellt?«, fragte sie fassungslos, als Marius sich auf den Beifahrersitz des alten Sportwagens gequält hatte. »Du siehst furchtbar aus.«

Nachdem sie seine Wunden bei einem Bekannten von Verena hatten versorgen lassen, der eine Arztpraxis in Kerpen unterhielt, hatte seine Freundin Marius einmal mehr überrascht und ihn in das Wochenendhäuschen ihrer Familie gefahren, einer kleinen Holzhütte mit Bootssteg am Eifeler Rursee. Auf dem Weg hatten sie das Nötigste für ihn an Raststätten und bei einem Herrenausstatter in Simmerath gekauft.

Der Blick auf den See ließ den Detektiv in den folgenden Tag zur Ruhe kommen. Sein Gedankenwust klarte auf, einmal ging er sogar schwimmen. Ein kurzer Versuch, bis das kalte Wasser ihn fast gelähmt hatte und er sich am Bootssteg festklammern musste. Danach waren die Schmerzen fast verschwunden. Zumindest für ein paar Stunden.

Nun stand Marius vor einem Garderobenspiegel. In dunkelgrauem Anzug, Hemd und Krawatte, dazu mit Kontaktlinsen, blickte ihn ein anderer Mensch an. Ein Fremder! Umso sicherer war er, dass die Verkleidung funktionieren würde. Da er sich seit fünf Tagen nicht rasiert hatte, vervollständigte ein dunkler Bart das Bild. Verena hatte ihn in seinem Plan bestätigt. »Jeder sucht nach einem Kerl mit schwarzer Brille und lässigem Sportoutfit. Keiner, der dich nicht sehr gut kennt, käme auf die Idee, dass der smarte Kerl im schicken Anzug der gleiche Mann ist.«

Die Wunden im Gesicht waren abgeschwollen. Ein dickes Pflaster über dem Auge erinnerte noch an die Nacht in der Bar. Unter dem Anzug sah es anders aus. Dort blühten die Blutergüsse in den schillerndsten Farben und immer noch schmerzte fast jede Bewegung. Es schellte. Das Taxi, das ihn zum Bahnhof bringen sollte. Er musste, er wollte zurück in die Stadt. Noch einmal blickte er auf den Rursee, auf dem ein einsames weißes Segelboot seine Runde drehte. Mit der nigelnagelneuen Reisetasche, in der sich überwiegend seine alten Klamotten befanden, ging er den schmalen Kiesweg hinauf, an dessen Ende das Taxi wartete.

27

Zwei Stunden später saß er in einer mit hellen Holzregalen zugestelltem Bibliothek. Nicht nur die Wände waren mit Regalen und Büchern verdeckt. In den winzigen Raum ragten zwei von beiden Seiten zugängliche Regalreihen hinein und hielten das Licht von den wertvollen Büchern in den Glasschränken rechts und links der Tür fern. Ein kleiner, penibel aufgeräumter Schreibtisch stand am einzigen freien Platz unter dem Fenster. Eine Olivetti nahm den größten Platz auf ihm ein. Stifte steckten nach Farben sortiert in einem Lederbecher, der die gleiche blassgrüne Farbe hatte wie die Schreibtischunterlage unter der Schreibmaschine.

Marius blickte hinaus auf ein schmales Gartenstück, das sich durch eine Buchsbaumhecke von den Nachbargrundstücken absonderte. Sein Gesprächspartner musterte mit blassgrauen Augen unter kräftigen weißen Augenbrauen den jungen Mann im Anzug neugierig.

»Sie haben was aus sich gemacht«, sagte er sichtlich zufrieden. Der Bart, die Verkleidung und nicht zuletzt das Abdeckpuder schienen Wunder zu wirken. »Es ist mir immer eine Freude, wenn aus einem meiner Studenten etwas wird. Was machen Sie jetzt noch einmal beruflich?«

Marius zögerte, weil er sich den guten Eindruck, den der Anzug hinterlassen hatte, nicht mit einer ehrlichen Aussage zunichte machen wollte. Er kannte den Dünkel Professor Wallensteins zu gut. »Ich recherchiere«, antwortete er ausweichend und erntete einen scharfen Blick des Professors.

»Der Wissenschaft treu geblieben?« Marius nickte. »Für wen recherchieren Sie?«

»Ich untersuche ein paar Fragen zu Chargesheimers Bildband ›Unter Krahnenbäumen‹. Es geht um die Personen auf seinen Bildern.«

Die Falte zwischen den buschigen Augenbrauen vertiefte sich. »Das ist kein wissenschaftlicher Ansatz.«

»Nicht wirklich.«

»Wenn Sie Menschen suchen, sind Sie – ein Journalist?«

»Es geht tatsächlich um einen Artikel, den Sie vor einigen Jahren geschrieben haben.« Marius versuchte das Thema seiner beruflichen Ausrichtung zu umgehen, indem er direkt auf den Anlass seines Besuches zu sprechen kam.

Wallenstein ließ sich nicht ablenken. »Ich habe mit der Presse nicht mehr viel zu tun. Ehrlich gesagt verfolge ich das aktuelle Weltgeschehen nicht einmal. Es widert mich an. Für wen schreiben Sie?«

»Ich schreibe nicht. Ich bin Privatdetektiv.« Flucht nach vorn. Andernfalls würde Wallenstein sich festbeißen und Marius bekäme nie seine Antworten.

Der alte Mann wich zurück. »Ein Privatdetektiv? Ich wusste gar nicht, dass es die wirklich gibt. Kann man davon leben?«

»Man kommt zurecht.« Der Alte brummte. Marius war unsicher, ob zustimmend oder ablehnend. »Auch wenn Sie sich heute nicht mehr mit der Presse beschäftigen«, eine Entscheidung Wallensteins, über die Marius heilfroh war, wusste der Professor deshalb wohl nicht, dass nach ihm gefahndet wurde, »haben Sie früher recht viel für Zeitungen geschrieben.«

Mit der linken Hand wehrte Wallenstein die Bemerkung ab, seine rechte blieb in einer seltsam steifen Haltung auf dem Tisch liegen. »Damals war ich naiv! Ich habe geglaubt, wenn ich für die Zeitung, für die Massen schreibe, könnte ich ein Interesse an Kunst wecken und Wissen über die Kunst in die Köpfe tragen. Als wäre es möglich, mit ein paar Zeitungsartikeln den Leuten zu erklären, warum Fluxus bedeutend ist und warum ein einfarbiges Gemälde eines Yves Klein Kunst ist! Aber das wollen die Leute gar nicht wissen. Nicht einmal die, die sich von Berufs wegen mit Kunst beschäftigen. Es geht immer um Personen, nie um die Kunst! Der Künstler ist wichtig, sein Werk eher hinderlich. Eine Schande!«

»Also haben Sie aufgehört, für die Medien zu arbeiten?«

Der Professor nickte. »Ich habe mich ganz auf die Wissenschaft konzentriert. Hier«, Wallenstein umschrieb mit der linken Hand einen Halbkreis, mit dem er die Bücher um ihn herum umfasste, »habe ich alles, was ich brauche. Hier ist alles, was Bedeutung hat.«

Marius ließ den Blick über die Regale und die Buchrücken schweifen. Dann nahm er eine Kopie des Artikels, den er im Pressearchiv gefunden hatte, und legte sie vor sich auf den Schreibtisch. »Diesen Artikel haben Sie damals geschrieben?« Wallenstein hielt sich das Papier unter die Nase, während Marius weitersprach. »Ein Artikel über eine Fotoausstellung 1980 am Rande der Art Cologne. In der Galerie Sperber. Sie zeigte Bilder mehrerer junger deutscher Fotografen, die damals nach Ihrer Einschätzung durchaus vielversprechend waren.«

»Ich erinnere mich! Eine schöne Ausstellung, wirklich. Vom theoretischen Hintergrund gesehen nichtssagend, aber teilweise eine starke, sehr archaische Bildersprache. Großartig!«

Marius nahm das Chargesheimer-Bild aus der Tasche und legte es neben den Zeitungsausschnitt. »Fällt Ihnen etwas auf?«

Der Alte nahm beide Blätter nacheinander in die Hand. Schließlich erhob er zitternd die rechte Hand, um die beiden Bilder nebeneinander halten zu können. Es gelang ihm nicht. Marius vermutete, dass Wallenstein unter den Folgen eines Schlaganfalls litt. Der Professor legte Artikel und Foto auf den Tisch und beugte sich tief nach unten, um sie betrachten zu können. »Faszinierend! Man braucht einen Moment, bis man es erkennt, aber es ist wirklich beeindruckend. Zwischen den Fotos müssten mehr als 20 Jahre liegen, dennoch ist die Ähnlichkeit verblüffend.«

»Es ist derselbe Mann: Siegfried Baumgart. Ein Junge, der in ›Unter Krahnenbäumen‹ fotografiert wurde, taucht auf einer Fotoausstellung von 1980 wieder auf.«

»Erstaunlich!«

»Wissen Sie, was er auf der Ausstellung gemacht hat?«

Zu Marius' Überraschung erinnerte sich Wallenstein sofort. »Er war Begleiter einer der Fotografinnen. Sie trat während der gesamten Ausstellung und auf der ganzen Art Cologne nie auf, ohne dass er in ihrer Nähe gewesen wäre.«

»Ihr Liebhaber?«

Der Professor zuckte mit den Achseln. »Ich weiß es nicht. Er trat eher wie eine Art Leibwächter auf. Man munkelte, dass das Mädel das alles inszeniert hatte, um sich interessant zu machen.«

»Sie schien den Kunstbetrieb schnell durchschaut zu haben.«

»Das können Sie laut sagen. Leider! Ihre Arbeiten waren nämlich ziemlich gut. Warten Sie einen Moment!« Wallenstein stand auf, nahm einen Stock und ging langsam zu einem Regalschrank hinter dem Schreibtisch. Zuerst musste er ein Rollo hochfahren, dahinter erschienen sorgfältig beschriftete Ablagen, in denen er schnell blätterte, bevor er schließlich mit einem Stapel Fotos zurückkam. »Hier! Schauen Sie! Das sind die Bilder, die der Fotograf damals auf der Ausstellung gemacht hat. Diese drei Fotografien stammten von dem Mädchen, das mit diesem Mann unterwegs war.« Er zeigte auf drei Bilder, die an eine weiße Wand gepinnt waren. Marius nahm das Foto.

»Vermutlich waren die Bilder schwarz-weiß?«

»Natürlich! Farbe war in der künstlerischen Fotografie verpönt. Wer auf sich hielt, fotografierte schwarz-weiß.«

Der Detektiv betrachtete die drei Fotos. Es waren Straßenszenen, die auf den ersten Blick an Chargesheimer erinnerten. Kleine Straßen mit heruntergekommenen

Wiederaufbauten aus den 50er Jahren, manche Baulücken noch nicht geschlossen. Anders als auf den Bildern Chargesheimers parkten hier deutlich mehr Autos am Straßenrand und die Menschen auf den Bildern verhielten sich anders. Marius brauchte nicht lange, um zu verstehen, was die Fotografin abgelichtet hatte. Es war der alte Kölner Straßenstrich.

»Die Bilder zeigen eine bemerkenswerte Intimität und Nähe, finden Sie nicht?«, fragte Wallenstein. »Ein sehr weiblicher Blick. Wenn Sie sich jetzt noch vor Augen halten, dass die Fotografin damals erst achtzehn war, können Sie sich vorstellen, dass die Fotos für einiges Aufsehen sorgten.«

Marius musste Wallenstein recht geben. Die Bilder wirkten, als sei die Fotografin mit den Fotografierten sehr vertraut gewesen. Er fragte sich allerdings, ob das wirklich an ihrem spezifisch weiblichen Blick hing oder eher daran, dass sie die Mädchen auf den Bildern vielleicht gekannt hatte. »Wie hieß die Fotografin?«

»Sie nannte sich Kay Cash. Kein gutes Pseudonym, wenn Sie mich fragen. Damals mussten alle jungen Leute einen aufregenden Namen wählen. Mein Sohn war damals 16, färbte sich die Haare orange und nannte sich Steven Downstairs.«

»Kay Cash?« Marius wiederholte den Namen. »Nie gehört. Was wurde aus ihr?«

Der alte Mann lachte auf. »Nichts. Sie verschwand wieder von der Bildfläche. Wahrscheinlich hat sie eine ganz normale Ausbildung gemacht oder geheiratet und ihr Mann war gegen ihre Ambitionen. Das war nicht unüblich. Die Mädchen tobten sich ein bisschen aus, bis sie heirateten und sich brav in ihre angestammte Rolle fügten.«

»Es gab Ausnahmen«, wagte Marius zu widersprechen.

»Es gibt immer Ausnahmen«, antwortete Wallenstein unbeeindruckt.

»Eigentlich ist es schade, dass diese Kay Cash keine Ausnahme darstellte. Die Bilder sind gut.«

Der Professor nickte. »Da haben Sie allerdings recht.«

»Vielleicht spielt die Persönlichkeit bei der Kunst doch eine größere Rolle, als Sie annehmen? Zumindest wenn es darum geht, eine Karriere in diesem Milieu zu machen.«

»Ach«, Wallenstein machte eine abwertende Bewegung mit der gesunden Hand, »was zählt ist das, was bleibt. Wenn ausschließlich diese drei Fotos von ihr überdauern, bleiben es doch großartige Fotos, selbst wenn das Mädchen danach Kartoffeln für irgendeinen Ford-Arbeiter gekocht hat.«

»Kam Sie aus einem solchen Milieu?«

»Keine Ahnung! Ihr Begleiter sah eher nach Zuhälter aus. Aber wie gesagt, das war alles Inszenierung. Es passte wunderbar zu ihren Bildern.«

»Ein Gesamtkunstwerk also!« Marius lächelte ironisch.

»Nicht jede Inszenierung hat künstlerischen Wert, Herr Sandmann. Das sollten Sie aus meinem Proseminar zu Max Ernsts Ausstellung von 1920 noch in Erinnerung haben!«

Ein missbilligender Blick des Professors traf den Detektiv. Marius hatte noch eine letzte Frage. »Wissen Sie, wie Kay Cash mit richtigem Namen hieß?«

»Wenn ich mich recht entsinne, war ihr Pseudonym eine dümmliche Übersetzung ihres richtigen Namens. Also Kathrin irgendwas.«

»Ich hatte zuerst gedacht, Sie hätte sich auf Ernsts Begleiter Theodor Baargeld bezogen. Kathrin Geld ...?«

»Nein, nicht direkt Geld.«

»Haben Sie mit ihr geredet?«

»Kurz ja, für den Artikel. Als ihr Gorilla kam, war das Gespräch rasch zu Ende. Vielleicht besser für sie.« Er grinste. Ein wenig herblassend, wie Marius fand. »Man konnte nicht alles, was sie sagte, für bare Münze nehmen.« Wallenstein machte eine kurze Pause. »Münze war's!«

»Kathrin Münze?«

»Nein, nein – Kathrin Münzenberg. So hieß das Mädchen. Genau: Münzenberg!«

28

»Haben Sie noch eine Minute?«

Verunsichert blickte Scharenberg Paula von der Tür aus an, ließ die Klinke los und ging die paar Schritte in den Raum zurück. Sein Lederrucksack baumelte wie eine Schultasche an seiner Schulter.

»Wollen Sie sich nicht setzen?«

»Ich hab' nicht viel Zeit. Worum geht's?«

»Um Ihr Interesse am Fall Sperber.«

»Was ist damit?« Daumen und Zeigefinger knoteten den Rucksackriemen.

»Das frage ich Sie, Kommissar Scharenberg! Was interessiert Sie so sehr an diesem alten Fall, dass Sie sich hierhin versetzen lassen und sowohl den Ärger mit der Familie des Opfers als auch mit mir eingehen?«

»Vielleicht bin ich ein wenig fanatisch, wenn es um Gerechtigkeit geht.«

»Vielleicht«, antwortete Paula und zog ein Blatt Papier aus einem Ordner. »Sie hätten sich einfach in den Vorruhestand versetzen lassen können. Machen wir uns nichts vor: Jeder in Ihrer Abteilung wäre froh gewesen, wenn Sie gegangen wären. Stattdessen wollten Sie hierhin. In die *Task Force Science*. Zu den Totengräbern.«

»Ich bin zu jung für den Ruhestand. Ich dachte, hier könnte ich mich nützlich machen.« Vorwurfsvoll blickte er sie an.

Paula nickte bedächtig. »Das tun Sie«, sagte sie. Ein verlegenes Grinsen spielte um Scharenbergs Mund. »Aber ich weiß gerne, mit wem ich es zu tun habe und was er will.« Sie zog ein weiteres Blatt Papier aus dem Ordner. »Deswegen habe ich ein wenig nachgefragt.«

»Was haben Sie da?«

»Ihre Geburtsurkunde.«

»Woher ...« Scharenberg machte einen Schritt nach vorn, der Rucksack rutschte ihm von der Schulter und fiel zu Boden, fast wäre er über ihn gestolpert.

»Das wollen Sie gar nicht wissen und ich habe kein Interesse daran, Ihnen Ärger zu machen. Dazu brauche ich Sie viel zu sehr. Aber ich möchte, dass Sie mir erzählen, was Sie am Fall Sperber interessiert.«

»Wissen Sie es nicht schon?«

»Ich denke mir meinen Teil. Ein Galerist, eine Bar im Mietshaus, eine hübsche junge Prostituierte und am Ende steht ein alter Polizist, dessen Vater angeblich unbekannt ist.«

»Sie sind eine verdammt gute Polizistin, Frau Hauptkommissarin. Sperber war mein Vater.«

»Er hat das nie anerkannt.«

»Er hat sogar einen Test machen lassen.«

»Darüber habe ich nichts gefunden.«

»Das war der Deal. Sperber war Stammkunde meiner Mutter. Als sie schwanger wurde, war unklar, wer der Vater sein könnte. Irgendwie hatte sie Sperber im Verdacht und es ihm in einem schwachen Moment erzählt.«

»Wollte sie ihn erpressen?«

»Das war gar nicht nötig. Sperber war zwar zu Tode erschrocken, aber bereit, für das Kind zu zahlen. Sofern alles geheim blieb und er wirklich der Vater wäre.«

»Deshalb der Test?«

»Genau. Das Gutachten bestätigte den Verdacht meiner Mutter.«

»Und Sperber hat gezahlt?«

»Das hat er.«

»Bis er eines Tages aufgehört hat?«

Einen Moment dachte Scharenberg nach. Dann erkannte er, wohin Paulas Frage zielte. »Glauben Sie, wenn ich oder meine Mutter ihn auf dem Gewissen hätten, würde ich fast dreißig Jahre später noch seinen Mörder suchen? Nein, er hat gezahlt, bis ich achtzehn wurde. Danach habe ich mir Geld dazu verdient, indem ich in seiner Galerie ausgeholfen habe.«

Paula schlug die Akte Sperber auf. »Sie standen nicht auf der Liste der Angestellten.« Sie tauschten einen Blick. »Verstehe.«

»Es war besser für uns beide.«

»Als Sperber umgebracht wurde …«

»… hat die Familie die Galerie dicht gemacht, das Haus verkauft und das ganze Erbe dieses großartigen Mannes, alles, was er sich aufgebaut hat, pulverisiert. Sie konnten nicht schnell genug damit anfangen!«

»Und Sie gingen leer aus?«

»Darum geht es nicht. Ich hätte das Gutachten vorlegen und meinen Pflichtteil einklagen können.«

»Warum haben Sie es nicht gemacht?«

»Ich wollte sein Andenken nicht unnötig beschmutzen.«

»Wie großmütig!«

»Aber ich wollte seinen Mörder fassen!«

»Deswegen sind Sie zur Polizei gegangen.« Paula zögerte einen Augenblick. »Wir sollten uns in unserer Arbeit nicht von unseren Gefühlen leiten lassen.«

»Das sagt die Richtige.«

29

Trotz seiner ›Verkleidung‹ zog es Marius vor, die Wohnung nicht durch die Haustür zu betreten. Stattdessen ging er durch eine Toreinfahrt in einer Nebenstraße ins Innere des gemeinsamen Häuserblocks, überkletterte eine Mauer und schlich dann weiter über das Flachdach einer im Hinterhof liegenden Gewerbehalle. Zu Hause angekommen zog er zunächst den Anzug aus. Im Badezimmerspiegel betrachtete er die Blutergüsse, deren Farbenspektrum sich um einige Gelb- und Grüntöne erweitert hatte. Mit verschiedenen Bewegungen spürte er dem Schmerz nach. Er hatte sich verändert, war nicht mehr der schneidende, unberechenbare Terror aus der Bar, sondern ein dumpfes, immerwährendes Pochen. Nur manche seiner Bewegungen ließen den Detektiv zusammenzucken. Wieder und wieder stellte er sich ihnen, bis er den Schmerz unter Kontrolle hatte. Er war immer noch da, erinnerte ihn an das Erlebte, aber er war beherrschbar. Dann begann Marius sein längst überfälliges Sportprogramm.

Eine Stunde später stand er nachdenklich vor seinem Whiteboard. Er hatte Siegfried Baumgarts Namen in die Mitte geschrieben und einen Kreis darum gezogen. Daneben stand der Name Kathrin Münzenberg, klein unter ihm Kay Cash. Beide Namen waren mit einem Strich verbunden, unter Münzenbergs hatte er ein Fragezeichen gesetzt. Er war überzeugt, dass sie Kontakte zum Rotlichtmilieu unterhielt. Baumgart war vermutlich tatsächlich ihr Leibwächter gewesen und hatte diese Rolle nicht nur gespielt. Ihre Bilder hatten Marius überzeugt, dass Kay Cash das Milieu kannte. Auf den Fotos war nichts von dem Misstrauen zu erkennen, mit dem jede Form von Unterwelt normalerweise auf Fotografen reagierte. So hatte sich Chargesheimer jahrelang ›Unter Krahnenbäumen‹ herumgetrieben, bis er genügend Vertrauen aufgebaut hatte, damit die Menschen sich von ihm fotografieren ließen. Bei seinem Projekt ging es um die Beobachtung des Alltäglichen. Bei Kay Cash hingegen ging es um Prostitution. Nicht einmal beim Gespräch mit Freiern hatten sich die Mädchen an Kays Fotoapparat gestört. Die Kunden, hinter deren Rücken Kay fotografiert hatte, hatten vermutlich gar nichts davon bemerkt. Mit einem Mal wusste er, wen er nach Kathrin Münzenberg fragen musste. Das Problem war: Die Dame wusste mit Sicherheit, dass Marius gesucht wurde.

30

1965

Es war so leicht. Mit breitem Grinsen sahen die drei Zuhälter zu, wie sich der Mann auf der anderen Seite des Spiegels auf dem Mädchen abmühte. Gelegentlich drückte einer von ihnen auf den Auslöser der Kamera, die sie zwischen sich aufgebaut hatten. Schweißperlen standen ihnen auf der Stirn, ausgelöst eher von der sommerlichen Hitze, weniger von dem erotischen Schauspiel vor ihnen.

Mit einem halben Dutzend eigener Männer war Kriminalrat Werner Haas vor sechs Wochen von Düsseldorf südwärts nach Köln versetzt worden, um im Milieu richtig aufzuräumen. Zu gerne hätten sie ihn selber auf dem Bett vor ihnen gesehen. Leider erwies sich der Kriminalrat als resistent gegen jedwede Verlockungen. Doch als Siggi Baumgart Haas' persönlichen Assistenten gesehen hatte, wussten sie, was zu tun war. Das hier war Siggis ganz persönlicher Triumph. Es schmerzte ihn nicht ihm geringsten, dabei zuzusehen, wie Adolf Heimering auf Barbara herumritt.

Helm hatte anfangs ein jüngeres Mädchen vorgeschlagen. Barbara war schließlich schon eine Weile dabei, auf Siggis ganz persönliches Betreiben hin. Schließlich hatte er nachgegeben. Außerdem, hatte Siggi überzeugend erklärt, wäre es leichter, wenn sie Barbara auf Heimering ansetzen würden. „Der ist damals bei ihr abgeblitzt. Kerle wie den wurmt das. Glaub mir!«

Der Polizist kam schließlich lautstark, dankenswerter Weise betrachtete er sich dabei gerne im Spiegel.

»Heilige Scheiße! Wir hätten ein Tonband mitlaufen lassen sollen«, kommentierte Pit bewundernd.

»Pscht!«, zischten seine beiden Kumpane.

»Der Hirsch hört uns eh nicht!«

Siggi sah weiter gebannt zu. Nachdem Heimering fertig war, konnte Barbara nicht schnell genug ihre Kleider zusammensuchen, sich anziehen und verschwinden. Sie richtete sich im Spiegel kurz die Frisur. Siggi schien es, als blickte sie ihm direkt in die Augen. Verachtung lag in ihrem Blick. Ihm war das egal. Er gab Pit ein Zeichen, der leise die kleine Kammer verließ, um Barbara die versprochenen 200 Mark in die Hand zu drücken. Münzenberg montierte den Fotoapparat ab. Sie warteten, bis Heimering das Zimmer verließ und folgten ihm leise, ihr Lachen verschluckend, ins Freie.

Drei Tage später schlenderte ein sichtlich zufriedener Siggi Baumgart den Gereonswall hinunter zum alten Gefängnis, dem Klingelpütz, der in Kürze abgerissen werden und durch ein modernes Gefängnis draußen in Ossendorf ersetzt werden sollte. Als Kind hatte er sich immer unwillkürlich geduckt, wenn er an den düsteren Mauern mit den kleinen, vergitterten Fenstern vorbeilief.

Eine junge Frau stand auf dem Bürgersteig gegenüber, den Kopf nach oben gereckt.

»Ich hatte nix mit dem Felix! Bärchen, das musste mir glauben!«

Aus einem der Fenster schallten Flüche zurück.

»Wir haben getanzt. Hättste dem wirklich nicht die Nase für brechen müssen!«

Ein neuer Schwall Flüche.

»Bärchen! Sei doch wieder lieb!«

Neben einem weißen Opel Kadett blieb Siggi stehen, zog einen braunen Umschlag aus der Tasche seines Jacketts und klemmte es hinter den Scheibenwischer. Anschließend verzog er sich unter einen Bogen der Gereonsmühle, dem alten Halbturm der Stadtmauer, und zündete sich eine Zigarette an. Es dauerte eine Viertelstunde, bis Heimering mit einem Kollegen plaudernd die Straße entlang kam. Vermutlich besprachen sie ein Verhör, das sie eben im Gefängnis geführt hatten. Am Kadett entdeckte der Polizist den Umschlag und nahm ihn unter dem Scheibenwischer weg.

Mit gespannter Neugier sah Siggi zu, wie Heimering ihn öffnete und hineinschaute. Sein Kollege, der ursprünglich an der Beifahrertür gewartet hatte, ging ein paar Schritte um die Motorhaube herum. Offenbar fragte er Heimering nach dem Inhalt, denn der blickte erschrocken auf, schüttelte den Kopf und klappte den Umschlag rasch zu. Siggi grinste.

Am Abend hingen die drei Männer wie die Schuljungen um das Telefon in der Bar, als Siggi Heimerings Nummer wählte. Nachdem die Wählscheibe ein letztes Mal zurückgeschnellt war, ertönte das Freizeichen. Schon beim zweiten Mal hob der Polizist ab. Er musste ganz schön nervös sein.

»Elf Uhr. Unter Krahnenbäumen, Ecke Domstraße. Der Rohbau, wo früher das UKB Stüffje war. Kennste doch!«, sagte Siggi und legte auf.

»Gut gemacht, Siggi! Wie in einem amerikanischen Film«, zollte Pit Lob.

»Hättest vielleicht noch auf die Antwort warten können …«

»Der kommt. Lasst uns was trinken!«

Vier Stunden später huschten drei dunkle Gestalten in den Rohbau Ecke UKB/Domstraße. Siggi blieb im Schatten des Eingangs stehen. Pit postierte sich hinter einer leeren Öffnung, die einmal eine Wohnungstür werden würde, Helm stand auf dem ersten Treppenabsatz. Sie warteten. Siggi wäre lieber später gekommen. Es hätte nicht schaden können, Heimering schmoren zu lassen. Helm hatte abgelehnt. Er kontrollierte die Dinge gerne. Da war es besser, vor ihrem Opfer vor Ort zu sein.

Siggi erinnerte sich an den Abend, als er den Geck Heimering das erste Mal gesehen hatte. Er musste ungefähr am gleichen Fleck gestanden haben, Heimering mit Barbara im Arm, vermutlich dort, wo jetzt Pit lauerte. Draußen klangen Schritte, eine Silhouette füllte den offenen Eingang aus. Baumgart trat aus dem Schatten hervor.

Heimering blinzelte. »Dich kenne ich.«

»Das hilft dir nicht mehr weiter«, antwortete Helm an Siggis Stelle und trat um den Treppenabsatz herum. Für Pit war es das Kommando, ebenfalls aus seinem Versteck hervorzukommen. Unsicher wie wütend blickte Heimering von einem zum anderen.

»Was wollt ihr?«

»Wir wollen deine Freunde werden.«

»Ihr werdet nie meine Freunde. Ihr seid Gangster!«

»Und du bist einer unserer besten Kunden.« Helm zog eine Handvoll Fotos aus der Tasche seiner Lederjacke und betrachte sie. »Du bist gut getroffen. Wer würde sich wohl mehr über diese Bilder freuen? Dein Chef, deine Frau oder deine Kinder?« Unwillkürlich griff Heimering nach den Fotos. Helm ließ sie bereitwillig los. »Nimm Sie! Wir haben noch ein paar.«

»Dafür krieg ich euch dran! Ich mach euch fertig. Der Kriminalrat hat euch schon lange im Visier!«

»Siehst du. Darum geht's. Du möchtest keinen Ärger. Wir möchten keinen Ärger. Also wäre es für alle Parteien gut, wenn das Visier des Kriminalrats in eine andere Richtung gelenkt würde.«

»Das kann ich nicht machen!«

»Adolf, ich darf doch Adolf sagen? Wir wissen, dass Haas nur das Gesicht des Teams ist. Das Hirn dahinter bist du.«

»Wenn Du nicht mit dem Schwanz denkst«, warf Pit ein.

Heimering sah aus, als wollte er sich auf ihn stürzen. »Ihr Schweine habt mich reingelegt!«

»Nimm uns aus der Schusslinie.«

»Wie stehe ich dann da? Was soll ich ermitteln? Was soll ich Haas sagen?«

Helm trat vom Treppenabsatz und klopfte Heimering gönnerhaft auf die Schulter. »Mach dir keine Sorgen. Es gibt zu viele Zuhälter in dieser Stadt. Ein paar weniger tun uns allen gut.«

»Was soll das heißen?«

»Dass du die Informationen ab jetzt brandheiß von der Quelle bekommst«, erläuterte Pit. »Lass uns in Ruhe und du kannst haben, wen du willst.«

»Zuhälter oder Nutten, ganz wie du magst.« Helm fletschte mit den Zähnen.

»Solange du uns aus der Schusslinie nimmst, kommen wir gut miteinander aus. Wenn nicht, kriegst du Ärger mit deiner Frau.«

Heimerings Fäuste ballten sich in seinen Manteltaschen. »Ihr seid Drecksschweine!«

»Wir sind UKB.«

31

Ein Anruf konnte nicht schaden. Er musste es mehrfach versuchen, bevor Margarethe Klösgen ans Telefon ging. Vermutlich musste sie noch einer Kundin ein Batikkleid verkaufen. Schließlich meldete sich die Frau mit einer Stimme, die am Telefon noch rauchiger klang. Er hätte sie fast nicht erkannt und hoffte, dass es ihr ebenso erging.

»Jan Hibbeling hier. Ich bin Kunststudent an der Uni und arbeite gerade über eine Fotografin namens Kay Cash. Jetzt habe ich gehört, dass Sie auf einem von Cashs Fotos zu sehen sind und ich hätte ein paar Fragen zur Fotografin.« Die Notlüge kam ihm flüssig über die Lippen. Früher hatte er mehr Skrupel besessen. Das hatte sich im Lauf der Arbeit gelegt. Als Detektiv musste man gelegentlich zu einer Notlüge greifen, um der Wahrheit näher zu kommen. Jan Hibbeling war sein bevorzugtes Telefonpseudonym, um den unbedarften Studenten zu geben. Inzwischen hatte er sich einige dieser Rollen zurechtgelegt. In manchen fühlte er sich wohler, als wenn er er selbst sein sollte. Wer auch immer das war – er selbst. Leider gab es kein Double, das er gegen die Schläger ins Feld schicken konnte, die ihn in der Bar auseinandergenommen hatten.

»Wovon reden Sie, junger Mann?«

»Kay Cash! Mit richtigem Namen hieß sie Kathrin Münzenberg.« Er hatte den Namen noch nicht zu Ende gesprochen, da hörte er schon das gleichmütige Tuten des Freizeichens.

Er musste sich etwas anderes überlegen. Eine andere Quelle gab es noch. Kurz dachte er darüber nach, eine Sonnenbrille anzuziehen, um die Tarnung mit Anzug, Bart und Krawatte zu vervollkommnen, bevor er das Haus verließ. Aber es war dämlich, in abendlicher Dunkelheit eine Bar mit Sonnenbrille zu betreten, und hätte zusätzlich Aufmerksamkeit auf ihn gezogen. Er musste hoffen, keine Bekannten zu treffen, ebenfalls kein ernstes Problem: Anders als seine Freundin besaß er keinen großen Freundeskreis.

Gegen acht betrat er die Bar. Nur ein paar Tische waren besetzt. Niemand beachtete ihn. Der Barkeeper, ein schlanker Mann in seinem Alter, schaute bestenfalls gelangweilt, während er gleichzeitig ein Glas polierte.

Marius ließ sich am Tisch neben den Toiletten nieder und bestellte ein Wasser. Er ignorierte die Schnute der Kellnerin, während sie die Bestellung umständlich in ein tragbares Lesegerät eintippte. Wenig Umsatz, wenig Trinkgeld.

Nachdem sie ihm das Wasser auf den Tisch geknallt hatte, stand Marius auf und ging zu den Toiletten. Bis hierhin lief alles glatt. Nun kam der heikle Moment. Erkannte die Toilettenfrau ihn wieder? Wusste sie, dass er wegen Mordes gesucht wurde?

Doch ihr Platz vor den beiden Eingängen war leer. Er ging pinkeln. Als er zurückkam, sah er die alte Frau in der Tür zur Damentoilette. Langsam den Fußboden wischend, arbeitete sie sich auf den kleinen Flur vor den Toiletten hinaus. Marius tippte sie an. Erschrocken drehte sich die Frau um.

»Meine Güte, haben Sie mir einen Schreck eingejagt!«

»Wir haben uns vor ein paar Tagen über die Ringszene unterhalten. Erinnern Sie sich?«

Die Frau überlegte und strich sich das blondierte Haar hinter die Ohren. »Ja, jetzt weiß ich wieder Bescheid.

Ich hätte Sie fast nicht erkannt in dem schicken Zeug!« Sie griff mit zwei Fingern nach dem Anzug und fühlte am Revers. »Feines Stöffchen! So etwas erkenne ich. Ich war mal Näherin.« Der Detektiv lächelte freundlich und hoffte, dass ihm ein Bericht über die berufliche Karriere seiner Gesprächspartnerin erspart blieb. »Waren Sie nicht in der Zeitung?«, fragte die Alte stattdessen jedoch misstrauisch.

»Davon hätte ich gehört«, antwortete Marius und zeigte ein gut einstudiertes Lausbubengrinsen.

»Vermutlich«, antwortete die Frau und begann jetzt, den Vorraum der Toiletten zu wischen. »Aber irgendwas war…«, dachte sie laut.

»Ich habe nur eine kurze Frage. Kennen Sie in der alten Ringszene jemanden, der Münzenberg heißt?«

»Wollen Sie mich verarschen?« Die Frau hielt mit dem Wischen inne. Sie schob den Ärmel ihres weißen Kittels nach oben, drehte ihren Arm, sodass Marius ihren Unterarm sehen konnte. Eine Brandnarbe zog sich vom Handgelenk bis unter den Ellbogen. »Helm Münzenberg war das größte Schwein, das früher herumlief. Gegen den waren die anderen ein paar vorlaute Kinder.«

»War er *das*?« Er deutete auf die Narbe

»Allerdings! 20 Mark hätte ich ihm angeblich vorenthalten und als ich das abgestritten habe, hat er den Arm zwei Minuten lang auf eine heiße Herdplatte gedrückt. Eine Minute für jeden Zehner. Ich kann froh sein, dass er noch dran ist, der Arm.«

»Wissen Sie, wo ich diesen Münzenberg heute finde?«

»Ich weiß es nicht. Ich will es auch nicht wissen. Ihnen gebe ich den guten Rat, um Münzenberg einen großen Bogen zu machen. Der Mann ist ein Monster. Vermutlich schmort der in irgendeiner Hölle. Und wenn Sie nicht aufpassen, leisten Sie ihm schneller Gesellschaft, als Ihnen lieb sein kann.«

32

Trotz der Warnung der Toilettenfrau: Sandmann war der Ansicht, die Hölle bereits hinter sich zu haben. Er musste mit Helm Münzenberg reden. Ein kurzer Blick ins Smartphone und er hatte exakt eine Kölner Adresse für diesen Namen. Mit Verenas Wagen fuhr er hinaus in eine kleine ruhige Vorortstraße von Köln-Lövenich. Die Nummer 26 war ein einstöckiges, hellbraun verklinkertes Haus mit weit heruntergezogenem Dach und Blumentöpfen vor der Tür. Links schloss sich eine Garage mit dunklem Tor an den Bau an, rechts führte ein kleiner Weg am Haus vorbei in den Garten. Hier also wohnte ein Monster.

Eine getöpferte Vogelstatue stand neben der Eingangstür vor einem Glasfenster und schaute zu Marius hinauf. Ein Vorhang hinter dem Glas hielt seinen eigenen neugierigen Blick ab. Der Detektiv schellte, eine melodische Klingel ertönte im Inneren des Hauses. Wenige Augenblicke später hörte er schnelle, klappernde Schritte hinter Vorhang und Tür.

Eine Frau um die 60 öffnete ihm. Trotz hoher Absätze war sie ein gutes Stück kleiner als er. Mit ihrer Kleidung versuchte sie jünger zu erscheinen, als sie war. Kein erfolgreicher Versuch.

»Ich möchte zu Helm Münzenberg«, sagte Marius nach einer kurzen Begrüßung.

Die Frau schien unbekannten Besuch für ihren Mann gewohnt zu sein. Ohne weitere Fragen bat sie Marius hinein und führte ihn durch ein Wohnzimmer, dass von einer dunkel vertäfelten und mit Schnitzereien verzierten Schrankwand beherrscht wurde, auf eine helle Terrasse. Unter einem gelb-weiß gestreiften Sonnendach saß ein kräftiger Mann in seinen 70ern, das dichte graue Haar sorgfältig nach hinten gekämmt. Überrascht schaute er Marius an. Als der Detektiv Münzenbergs Stimme vernahm, wusste er warum. Der kölsche Klang hatte sich in sein Gedächtnis eingebrannt, gerade weil er sein Gesicht hinter dem grellen Licht nicht hatte sehen können.

»Was willst Du?«

Marius brachte kein Wort heraus. Das Selbstbewusstsein, das Gefühl, die Hölle hinter sich gebracht zu haben, hatte sich unter dem rheinischen Tonfall seines Gesprächspartners binnen Augenblicken aufgelöst. Jeder Bluterguss schmerzte erneut. Unkontrollierbar tobte der Schmerz wieder in seinem Körper.

Misstrauisch stand Münzenberg auf. Marius blieb starr, als der alte Zuhälter ihn barsch umdrehte und abtastete. Es wäre ihm ein leichtes gewesen, den Mann niederzuschlagen. Hätte er sich aus seiner Starre lösen können.

»Noch einmal: Was willst Du? Da du keine Waffe hast, nehme ich nicht an, dass du auf Rachefeldzug bist. Also mach's Maul auf!« Mit einer herrischen Geste wies er auf

einen der freien Stühle. Marius setzte sich, schwieg weiter.
»Junge, wenn du nicht bald redest, schmeiß ich dich raus. Meine Zeit ist zu kostbar für solche Spielchen.«

Die Frau erschien in der Terrassentür, als habe sie drinnen auf ihr Stichwort gewartet. Der Alte schüttelte den Kopf. »Ich komme hier zurecht.« Stumm, wie sie gekommen war, verschwand die Frau. Marius war überzeugt, dass sie von drinnen alles im Blick behielt.

»Ich brauche Informationen«, antwortete Marius, als er endlich seine Sprache wiedergefunden hatte. »Wenn ich Siegfried Baumgart finden soll, müssen Sie mir mehr über ihn erzählen.«

Münzenberg runzelte leicht die gebräunte Stirn. »Wenn ich mehr über ihn wüsste, würde ich eine Pfeife wie dich nicht suchen lassen. Den Namen Siggi Baumgart habe ich seit Jahrzehnten nicht mehr gehört.«

»Mir begegnet er in letzter Zeit dauernd. Sie wissen, dass er ›Unter Krahnenbäumen‹ aufgewachsen ist. Es gibt ein ziemlich berühmtes Foto, auf dem er zu sehen ist.« Marius reichte dem Luden den laminierten Chargesheimer.

»Das hast Du uns alles schon in der Bar erzählt. Wieder vergessen?«

Marius erwiderte nichts. Stattdessen kramte er das zweite Foto Siggis hervor. »Das letzte Lebenszeichen von Siggi Baumgart ist das hier.« Er reichte Münzenberg das Foto Baumgarts mit Kay Cash aus Wallensteins Zeitungsartikel. Der nahm es, sah kurz darauf und zerknüllte das Papier in seinen Händen.

»Ihre Tochter, nicht wahr? Kathrin Münzenberg, die sich den Künstlernamen Kay Cash gegeben hat. Wenn ich Siggi finden will, muss ich mit ihr reden. Leider habe ich keine Ahnung, wo ich sie finden könnte.«

Der alte Mann starrte auf das zerknüllte Papier in seinen Händen, die Adern auf seinen Armen traten deutlich hervor, an seinem Hals konnte Marius die Sehnen deutlich erkennen. Schließlich sprang Münzenberg auf, sein Stuhl kippte nach hinten und landete polternd auf dem Steinboden der Terrasse. Marius wollte in einem Reflex die Hände vors Gesicht reißen, hielt sich aber zurück. Seine Knie zitterten. Jeden Augenblick rechnete er damit, dass sich Münzenberg auf ihn stürzen würde.

»Finden Sie diesen Scheißkerl!«, brüllte er, doch ließ Marius unbehelligt. In Sekundenbruchteilen erschien Münzenbergs Frau in der Tür, alarmiert durch das Geschrei ihres Mannes. Der alte Zuhälter schob sie wütend beiseite und rannte ins Innere. Von dort hörte Marius seine polternden Schritte. Er schaute die Frau an, die stumm den Stuhl wieder hinstellte.

»Die Erwähnung seiner Tochter hat ihn ziemlich aufgewühlt«, sagte er.

Die Frau blickte ihn überrascht an. »Helm hat keine Tochter«, sagte sie und brachte den Detektiv zur Tür.

Marius eilte ein gutes Stück vom Haus weg. Er riss sich zusammen, um nicht zu rennen. Schließlich wurden seine Knie so weich, dass er sich auf den Bordstein setzen musste. Er schwitzte, zog sich mit zitternden Händen das Sakko aus und legte es sich über die Beine. Ein Auto fuhr langsam vorbei. Marius fürchtete, es sei einer von Münzenbergs Männern, aber es saß nur eine Frau darin, die ihn besorgt anschaute, jedoch weiterfuhr. Der Detektiv versuchte das Zittern in den Griff zu bekommen. Es war nichts passiert, versuchte er sich einzureden. Die Stimme Münzenbergs hallte dennoch in seinen

Ohren nach. Die Schmerzen pochten wütend in seinem ganzen Körper. Endlich schaffte er es aufzustehen. Er musste sich an einem Laternenmast festhalten, bevor er langsam losging und sich bis zum Auto schleppte. Dort ließ er sich auf den Fahrersitz fallen, verriegelte die Türen und saß eine halbe Stunde einfach da. Keuchend. Schwitzend. Panisch.

33

»Was wissen wir über die Leute, mit denen Gerd Bastians verkehrte?«

Franka Schilling starrte auf ihren Bildschirm. Scharenberg zuckte mit den Achseln. »Erst mal gar nichts«, antwortete er wahrheitsgemäß.

»Dann finden Sie etwas heraus! Wenn irgendwer heute in Bastians Haus die Miete kassiert, können wir davon ausgehen, dass er aus seinem alten Umfeld stammt.«

»Glauben Sie, man hat ihn übers Ohr gehauen?«

Paula schüttelte den Kopf. »Ich glaube eher, jemand hat ihn vorgeschoben.«

»Ein Strohmann?«, Scharenberg kratzte sich am Ohr. »Warum?«

»Der eigentliche Käufer hatte vielleicht keinen guten Leumund«, warf Franka ein. »Wenn er ebenfalls aus dem

Milieu stammt, könnte es durchaus sein, dass die Familie Sperber Berührungsängste hatte.«

»Dann hätten sie auch nicht an Bastians verkauft. Sie wussten schließlich, in welchem Milieu der Mann verkehrte. Außerdem war da immer noch die Bar im Erdgeschoss. Ich glaube nicht, dass die Familie irgendwelche Skrupel hatte.«

»Sperber selber vielleicht?«

»Sie meinen, dass Bastians oder einer seiner Komplizen Sperber umgebracht haben, weil er nicht an solche Leute verkaufen wollte?« Paula schüttelte den Kopf. »Das halte ich für unwahrscheinlich. Sperber hat die Bar an die Gang vermietet, also hätte er auch verkauft.«

»Wenn er verkaufen wollte«, warf Scharenberg in den Raum.

»Wem gehörte die Bar damals eigentlich?«

»Das lässt sich rausfinden.« Paula wollte zum Telefon greifen, Scharenberg war schneller. Er hatte den Hörer bereits in der Hand und hieß Paula mit einer Bewegung zu warten. Es dauerte eine Weile, bis sich jemand meldete.

»Hallo, Jens, Scharenberg hier, *Task Force Science*.« Paula meinte, ein kurzes Lachen am anderen Ende zu hören. Aber vielleicht bildete sie sich das ein. »Ja, bei uns ist alles bestens. Wir lieben uns und jagen die bösen Buben, die sich in Sicherheit wähnen. Nein, du hast nichts zu befürchten. Wenn du mir meine Frage beantwortest: Wem gehörte die Bar Chou Chou am Friesenwall? … Hat mehrfach den Besitzer gewechselt?« Scharenberg sah fragend zu Paula hinüber. ›1980‹ formte die mit den Lippen. Scharenberg klopfte sich an die Stirn. Da hätte er selber drauf kommen können, dachte auch Paula. »Okay, präziser: Wem gehörte die Bar Anfang der 80er Jahre? … Natürlich im letzten Jahrhundert, du Tünnes! … Hmm, nie gehört den Namen. Schreibt man den, wie man ihn spricht? … Dank dir. Hast was gut bei uns … Was soll das heißen, darauf komme ich zurück? Bist du irre? … Ja, ja… Tschö!« Scharenberg beendete das Gespräch.

»Wer war das?«, wollte Paula wissen.

»Ein alter Bekannter. Der schrille Jens hat für uns als Informant gearbeitet. Bis er sich aus dem Geschäft zurückgezogen hat, um den Schrotthandel seines Vaters zu übernehmen.«

»Schrott dürfte weniger lukrativ sein als Koks, Nutten, Glücksspiel«, wunderte sich Franka.

»Aber wahrscheinlich gesünder«, vermutete Paula.

Scharenberg nickte. »Genau das hat Jens auch gesagt.«

»Was hatte er noch außer Ratschlägen für ein langes, gesundes Leben?«

»Er erinnert sich, wem die Bar Chou Chou gehört hat: einem gewissen Helm Münzenberg. Ehrlich gesagt habe ich den Namen noch nie gehört.«

»Vielleicht war er keine Szenegröße?«

»Doch, wenn er mit Bastians zu tun hatte.«

»Offensichtlich niemand, der das Licht der Öffentlichkeit gesucht hat.«

»Das habe ich sowieso nie verstanden: Zuhälter, die sich im Licht der Öffentlichkeit sonnen? Was soll das? Machen die sich damit nicht nur Ärger?«

Scharenberg zuckte mit den Achseln. »Man muss es sich halt leisten können.«

»Oder man muss die Leute machen lassen«.

»Haben wir was über den?«, fragte Paula.

»Schauen wir einmal nach!«

Fast wäre Marius einer Zivilstreife in die Arme gelaufen, die in einem grauen Ford auf der Vogelsanger Straße parkte und gelangweilt den Hauseingang im Auge behielt. Der Parkplatz unmittelbar gegenüber der eigenen Wohnung und unmittelbar vor dem Zivilwagen der Beamten war zu verlockend gewesen, Marius zu fertig mit den Nerven, sodass er die Polizisten erst entdeckte, als er zum Einparken ansetzte. Erschrocken gab er Gas, als er die beiden im Wagen hinter sich bemerkte. Zunächst fürchtete er, sie hätten Verdacht geschöpft und wären ihm gefolgt, doch war seine Vermutung unbegründet. Nach längerer Suche stellte er den MG in der Geisselstraße ab und gelangte erneut über die Hinterhöfe ins Haus. Zu oft würde er diesen Weg nicht mehr wählen können, ohne Verdacht zu erregen.

Zu Hause angekommen nahm er ein Bad und begann anschließend ein intensives Krafttraining. Er wollte sich stark fühlen. Bei jeder Bewegung analysierte er seine Schmerzempfindung. Nach einer Weile schien es, als gäben sie es auf, ihn zu quälen. Das Training befreite seinen Kopf und vertrieb die letzten Schatten der Angst. Zumindest für den Moment. Es kostete ihn einige Überwindung, über den Besuch bei Münzenberg nachzudenken. Was wusste er? Weder Baumgart noch Münzenberg zählten zu den prominenten Mitgliedern der Ringszene. Wenn beide wirklich dazu gehört hatten, hatten sie die Öffentlichkeit gemieden. Hatten sie die Polizei genauso meiden können? Vielleicht wusste Paula Wagner etwas über Münzenberg oder konnte es für ihn in Erfahrung bringen. Nur: Wie würde sie reagieren, wenn ein wegen Mordverdachts Gesuchter bei ihr anrief? War sie nicht vielleicht doch zu sehr Polizistin, um ihn anschließend in eine Falle zu locken?

Ohnehin: Was hatte es mit der angeblichen Tochter Kathrin auf sich? Aufgrund ihres Alters war er davon ausgegangen, dass sie Münzenbergs Tochter sein musste. Selbst wenn dessen Frau es abgestritten hatte, dass Kay Cash Münzenbergs Kind war: Es gab eine Verbindung zwischen Kay und Helm. Bei dem Gedanken an den alten Zuhälter kam die Erinnerung an seine Panik erneut hoch. Wütend über die eigene Angst pumpte er wie ein Berserker. Erst als er eine Stunde später leicht verschwitzt und ein wenig erschöpft sein Programm beendete, fiel ihm ein, dass er sich das Baden vorher hätte sparen können.

Enttäuscht drückte Paula Wagner die Maus und schloss das Fenster von INPOL. Die Kriminalakte Helm Münzenbergs war lupenrein.

»Scheiße«, entfuhr es Scharenberg, der hinter Paula stand und sich wie Franka auf ihre Stuhllehne stützte, um besser auf den Bildschirm schauen zu können. Frankas Nähe machte Paula nervös.

»Das war ein Fehlschuss«, konstatierte die junge Kollegin.

Paula drehte sich zu ihnen um. Unter ihrem Schreibtisch ratterte der Drucker. »Meinen Sie, Ihr alter Informant, der schrille Jens, gibt Ihnen ein paar Namen von Leuten, die mit Münzenberg zu tun hatten? Dann könnten wir versuchen, über die an ihn ranzukommen. Ansonsten haben wir das hier.« Die Hauptkommissarin nahm den Ausdruck aus dem Ausgabefach des Printers.

»Was ist das?«

»Die einzige Adresse eines Helm Münzenberg in Köln. Fahren wir doch einmal hin und befragen ihn ein wenig.«

»Soll ich mitkommen?« Die Frage schoss aus Franka heraus.

»Von mir aus. Aber vorher machen wir noch einen kleinen langweiligen Ausflug.«

»Ich liebe langweilige Ausflüge. Wohin soll's gehen? Ins Präsidium?«

Scharenberg schnaubte. Paula schüttelte den Kopf. »Noch langweiliger!«

»Okay, ich bleibe hier und rufe Jens noch mal an.« Scharenberg setzte sich hinter seinen Schreibtisch und nahm den Hörer in die Hand.

»Seitdem du bei der Sperber warst, gehst du gar nicht mehr vor die Tür, oder?«

Scharenberg warf Franka einen zornigen Blick zu. Bevor er antworten konnte, ging Paula dazwischen, die sich immer öfter wie die Mutter der beiden fühlte.

»Möchten Sie hierbleiben, Schilling? Dann nehme ich Scharenberg mit.«

»Nein, nein!« Franka errötete leicht, griff nach ihrer hellen Jeansjacke und folgte Paula auf den Flur hinaus und in den Aufzug.

Nachdem sich die Aufzugtür geschlossen hatte, tat Paula, was ihr schon lange durch den Kopf geisterte. Sie packte Franka Schilling mit beiden Händen im Gesicht und erwiderte ihren Kuss.

34

Der Kuss hatte nicht nur Paulas Erwartungen übertroffen, er hatte sogar sämtliche Pläne der beiden Frauen über den Haufen geworfen. Paula lag wach in ihrem Bett, die leise atmende Franka, deren Arm sich um ihren Nacken schlang, an ihrer Seite. Sie fühlte sich gut wie lange nicht mehr. Sanft streichelte sie über Frankas nackten Rücken, die junge Beamtin schnurrte und rückte näher. Irgendwann schlief Paula ein und fiel sofort in einen traumlosen und tiefen Schlaf.

Als sie erwachte, grinste sie eine verschlafen und sehr zufrieden aussehende Franka unter einer hoffnungslos verwuschelten Frisur an. Sie frühstückten gemeinsam. Wann hatte Paula zuletzt überhaupt einmal gefrühstückt?

Erst dann nahm sie ihren ursprünglichen Plan wieder auf. Der Ort, zu dem die Hauptkommissarin Schilling führte, war so langweilig, wie sie versprochen hatte. Gegen acht Uhr fünfzehn standen sie in den schmucklosen, nach Papier riechenden Räumen des Kölner Grundbuchamtes im Gerichtsgebäude am Reichenspergerplatz, dessen äußerer Prunk Paula nicht im mindesten täuschen konnte. Abgesehen vom ebenfalls repräsentativen Treppenhaus war das Gebäude von frustrierender Schmucklosigkeit.

»Was wollen wir hier?«, fragte Franka.

»Wir wollen wissen, ob es außer Sperbers Haus noch weitere Gebäude gibt, die zur gleichen Zeit im Friesenviertel verkauft wurden. Außerdem wollen wir wissen, wer die alten und wer die neuen Besitzer sind. Scharenberg hat erzählt, dass das ganze Veedel zu der Zeit Sanierungsgebiet war.«

»Ja, und?« Franka verstand gar nichts.

»Das heißt, dass die Immobilien nach der Sanierung deutlich mehr wert waren als zuvor.«

»Aber hat damals nicht der Gerling-Konzern einen Großteil der Häuser erworben? Meine Tante hat dort gewohnt und die musste raus, weil Gerling die Wohnungen luxussanieren wollte.«

»Das meiste sicher. Aber bestimmt nicht alles. Außerdem wäre zu klären, wem sie die Wohnungen abgekauft haben.«

Franka zweifelte. »Glaubst du wirklich, dass irgendeine Milieugröße clever genug ist, zum richtigen Zeitpunkt in Immobilien zu investieren?«

»Jemand, der clever genug ist, Gerd Bastians Mieten zu kassieren, schon.«

Die beiden Polizistinnen kämpften sich durch einen ganzen Stapel von Grundbucheinträgen und Akten, gelegentlich blinzelten sie sich an und kicherten wie Kinder, bis die Beamtin, die im Nachbarraum arbeitete, in der Tür stand und den beiden Frauen einen missbilligenden Blick zuwarf.

»Ist es nicht erstaunlich, wie viele Grundstücke Anfang der 80er Jahre im Friesenviertel den Besitzer gewechselt haben?«, fragte Franka schließlich. Sie hatten sich die Grundbuchakten ganzer Straßenzüge im Viertel vorgenommen und auf Besitzerwechsel zu Anfang des besagten Jahrzehnts überprüft.

Paula blickte auf eine Liste mit über 30 Häusern und Grundstücken rund um die Friesenstraße, die in dieser Zeit veräußert und größtenteils wenige Wochen oder Monate später an den Gerling-Konzern weiterverkauft worden waren.

»Wir sollten die Käufer in jedem Fall überprüfen. Außerdem könnte es sich lohnen, einen Blick in die Kaufverträge zu werfen.«

In diesem Augenblick klingelte ihr Handy. Ein Mann in silberglänzendem Anzug mit breiter rosafarbener Krawatte, der an einem kleinen Tisch in der Ecke saß und seinerseits Akten studierte, schaute Paula missbilligend an.

»Scharenberg! Was gibt's? Vermissen Sie uns? Bleiben Sie dran!« Paulas Laune war wirklich blendend heute. Nicht einmal die Beamtin, die wie ein Blitz in der Tür auftauchte und mahnend den Finger hob, als sie Paula hörte, konnte ihre Stimmung trüben. Franka packte ihre Sachen zusammen und gemeinsam verließen die beiden die Amtsräume.

Draußen legte sie ihre Liste auf eine Fensterbank. Den Fuß auf einen Holzstuhl davor, das Handy unters Ohr geklemmt, hörte sie Scharenbergs Ausführungen zu und machte auf der Liste an verschiedenen Stellen Kreuze.

»Sehr gute Arbeit, Scharenberg! Wir sind gleich bei Ihnen. Dann sollten wir uns jeden einzelnen dieser Männer einmal vornehmen.« Sie legte auf. Franka schaute sie neugierig an. »Von den 36 Verkäufen, die wir hier haben, gehen 24 an Leute, die in irgendeiner Weise mit Münzenberg zu tun haben. 8 weitere an eine Firma mit dem Kürzel MMI.«

»MMI? Was soll das heißen? ›Möglichst mieterfreie Immobilien‹?«

»Keine Ahnung. Aber wo ein Grundbuchamt, da ein Handelsregister. Komm mit!« Ohne nachzudenken packte Paula Franka an der Hand und zog sie mit sich. Erst als ihnen auf dem Flur ein Staatsanwalt in wehender Robe entgegen kam, löste sich Franka aus Paulas Handgriff. Die Hauptkommissarin nickte dem Staatsanwalt kurz zu, der schaute erschrocken weg.

»Wenn selbst Staatsanwälte erschrecken, wenn sie dich sehen, muss dein Ruf wirklich miserabel sein, Paula«, kommentierte Franka.

»Ach, Staatsanwalt Stein. Dem habe ich einmal Tatortverbot erteilt und ihn einen inkompetenten Idioten genannt.«

»Immerhin hast du ihm nicht zwischen die Beine getreten.«

»Leider. Wir sind da.«

Fünfzehn Minuten später hatten die beiden erfahren, was sie wissen wollten. Auf dem Weg nach draußen kamen sie an der halb geschlossenen Tür eines Sitzungssaales vorbei. Drinnen war nichts zu hören. Franka hielt an und studierte den Sitzungsplan, der hinter einem Glaskasten versteckt neben der Tür ausgehängt war. »Wenn ich das richtig sehe, bleibt dieser Saal heute leer.« Sie schaute Paula herausfordernd an.

»Du bist verrückt. Das können wir nicht machen.«

»Komm schon! Nur knutschen!«

»In einem Sitzungssaal?«

»Auf der Anklagebank!«

Am späten Vormittag verließ Marius das Haus, wie er es betreten hatte: über die Hinterhöfe und durch eine Toreinfahrt hinaus auf die Geisselstraße. An einem Chevrolet Camaro lehnten lässig drei Männer. Der jüngste von ihnen winkte ihm zu.

»Hallo, Meisterdetektiv! Alles klar?«

Marius erkannte den Wagen und versuchte sich sein Erschrecken nicht anmerken zu lassen, während die Gedanken durch seinen Kopf rasten.

»Wir wollten uns nach deinen Fortschritten erkundigen«, ergänzte der älteste der Männer, »immerhin arbeitest du für uns.«

Die drei kamen ein paar Schritte auf ihn zu. Der Alte klopfte ihm auf das Revers seines Anzugs. »Schick biste übrigens. Aber vergiss nicht: Du musst uns Baumgart liefern.« Er wischte Marius kurz mit der Hand durchs Gesicht. »Sonst …«

Bashkim formte mit den Fingern eine Pistole, grinste und sagte »Bumm!«. Mehr nicht.

»Fahren wir! Halten wir unseren Freund nicht von seiner Arbeit ab.«

Marius' Herz raste. Münzenberg hatte seine Botschaft erfolgreich an den Mann gebracht.

DRITTER TEIL

Der Ringkönig

»We come from chaos
You cannot change us.«
One Drop, Public Image Ltd.

35

Er sah den Dreien nach, wie sie in den Chevrolet einstiegen. Fast hätte er gelacht, als er mit anschauen musste, wie sich der dicke Schnauzbärtige auf die Rückbank des Sportwagens zwängte. Als der Alte den Motor startete, hechtete Marius zu seinem Renault, der auf der Vogelsanger Straße parkte. Der Camaro fuhr an ihm vorbei. Der Alte hupte, die drei Männer winkten wie gute, alte Freunde. Marius sah, wie sie in Richtung Innenstadt abbogen. Zum Glück parkte er in gleicher Fahrtrichtung. Dennoch verlor er den Chevrolet zunächst aus den Augen. Auf gut Glück fuhr er ebenfalls in Richtung City. An der Ampel zur Bismarckstraße entdeckte er den Camaro drei Wagen vor sich. Über den Ring ging es weiter in Richtung Ebertplatz hinein in die Weidengasse. Als kein Wagen mehr zwischen ihnen fuhr, vergrößerte Marius den Abstand. So ging er zwar das Risiko ein, den Chevi hinter einer Kurve erneut aus den Augen zu verlieren, aber das erschien ihm klüger, als seine Entdeckung zu riskieren.

Vor einem Wettbüro am Gereonswall hielt der Camaro. Marius wäre ihm fast hinten drauf gefahren, als er ebenfalls in die Straße einbog. Stattdessen fuhr er, den Blick starr geradeaus gerichtet, an dem alten Sportwagen vorbei und hielt fünfzig Meter vor der Einmündung des Stavenhofs. Wenn der Alte nicht verbotenerweise zurücksetzte, musste er hier vorbeikommen. Als gegenüber ein Parkplatz frei würde, lenkte der Detektiv den Renault in die Parklücke. Es dauerte fünf Minuten bis er den Chevy im Rückspiegel sah, gefolgt von einem DHL-Lieferwagen.

Er startete den Motor. Als der Camaro an ihm vorbeifuhr, setzte er den Blinker, doch das DHL-Fahrzeug hielt direkt neben ihm. Wütend drückte Marius auf die Hupe. Der Fahrer beugte sich kurz aus dem Fenster, hob beschwichtigend die Hand und schickte sich an auszusteigen. Marius hupte erneut. Diesmal deutlich lauter und länger.

Wenige Sekunden später startete der Paketbote den gelben Transporter und setzte ein paar Meter zurück. Marius schoss aus der Parklücke und raste den engen Gereonswall hinunter. Eine junge Frau, die gerade einen Kinderwagen auf die Straße schieben wollte, schickte ihm einen Fluch hinterher. Er suchte nach dem Camaro. Der war verschwunden.

An der Eigelsteintorburg musste er sich entscheiden. Entweder war der Chevrolet über den Wall weiter auf die Nord-Süd-Fahrt gefahren oder auf den Eigelstein abgebogen. Marius entschied sich für die zweite Alternative. Auf der Verkehrsader, die die Innenstadt durchschnitt, hätte er sowieso keine Chance mehr gehabt, den Wagen einzuholen. Er musste hoffen, das auffällige Fahrzeug irgendwo auf dem Eigelstein oder in einer der Seitenstraßen zu entdecken. Langsam fuhr er die enge Straße hinunter, spähte in jede Nebenstraße. Der DHL-Transporter war wieder hinter ihm und hupte nun seinerseits, weil Marius ihm zu langsam fuhr. Der Detektiv ignorierte ihn, bis er fand, was er suchte. In der Eintrachtstraße, wenige Meter vom Eigelstein entfernt, entdeckte er den Camaro am Straßenrand. Langsam fuhr er an dem leeren Wagen vorbei, ließ den DHL-Wagen passieren. Dessen Fahrer gab extra Gas und streckte Marius den Mittelfinger entgegen. Der Detektiv parkte ein Stück weit hinter dem Chevrolet und wartete.

Das Team der *Task Force Science*, die sich bisher erfolgreich dagegen gewehrt hatte, der Wissenschaft allzu viel Platz in ihren Ermittlungen einzuräumen, stand versammelt vor einem Whiteboard im Büro. Wolfgang Scharenberg zeigte mit einem roten Stift und rot verfärbten Fingern auf das Bild, das er auf das Board gezeichnet hatte. Paula und Franka sahen ihm zu.

»24 der Käufer lassen sich Münzenberg zuordnen. Davon hat er mehr als die Hälfte der erworbenen Häuser wenige Monate, manchmal nur Wochen später an den Gerling verkauft. Wir müssen das zwar noch überprüfen, aber ich denke, wir können davon ausgehen, dass er dabei einen satten Gewinn eingestrichen hat. Der Gerling war damals ganz versessen auf Immobilien in unmittelbarer Nachbarschaft. Nicht nur weil ihm das Milieu zunehmend ein Dorn im Auge war …«

An dieser Stelle unterbrach Franka Scharenbergs Vortrag. »Hat das Milieu nicht prächtig vom Gerling gelebt? Ich könnte mir vorstellen, dass die Versicherungsheinis zu den Stammkunden des ein oder anderen Etablissements gehört haben.«

»Ich könnte mir allerdings vorstellen, dass die Führung genau deswegen die Nutten aus dem Viertel raushaben wollte«, warf Paula ein.

»Dafür gab es doch schon das Eros-Center an der Hornstraße? Damit die ganze Bagage die Innenstadt den seriösen Geschäftsleuten überließ.«

»Stimmt schon«, warf Scharenberg ein, »trotzdem gehen bis heute in der Ecke noch in den verschiedensten Wohnungen Prostituierte ihrem Geschäft nach. Man muss nur wissen wo.«

»Und du weißt wo?«

Scharenberg errötete. »Na ja, jeder, der sich ein bisschen auskennt, weiß das. Außerdem sind wir Polizisten. Wir müssen das wissen!«

»Scharenberg, lassen Sie sich nicht immer veräppeln. Erzählen Sie uns einfach, was Sie herausgefunden haben.«

Jetzt wurde der alte Polizist wirklich rot. Franka schlug zufrieden die Beine übereinander.

»Wo war ich?«

»Ein Dorn im Auge …«, half Paula.

»Richtig. Der Gerling wollte ein besseres Umfeld für sich. Außerdem war abzusehen, dass mit der Sanierung das Viertel deutlich aufgewertet werden würde und damit die Häuser wertvoller.«

»Und zwischendrin hat einfach noch jemand die Hand aufgehalten. Clever.«

Paula stand auf und nahm ihre Jacke vom Stuhl. »Wo wollen Sie hin?«, fragte Franka.

»Mit MMI reden.«

36

Eine halbe Stunde saß Marius in seinem Wagen, bis gleich hinter dem Chevrolet die Haustür eines Mehrfamilienhauses aufging und der älteste der drei Männer allein hinaustrat. Er verabschiedete sich mit zwei Küssen auf die Wange von einer Frau Mitte 40, die ihn in einem Morgenmantel bis zur Straße begleitet hatte. Marius wollte schon den Schlüssel herumdrehen, um den Wagen zu starten, musste jedoch feststellen, dass der Freier nicht zu seinem Auto zurückging, sondern ihm auf der Straße entgegenkam. Den Kopf gesenkt drückte er sich in seinen Sitz hinunter. Aus dem Augenwinkel sah er ihn am Wagenfenster vorbeigehen und verfolgte seine Schritte im Rückspiegel. Ohne sich umgedreht zu haben, ging der Mann weiter. Bevor er ihn aus den Augen verlieren konnte, sprang Marius aus seinem Renault und folgte ihm mit deutlichem Abstand.

Auf dem Eigelstein ging er ein Stück weit in Richtung Hauptbahnhof, verließ die alte Römerstraße, um in die Machabäerstraße einzubiegen, die – wie die parallel liegende ›Unter Krahnenbäumen‹ – von der Nord-Süd-Fahrt zerteilt wurde. Der Detektiv wartete an der Ecke, bis der Mann die Ampel an der Nord-Süd-Fahrt überquert hatte und an dem großen Kreuzigungsbild gegenüber vorbei in Richtung Rhein und Kunibertskloster lief. Die ersten Autos wollten bereits wieder losfahren. Im Laufschritt schaffte er es gerade über die vierspurige Straße. Erleichtert stellte er fest, dass der Mann anscheinend nichts bemerkte. Auf der linken Straßenseite schloss er eine Haustür auf und ging hinein. Marius erreichte die Tür, kurz bevor sie zufiel. Im Flur hörte er Schritte auf den alten knirschenden Holztreppen. Er blickte das Treppenhaus hinauf und sah die Hand des Mannes auf dem Geländer zwischen erstem und zweitem Stock. Als er ein Türschloss hörte, war er bereits auf dem Weg nach oben. Einige Sekunden stand er unschlüssig vor der Wohnungstür. Er suchte nach einem Klingelschild, fand aber keins. Wäre es nicht klüger, einfach zu verschwinden? Er horchte auf seinen Atem, der merklich schneller ging. Viermal holte er tief Luft, bevor er schellte. Die Tür wurde geöffnet und der Detektiv warf sich mit seiner ganzen Muskelmasse dagegen. Der andere Mann stolperte rückwärts in den Flur und fiel zu Boden. Marius warf sich auf ihn und fesselte ihm mit seinem Gürtel die Hände auf den Rücken. Als er den Mann umdrehte, wich dessen Angst einer leichten Erheiterung. Der Detektiv zerrte ihn hoch und setzte ihn auf einen Stuhl in der kleinen Küche neben dem Flur, von der man in die Wohnung des Nachbarhauses gucken konnte. Rasch zog Marius die Vorhänge zu, ein rötlich schimmerndes, gedämpftes Licht fiel in den Raum.

»Willst du mich jetzt umbringen?«, fragte der alte Mann spöttisch.

»Willst du es herausfinden?«

Der Alte schnaubte spöttisch. »Da bist du nicht der Typ für, Student!«

»Vor ein paar Tagen wart ihr noch überzeugt, ich hätte Albertz umgebracht.«

»Da kannten wir dich noch nicht. Glaubst du, du würdest noch leben, wenn wir immer noch davon überzeugt wären?«

Marius Knie zitterten. Er versuchte sich nichts anmerken zu lassen. »Warum seid ihr so erpicht darauf, Siegfried Baumgart zu finden?«

»Das geht dich nichts an.« Der Alte grinste breit. »Und jetzt? Schlägst du mich?« Er lachte. Aus gutem Grund. Marius konnte niemanden schlagen, der gefesselt vor ihm saß. Es fiel ihm schon schwer, sich zu wehren, wenn er angegriffen wurde. Egal wie viel Wut er auf den Mann vor ihm verspürte, es reichte für Marius Sandmann nicht, um zuzuschlagen. Der Alte wusste das genau. Ohne ein weiteres Wort verließ der Detektiv die Küche. Er mochte Hemmungen haben, Gewalt anzuwenden. Schamgefühl, wenn es darum ging, in anderer Leute Sachen herumzuschnüffeln, besaß er nicht.

In den Jackentaschen seines Opfers fand Sandmann ein Portemonnaie mit 600 Euro Bargeld und einen Personalausweis, ausgestellt auf den Namen Peter Altmann. Sonst gab die Untersuchung der Jacken, die an der Garderobe hingen, nicht viel her. In fast jeder steckte irgendwo eine halb leere Packung Zigaretten, in manchen zerknüllte Geldscheine. Er öffnete eine andere Tür und stand in einem kleinen, nicht sehr sauberen Duschbad mit dunkelbraunen Kacheln. Im Spiegelschrank ein paar Medikamente gegen Bluthochdruck und Heuschnupfen, Rasierwasser, Zahnpasta. Das Wohnzimmer, das sich an den Flur anschloss, wurde von einer mächtigen, hellbraunen Rundcouch beherrscht. Auf der anderen Seite stand ein sündhaft teurer und riesengroßer Flatscreen.

Nichts, das Marius interessierte. Ebenso im Schlafzimmer, von dessen Wänden ein paar Centerfolds auf ihn herabschauten. Unzufrieden kehrte er zurück in die Küche. Auf dem Küchentisch lag Altmanns Handy, Marius ging die Anrufliste durch und notierte sich ein paar Namen und Nummern. Als er wieder aufschaute, fiel sein Blick auf ein hölzernes Schlüsselbrettchen hinter dem Kopf des Alten.

»Hätte ich da etwa fast den Keller vergessen?«

In einer Schublade fand er altes Paketklebeband. Er riss ein Stück ab und klebte es Altmann, der sich nur kurz wehrte, vor den Mund.

Altmanns Keller entpuppte sich als gut ausgestattete Werkstatt. Neben zahlreichen Werkzeugen schien sie vornehmlich Gerümpel zu enthalten. In einer Kiste entdeckte der Detektiv Fotos, auf manchen erkannte er den jungen Altmann gemeinsam mit einem ebenfalls um einige Jahre jünger aussehenden Helm Münzenberg. Er nahm eines der Bilder an sich. Man wusste nie, wozu man es brauchen konnte. Von Baumgart oder Kathrin Münzenberg fand er keine, Münzenbergs Frau hingegen entdeckte er auf einem Foto, das bei ihrer Hochzeit aufgenommen worden war. Auf der Rückseite des Bildes stand ein Datum geschrieben: 9. August 1995. Vielleicht wusste die Frau wirklich nicht, dass Münzenberg eine Tochter aus einer früheren Verbindung hatte. In den anderen Kisten fand Marius nichts Interessantes mehr. Alte Kassettenrekorder, einen Walkman, einen alten Fotoapparat, ein hübsches Feuerzeug mit Perlmuttbesatz, eine 8-mm-Filmkamera, alte Schrauben, Kabel, Stecker, Uhren, einen Karton mit sicherlich 100 gefälschten Rolex, alte verstaubte Weinflaschen, und hinter den Kisten eine alte Leuchtreklame ›Bar Chou Chou‹. Er schloss den Keller wieder ab, löschte das Licht, und ging zurück in die Wohnung.

Der Detektiv setzte sich ihm gegenüber rücklings auf einen anderen Stuhl, zog ihm vorsichtiger, als er vorgehabt hatte, das Klebeband vom Mund und wedelte mit den Fotos in seiner Hand. Er hoffte, dass er selbstsicherer wirkte, als er war.

»Reden wir!« Der Alte drehte das Gesicht in Richtung Vorhang. »Kathrin Münzenberg. Der Name sagt dir was, oder?«

»Keine Ahnung, wovon du sprichst.«

Zumindest konnte Altmann nicht lange schweigen. Ein gutes Zeichen. »Von der Tochter deines Chefs.« Marius hielt ihm das Foto vor die Nase, dass ihn mit Helm zeigte.

»Wo ist sie? Ich würde mich gerne mit ihr unterhalten. Wenn ich das richtig verstanden habe, würde Münzenberg das auch gerne tun.«

»Helm würde ihr vermutlich eher den Hals umdrehen«, erwiderte der Gefesselte.

»Immerhin wissen wir damit, dass es sie gibt und wer sie ist. Das ist doch schon einmal ein Anfang.«

Dem Alten war klar, dass er einen Fehler gemacht hatte. Ein Schellen unterbrach sie. Mit strahlenden Augen sah er den Detektiv an. »Das sind die Jungs, die wollen mich abholen.« Marius hielt Altmann die Hand vor den Mund. Dann warteten sie gemeinsam.

Es schellte ein zweites Mal. Sie hörten Schritte und leise Stimmen vor der Tür. Der Alte wackelte leicht mit dem Stuhl. Marius packte ihn mit der zweiten Hand an den Oberschenkeln und drückte Mann und Küchenstuhl fest auf den Boden. Schweigend wartete der Detektiv, bis die Holztreppe unter den Schritten zweier Männer knirschte. Vorsichtig nahm er die Hand von Altmanns Gesicht.

»Die sind gleich wieder da! Wenn ich wieder nicht antworte, holen sie bei der Nachbarin den Zweitschlüssel und kommen rein, um zu sehen, ob alles in Ordnung ist.«

»Also beeilen wir uns ein wenig!« Er war sich nicht sicher, ob sein Gefangener bluffte, aber wollte es nicht darauf ankommen lassen. Doch Altmann schwieg eisern. Schließlich schob Marius den Stuhl an den Tisch zurück und stand auf. Der Alte blickte verschlagen zu ihm hoch.

»Du bist zu weich, Detektiv. Ein echter Verlierer. Nicht einmal aus einem gefesselten, alten Sack wie mir kriegst du irgendwas raus. Kleiner Wichser!«

37

Paula studierte die Fotos an den Wänden des nüchtern eingerichteten Büros. Die schwarzen Sessel waren Nachbauten eines Entwurfs des Architekten Le Corbusier, das hatte Paula irgendwann einmal aufgeschnappt. Schwarze eckige Kissen in schlichten Metallrahmen. Schreibtisch, grauer Teppichboden und schwarz lackierte Ablage betonten die Kühle des Raums zusätzlich. Umso bemerkenswerter fand Paula die Bilder. Zwar waren die meisten in Schwarz-Weiß gehalten und wären einem weniger aufmerksamen Betrachter kaum aufgefallen, die Motive jedoch waren wüst. Hinter ihrem Rücken öffnete sich leise eine Tür. Sie spürte die Anwesenheit eines Mannes, ohne dessen Schritte zu hören. Sie drehte sich um und schaute in das jungenhafte Gesicht eines Mittvierzigers, dessen dunkelblondes Haar akkurat gescheitelt war und dessen schlanke Gestalt in einem maßgeschneiderten Anzug steckte. Allein die rotblau gemusterte Krawatte setzte einen Farbpunkt.

»Sie interessieren sich für Fotografie?«, eröffnete Paula mit ein wenig Small Talk das Gespräch. Der Mann zwinkerte nervös.

»Ich sammle, ja«, antwortete er knapp und deutete auf die Corbusier-Sitzecke.

»Interessant«, antwortete Paula, als sie ihm zu den Sesseln folgte. »Sammeln Sie einen bestimmten Schwerpunkt? Kunstsammler suchen sich immer irgendeinen Künstler oder ein Thema, oder? Nicht dass ich Ahnung davon hätte! Ist Schwarz-weiß ihr Thema, Herr Münzenberg?«

Magnus Münzenberg strich sich die Hose zurecht, nachdem er sich hingesetzt hatte, und schaute mehr auf seine

Knie als auf seine Gesprächspartnerin. »Ich sammle Bilder von Fotografinnen aus den 80er Jahren. Ein spezielles Hobby, gebe ich zu.« Er lächelte verlegen.

»Wie kommt man auf so etwas? Für mich waren die 80er ein Jahrzehnt ästhetischer Irrwege! Ich könnte Ihnen Fotos von mir aus dieser Zeit zeigen! Du meine Güte!«

Der Immobilienmakler zuckte mit den Achseln. »Ich bin damit groß geworden. Vermutlich prägt es einen mehr, als man glauben möchte.«

»Wem sagen Sie das? Die Vergangenheit verfolgt einen. Mein Kommissariat zum Beispiel hat die Aufgabe, alte, ungeklärte Fälle zu überprüfen. Im Rahmen dessen sind wir auf den Namen Ihrer Firma gestoßen.«

Münzenberg rieb mit dem Zeigefinger der linken Hand nervös auf dem Rücken des rechten Handgelenks. »Ich wüsste nicht, inwieweit unsere Firma in ein Verbrechen verwickelt sein könnte.«

»Wir haben diverse Immobilienkäufe in den 1980er überprüft. Ihre Firma hat in dieser Zeit einiges an Besitz erworben. Sie waren noch ziemlich jung damals, oder?«

»Ja, das stimmt. Ich war nicht einmal 20.« Über Münzenbergs Gesicht huschte ein Ausdruck von Stolz.

»Nehmen Sie es nicht persönlich: Woher nimmt man als Teenager genügend Geld, um ein Dutzend Häuser im Friesenviertel zu kaufen?«

»Ich hatte ein gutes Geschäftskonzept. Damals konnte man ein Geldinstitut damit noch überzeugen, heutzutage würden Sie ausgelacht, wenn Sie als 18-Jähriger zu einer Bank gingen, um einen Kredit für Immobiliengeschäfte aufzunehmen.«

»Tut mir leid, dass ich nachhake. Ich verstehe von Immobiliengeschäften so wenig wie von Kunst. Sie haben Ihre Käufe damals mit Krediten finanziert?«

Der Mann nickte.

»Können wir die Kreditverträge einsehen?«

»Tut mir leid, das ist nicht mehr möglich. Die Aufbewahrungsfristen sind schon lange abgelaufen. Wenn wir nicht hin und wieder Unterlagen vernichten würden, schleppten wir viel zu viel Ballast mit uns herum.«

»Wie schade«, Paula schlug mit den Händen auf die Oberschenkel, »manchmal will man sich von seiner Vergangenheit wirklich so schnell wie möglich trennen, nicht wahr? All dieser Ballast, wie Sie sagen.«

Münzenbergs Augen schossen zwischen Paula und seinen Knien hin und her.

»Das Dumme ist, es gibt Hinweise, dass Ihre Firma mit Geldern aus nicht ganz legalen Quellen finanziert wurde. Außerdem vermuten wir, dass es bei den Käufen nicht immer mit rechten Dingen zuging. Sicher haben Sie die Kaufverträge von damals noch. Das sind doch Eigentumsnachweise, oder?«

»Als Eigentumsnachweis dient eigentlich der Eintrag im Grundbuch.«

»Trotzdem haben Sie die Verträge sicher noch?«, hakte Paula nach. Keine Antwort ist auch eine Antwort, dachte sie nach einigen Sekunden Schweigen.

»Ob wir uns die wohl einmal anschauen dürften?«

»Was glauben Sie in unseren Verträgen zu entdecken? Da steht ja nichts darüber, woher das Geld stammt. Dass es gezahlt worden ist, davon können Sie ausgehen.«

»Oh, auf die Idee, dass gar keine Gelder geflossen sind, bin ich noch gar nicht gekommen!« Paula sah zufrieden zu, wie sich Münzenbergs Gesicht rötete. Sie setzte nach. »Jetzt mal im Ernst: Sie haben Ihr Geld nicht von der Bank, sondern aus den miesen Geschäften Ihres Vaters Helm Münzenbergs, ein Zuhälter übelster Sorte, und Sie haben Ihre ersten Immobilien nicht billig bekommen, weil Sie clever waren, sondern weil Ihr Vater massiven Druck auf die Besitzer ausgeübt hat. Ihr ganzes ›Konzept‹ war eine einzige große Geldwaschtrommel.« Scharenberg hätte sie für diese Sätze wahrscheinlich geliebt. Ihr Gesprächspartner tat das nicht.

»Das stimmt nicht!«, brüllte er, stand auf und stellte sich mit dem Rücken zu ihr an das Fenster, von dem sich ein weiter Blick auf Altstadt, Dom und Rathausturm bot.

Paulas Stimme war die Ruhe selbst. »Das stimmt. Oder wissen Sie einen anderen Grund, warum in keinem Ihrer Grundbucheinträge für irgendeine Bank eine Sicherheit eingetragen worden ist?«

Die Hauptkommissarin war schon fast an der Tür, als Münzenberg wieder sprach. »Ich habe ein absolut reines Gewissen.«

38

1984

Der Schampus floss in Strömen an Tisch 7. Neidisch blickte der junge Magnus Münzenberg hinüber zu den Männern in den klassischen Anzügen, die zu sechst in einer der Nischen saßen und sich mit acht Mädchen vergnügten. Er vermutete, dass sie bei einer der Versicherungen in der Umgebung arbeiteten. Vielleicht feierten sie einen gelungenen Geschäftsabschluss?

»Schlaf nicht ein!«, fuhr ihn der ahle Pit an und klopfte mit seiner ringbesetzten Hand auf den Tresen. »Tisch 7 braucht mindestens zwei neue Flaschen und die beiden Engländer neben der Tanzfläche können sogar noch stehen. Willst du den Mädchen den Umsatz allein überlassen?«

Magnus bückte sich, um aus der Gefrierschublade die nächsten beiden Flaschen Champagner hervorzuholen. Schon lehnte sich eines der Mädchen über die Bar, streckte ihr Hinterteil den johlenden Schlipsträgern entgegen, während ihre Brüste vor Magnus' nervösen Augen fast aus ihrem Dekolleté quollen.

Mit roten Flecken auf den Wangen drückte Magnus ihr die Flaschen in die Hand. Sie drehte sich um, presste die Flaschen an ihren Busen und stöckelte zurück an Tisch 7. Die Männer applaudierten ihr.

»Vorsicht! Sonst ist der Schampus gleich heiß!«, brüllte einer.

»Bestimmt kocht er schon!«

»Bei mir kocht gleich auch was!«

Alle lachten. Das Mädchen, Magnus glaubte, dass sie Anita hieß – die Mädchen wechselten so schnell, dass er sich das nicht immer merken konnte –, sagte etwas in die Runde, als sie sich wieder setzte und zeigte dabei auf Magnus. Alle schauten ihn an, dann lachten die Männer wieder. Einer zwinkerte ihm zu.

Selbst das nahm er ihnen nicht übel. Es schien kein Lachen zu sein, wie er es sonst kannte. Nicht das triumphierende Hyänenlachen der Huren, wenn sie mal nicht die Opfer waren, nicht das dröhnende, bedrohliche Lachen der Luden, die sich nicht vorstellen konnten, jemals Opfer zu werden. Es schien ihm analytischer, sachlicher. Jemand hatte einen Witz gemacht. Also lachte man. Nicht mehr. Nicht weniger. Diese Art zu lachen griff ihn nicht persönlich an.

Umso überraschter war Magnus, als zwei Stunden später eine schreiende Justine aus dem ersten Stock herunterkam, mit einem gut sichtbaren, blutenden Gebissabdruck am Hals. Einer der Männer folgte ihr in Socken und Schiesser-Unterhose, die seine Erektion kaum verbergen konnte. Total betrunken torkelte er die Treppe hinunter und wäre fast gestürzt, hätte Magnus ihn nicht aufgefangen. Er hatte gedacht, leichtes Spiel zu haben. Ein zivilisierter Geschäftsmann, zu viel Alkohol. Er würde ihm die Rechnung bringen, ihn nach draußen begleiten und alles wäre erledigt. Er hatte den Mann falsch eingeschätzt. Der fühlte sich von seiner Hilfe angegriffen und versetzte ihm einen mächtigen Schwinger, der Magnus oberhalb der Augenbraue traf und gegen die Bar schleuderte. Beide Fäuste vor seinem Gesicht stand der Mann in seiner Unterhose mitten auf der Tanzfläche.

»Kommt nur her!«, schrie er. »Ihr Scheißstenze mit euren dreckigen kleinen Nutten habt es eh bald hinter euch. Wir sanieren euch alle platt! Dann könnt ihr draußen auf der Straße euren dreckigen …«

Weiter kam er nicht, der ahle Pit hatte die Deckung des Halbnackten lässig beiseite gefegt, ihm den kräftigen Arm um den Hals gepresst und zerrte ihn an die Theke. Die Freunde des Betrunkenen standen oben an der Balustrade und schauten stumm zu. Keiner wagte einen Mucks. Vielleicht hatte der ein oder andere sogar Mitleid mit der weinenden Justine, die jetzt an Tisch 7 saß, im Arm einer Kollegin, und sich die Wunde am Hals rieb.

Als Pit und Magnus die Abrechnung des Mannes fertig hatten und der Alte ihn zur Tür schleifte, sprang Justine auf und prügelte mit ihren kleinen Händen auf den Rücken des Mannes.

»Tollwütiger Scheißkerl!«, rief sie. Ihr Verhalten schien die Passivität auf der Ballustrade zu brechen. Gleich drei seiner Freunde stürzten nun herunter, packten das Mädchen und trugen es unter Geschrei und Gelächter weg. Einzig Magnus dachte darüber nach, was der Mann zuvor gebrüllt hatte.

39

Der Duft nach Seife begleitete Franka. Sie hätte diesen Termin aus verschiedenen Gründen lieber mit Paula wahrgenommen statt mit Wolfgang Scharenberg. Sie fürchtete, er würde irgendetwas Falsches sagen, ihre Gesprächspartner gegen sich aufbringen, bis sie gar nichts mehr aus ihnen heraus bekommen würden.

Statt in ein Büro hatte eine junge, sehr dünne Frau in einem fliederfarbenen Kostüm sie in einen kleinen Besprechungsraum geführt, dessen Möbel mit dem falschen Kirschholzfurnier sie an die Einrichtung des Kalker Polizeipräsidiums erinnerte. Sie überlegte noch, ob der gleiche Inneneinrichter den Auftrag bekommen hatte, als die Tür aufging und ihre drei Gesprächspartner eintraten. Überrascht schauten sie und Scharenberg sich an. Sie hatten ein Gespräch mit Matthias Marx, dem Leiter des Immobiliengeschäfts der Versicherung, vereinbart. Der nahm auf dem Stuhl rechts gegenüber von ihnen Platz. Der zweite Mann, um die 60 und die eleganteste Erscheinung der drei, setzte sich in die Mitte. Links nahm der dritte Platz. Er klappte sogleich einen Block auf und machte eine Notiz.

»Sie hätten uns nicht gleich mit einem kompletten Kampfkommando empfangen müssen«, eröffnete Scharenberg das Scharmützel und Franka sah ihre schlimmsten Befürchtungen bestätigt. Die drei Männer auf der anderen Seite des Furniers sahen sich kurz an und lachten.

»Willem von Roth ist mein Name. Ich bin Vorstandsmitglied unserer Versicherung. Herrn Marx kennen Sie bereits vom Telefon und das hier ist Lutz Lyskirchen, einer unserer Justiziare.«

Scharenberg schaute Lyskirchen an. »Sie sind also die Artillerie.«

Von Roth antwortete an Lyskirchens Stelle. »Die Artillerie bin ich. Herr Lyskirchen ist die Etappe.« Er zögerte kurz. »Falls Sie verstehen, was ich meine.«

»Er versorgt Sie mit Munition und hält Ihnen den Rücken frei.« Scharenberg fläzte sich in seinen Stuhl und hing mit dem Becken fast in der Luft, die Arme vor dem Bauch verschränkt.

»Vielleicht sollten wir alle ein klein wenig abrüsten«, schlug Lyskirchen vor.

Franka pflichtete ihm innerlich bei. »Uns geht es um ein paar allgemeine Hintergrundinformationen zu einem Fall, den wir neu aufgerollt haben. Es besteht also keinerlei Verdacht auf eine Straftat – weder gegen Ihre Firma noch gegen irgendeinen Ihrer Mitarbeiter.«

Lyskirchen nickte Franka freundlich zu. »Das freut uns zu hören.«

»Wir haben nichts anderes erwartet«, von Roths Stimme dröhnte leicht in dem kleinen Raum.

»Deswegen haben Sie die Artillerie, Verzeihung, die Etappe mitgebracht.«

Franka dachte darüber nach, Scharenberg einfach zu schlagen. Stattdessen warf sie ihm einen missbilligenden Blick zu.

Scharenberg wandte sich ihr zu. »Was? Darf man hier nicht mal mehr seine Meinung sagen?«

Erneut lächelten sich die drei auf der anderen Seite an. Das Gespräch könnte nicht besser für sie laufen. »Wir sind nicht hier, um unsere Meinung kundzutun. Wir sind hier, um Informationen zu bekommen«, setzte Franka das Gespräch fort. »Und wir sind sehr dankbar, dass Sie uns kurzfristig zur Verfügung stehen.« Sie lächelte von Roth an.

»Und so viel Kompetenz mit an den Tisch gebeten haben«, ergänzte Scharenberg.

Franka platzte der Kragen. Sie packte ihren Kollegen an der Schulter. »Kommst Du mal bitte fünf Minuten mit raus?«

»Ich sitze hier gut.« Scharenberg nahm sich eine der kleinen Orangensaftflaschen, die auf dem Tisch standen, und goss sich ein. »Von mir aus können wir anfangen.«

Franka spürte die Hitze in ihrem Kopf und ihr Gesicht rot anlaufen.

»Wir können uns gerne vertagen«, schlug von Roth vor, »wenn Sie untereinander noch Gesprächsbedarf haben.«

Energisch schüttelte die Kommissarin den Kopf. »Nein! Wir kommen schon klar. Ihre Firma hat vor ungefähr dreißig Jahren zahlreiche Immobilien im Friesenviertel erworben. Heute würden wir gerne mehr über die Käufe wissen. Haben Sie Unterlagen dazu oder ist noch jemand im Unternehmen, der an den Geschäften beteiligt war?«

Die drei Männer schauten sich an. Dieses Mal war Marx an der Reihe zu antworten. »Unsere Firma hat in Köln keinerlei Immobiliengeschäfte in den achtziger Jahren getätigt.«

Die beiden Polizisten blickten ihn überrascht an.

»Unseren Ermittlungen zufolge …«, setzte Franka an, doch Scharenberg fiel ihr ins Wort.

»Das ist doch glattweg gelogen!« Empört schlug er mit der Hand auf den Tisch. Auch wenn Franka spätestens jetzt begriff, dass es nicht allein Scharenbergs Geruch war, der ihn unter Kollegen so unmöglich gemacht hatte, ließ sie ihn diesmal gewähren. »Wir wissen, dass der Gerling im großen Stil auf Einkaufstour war in diesen Jahren und alles gekauft hat, was sich irgendwie im Friesenviertel unter den Nagel reißen ließ!«

Von Roth grinste sehr zufrieden, als er antwortete. »Die Gerling Versicherungsgruppe existiert bereits seit einigen Jahren nicht mehr. Genauer: Seitdem wir uns zu einem neuen, größeren Konzern zusammengeschlossen haben.

Lediglich als Marke lebt der Name noch fort. Das verwirrt, wenn man nicht Bescheid weiß.« Bei seinen letzten Worten sah er Scharenberg an. »Sie sitzen hier und heute in einem Büro eines neuen Konzerns. Der hat, wie ich Ihnen gerade schon gesagt habe, zu dieser Zeit keine Geschäfte in Köln getätigt.«

»Wir sollten uns nicht in juristischen Spitzfindigkeiten verlieren. Wir wissen so gut wie Sie, dass Ihr Unternehmen Rechtsnachfolger des Gerling-Konzerns ist, der ohne jeden Zweifel im Friesenviertel gekauft hat.« Frankas Stimme hatte mit jedem Wort an Schärfe gewonnen. Sie blickte von Roth direkt in die Augen. Der Mann hielt ihrem Blick nicht lange stand. »Wer hat damals die Käufe abgewickelt?«

Von Roth zögerte. Erst nach einem Seitenblick auf Lyskirchen antwortete er. »Das war ich.«

Scharenberg lachte sein künstliches Lachen. »Das ist ja unglaublich«, entfuhr es ihm.

Franka, der im ersten Moment die Kinnlade heruntergekippt war, hob die Hand und er verstummte. Ihre Konzentration galt ganz Willem von Roth. »Gut«, sagte sie, so ruhig sie konnte. »Erinnern Sie sich an die Käufe?« Von Roth wedelte mit der Hand, was Franka als ein ›Teilsteils‹ interpretierte. »Gab es Auffälligkeiten? Sind Ihnen die Verkäufer im Gedächtnis geblieben?«

Von Roth schüttelte den Kopf. »Nein, das waren ganz normale Immobiliengeschäfte. Es hatte sich im Viertel herumgesprochen, dass der Gerling kaufte und gut bezahlte.«

»Ab wann hatte es sich herumgesprochen?«

Von Roth zuckte mit den Achseln. »Das kann ich Ihnen nicht sagen. Anfangs haben wir noch sehr leise aufgekauft.

Wir wollten die Preise nicht unnötig in die Höhe treiben. Ab einem gewissen Zeitpunkt konnten wir es nicht mehr geheim halten.«

»Was passierte dann?«

»Was halt passiert, wenn ein finanzstarkes Unternehmen auf Einkaufstour ist. Die Leute kommen zu einem und können einem ihre Sachen nicht schnell genug verkaufen.«

»Es kamen also Leute auf Sie zu und haben Ihnen ihre Häuser angeboten?«

»So ist es.«

»Was für einen Eindruck hatten Sie von diesen Leuten?«

Von Roth hob leicht ratlos die Hände. »Schwer zu sagen. Sie wussten jedenfalls genau Bescheid, was wir zahlen würden. Vermutlich gingen diese Informationen im Viertel herum. Köln ist eine ebenso geschwätzige wie geschäftstüchtige Stadt.«

»Waren manche Verkäufer anders als andere? Was waren das überhaupt für Leute?«

»Ganz normale Leute halt. Wir überprüfen die nicht. Ich weiß nicht, ob Sie wissen, wie ein Hauskauf abläuft. Das ist ziemlich risikolos. Sie müssen allein sichergehen, dass der Mann, der Ihnen ein Haus verkaufen will, tatsächlich der Eigentümer ist.«

»Und das überprüft der Notar, der den Kaufvertrag aufsetzt«, ergänzte Lyskirchen. »Für uns war das alles Routine. Die Firma hatte die Vorgabe, zu kaufen und bis zu einem gewissen Preis wurde nicht lange verhandelt.«

Scharenberg brachte sich das erste Mal mit einer Frage in das Gespräch ein. »Es gab also keinen Grund, sich weiter mit den Verkäufern zu beschäftigen oder zu hinterfragen, woher die die Häuser hatten?«

Von Roth schüttelte den Kopf. »Die Grundbücher waren in Ordnung, die Verkäufer waren als Eigentümer eingetragen. Alles rechtens.«

Franka nahm einen Zettel aus der Innentasche ihrer Jeansjacke, faltete ihn auseinander und reichte ihn von Roth. »Wir haben hier eine Liste aller Personen, von denen Sie zur fraglichen Zeit Immobilien rund um die Friesenstraße gekauft haben. Fällt Ihnen was auf?« Von Roth nahm den Zettel, schaute darauf und reichte ihn an Lyskirchen weiter. Beide Männer schüttelten den Kopf. »Nun, ich will es Ihnen sagen: In 80 Prozent aller Fälle handelt es sich um Rotlichtgrößen. Das ist Ihnen nicht aufgefallen?«

»Sie waren doch Stammkunden in deren Etablissements«, rief Scharenberg.

»Ich muss doch sehr bitten!«, entgegnete von Roth scharf.

Lyskirchen schaute nervös auf die Liste. bevor er seinem Kollegen zur Seite sprang. »Unterstellen Sie, dass unsere Mitarbeiter Prostitution gefördert haben? Sind Sie verrückt? Dafür haben Sie keinerlei Beweise! Als Justitiar dieses Unternehmens muss ich solche Unterstellungen aufs Schärfste zurückweisen. Ich denke, das Gespräch ist beendet.«

Die drei Männern standen auf, Lyskirchen klappte sein Notizbuch zu, dann ließen sie die beiden Polizisten zurück.

»Idiot!«, fuhr Franka Scharenberg an.

»Warum? Die haben wir mal richtig aufgemischt! Jetzt sind sie verunsichert.«

»Einen Scheißdreck sind die! Die haben die erstbeste Gelegenheit genutzt, das Gespräch abzubrechen, als es schwierig für sie wurde. Und du hast ihnen einen herrlichen Vorwand geboten.«

»Ach was«, Scharenberg winkte ab.

Franka merkte, dass er sich seiner Sache nicht mehr sicher war. »Hast du gesehen, wie von Roth geguckt hat, als ich ihn auf die Rotlichtgrößen aufmerksam gemacht habe?«

»Als ob ihn das interessiert hätte. Er hat doch gesagt, ihm wäre es egal, von wem er kauft.«

»Man hätte ihnen mit ein wenig Öffentlichkeit drohen können: ›Gerling finanziert Rotlichtgrößen‹. Glaub mir, die Schlagzeile will er nicht lesen und sein kleiner Justiziar schon gar nicht. Die hätten wunderbar kooperiert, wenn du die Schnauze gehalten hättest.«

40

1984

»Unser ganzes Geld?«

Fassungslos blickte die Gruppe Magnus an. Er hatte einen kleinen Vortrag vorbereitet, sogar eine Tafel hatte er besorgt und in die Mitte der Bar gestellt, um seinen Vater und dessen Freunde von seiner Idee zu überzeugen.

»Je mehr, desto besser«, antwortete er, fühlte sich aber plötzlich unwohl in seinem neuen Business-Anzug und der rot gemusterten Krawatte. Einige der Männer schüttelten den Kopf. Sein Vater saß in der Mitte, das Kinn auf eine Faust gestützt und schwieg, ohne ihn und die Tafel aus den Augen zu lassen. Einer der wenigen, der nicht lächelte, war der ahle Pit. Er beobachtete seinen Herrn und Meister. Schließlich nahm Helm das Kinn von der Hand.

»Eine Verdopplung, meinst du?«

»Auf lange Sicht«, antwortete Magnus, immer unsicherer werdend, »vielleicht sogar mehr. Wir müssen richtig vorgehen. Wenn wir …«

»Ja, ja, schon gut«, unterbrach der alte Zuhälter seinen Sohn. »Das heißt die Bars, die Mädchen, die Spieltische – das alles brauchen wir nicht mehr?«

»Das Immobiliengeschäft wird uns in den nächsten Jahren mehr bringen als alle Spieltische, Mädchen und Bars zusammen.«

»Sagst Du!«, wandte einer der Schläger ein. »Wir sind keine Hausmeister, wir sind Luden!«

»Ob du deine Miete im Eros-Center von einem Mädel abholst oder am Friesenwall von einem Mieter – was macht das für einen Unterschied?«, fragte Helm und auf einmal schien es Magnus, als könnte sein Plan aufgehen.

»Na ja, das Mädel kann ich schlagen.«

Altmann schüttelte den Kopf. »Noch kannst du es schlagen, Bernie. In ein paar Jahren sind wir alt und wer weiß, ob wir dann noch im Geschäft sind?« Der ahle Pit hatte bisher geschwiegen und ernst und fast ein wenig melancholisch blickend Magnus' Vortrag verfolgt. Umso überraschter war der Junge, dass ihm Pit nun zur Seite sprang. »Das Geschäft verändert sich. Neue Banden kommen, neue Drogen sind im Umlauf und am allerschlimmsten: neue Waffen. Noch ein paar Jahre, wenn wir Glück haben, und wir sind draußen. Das da«, er deutete mit der Hand auf die Zahlen an der Tafel, »ist unser Fahrschein in ein neues Leben. Und wir kriegen den sogar bezahlt!«

»Das ist alles völlig legal!«, ergänzte Magnus eilfertig. »Nie wieder Ärger mit den Bullen. Keiner kann euch mehr was!«

«Kann uns jetzt auch keiner!« Niemand außer Pit schien überzeugt. Schließlich erhob sich Helm und nickte Magnus zu. »Wir machen das«, sagte er und ging, betretenes Schweigen zurücklassend.

Nachdem Magnus die Tafel weggepackt hatte, ging er zu Pit an die Tür. Im Halbdunkel des kleinen Ganges zwischen Tür und Bar konnte er den ältesten Freund seines Vaters kaum sehen. Schuldbewusst stellte er sich neben ihn. »Ich habe ihnen zu viel zugemutet, oder?«

»Für die ist alles zu viel. Sie haben Angst. Die kennen nur dieses Leben. Daran halten sie so lange fest, wie sie können. Bis sie draufgehen.«

»Werden dir die Bars fehlen? Die Mädchen? Die Nächte? Die Schlägereien?«

»Und wie!«

»Das tut mir leid.«

Der Alte schüttelte den Kopf, bevor er Magnus zu dessen Überraschung in den Arm nahm. »Das muss es nicht. So geht das eben. Du hast uns einen Ausweg gezeigt.«

»Ihr werdet keine Sorgen mehr haben!«

Der Alte nickte, als er ihn losließ. Magnus verließ die Bar Chou Chou und sog die warme, frische Luft eines Sommertages in sich hinein. Pit hatte ihn nur kurz sentimental werden lassen. Jetzt jubelte er. Er war ein König!

Noch eine Viertelstunde, nachdem Paula gegangen war, saß Magnus regungslos auf seinem Corbusier-Sessel, das Telefon ignorierend, vorsichtiges Klopfen an der Tür ließ er unbeantwortet. Er war so stolz gewesen an diesem Nachmittag! Stolz, ein seriöser Geschäftsmann geworden zu sein wie die Männer, die er nachts in der Bar bediente! Stolz, nun nicht mehr der Sohn eines Zuhälters zu sein! Stolz, gezeigt zu haben, dass man auf legalem Weg reich werden konnte.

Er hatte sich sein eigenes Reich aufgebaut, doch sein Thron stand knietief in dem Morast, den sein Vater ihm hinterlassen hatte.

Sein Blick fiel auf die Bilder an der Wand, Fotografinnen der 80er Jahre, wie seine Schwester eine hätte werden können, vielleicht geworden war, ohne dass er davon wusste. Immer wieder hatte er gehofft, bei einer Auktion auf ein Bild zu stoßen, das zu ihm sprach und ihm sagte, ich, Kathrin, habe das gemacht. Komm und hol mich heim.

Er hätte ihr sagen können, dass sie ein ganz normale Familie seien und dass er ein ganz normales Geschäft aufgebaut hatte.

Jetzt wusste er, dass immer noch nach den Regeln seines Vater gespielt wurde. Des wahren Königs.

41

»Kathrin Münzenberg!« waren die ersten Worte, die Hanno Schmitz hörte, als er seine Wohnung nahe der Gereonskirche verließ. Er blickte Marius Sandmann an, der einen halben Kopf größer war als er.

»Kenn' ich nicht«, antwortete Hanno knapp und wollte sich an Marius vorbeidrängen. Doch der Detektiv versperrte ihm trotzig den Weg. »Junge …«, sagte der alte Zuhälter drohend.

Marius holte das Foto hervor, dass Siggi Baumgart und Kay Cash im Kunstverein zeigten. »Das hier ist das aktuellste, was ich von Baumgart bis jetzt gefunden habe. Das Mädchen neben ihm kennst du. Sie nannte sich Kay Cash – ihr richtiger Name ist Kathrin Münzenberg – und sie ist die Tochter deines Chefs, über die niemand reden will. Das Dumme ist: Dein Chef will Baumgart, und den finde ich erst, wenn ich mehr über Kathrin erfahre. Also muss irgendeiner anfangen zu reden.«

Marius konnte Hanno förmlich dabei zusehen, wie er über das Gesagte nachdachte. »Gehen wir ein paar Schritte«, sagte er schließlich. Der Detektiv blieb stehen.

»Wo soll's hingehen? Hier ist ein wunderbarer Platz zum reden.«

»Hier ist ein Scheißplatz zum Reden. Wenn einer von den Jungs mitkriegt, dass ich mit dir hier stehe und dass du was über Kathrin weißt, kann ich mich gleich einsargen lassen. Und ich mag mein Leben. Also komm!«

Marius ließ sich überreden. Sie gingen durch eine Seitenstraße der Friesenstraße zur alten romanischen Kirche Sankt Gereon, vor der sie sich auf eine Bank setzten. »Ich mag die alten Kirchen«, fing der Zuhälter an, »die haben was Gemütliches.« Kunsthistoriker hin oder her, Marius war nicht hier, um über Kirchenarchitektur zu plaudern. Doch Hanno ließ sich nicht beirren. »Wusstest du, dass ich in so einer Kirche das erste Mal erwischt worden bin?«

»Was hast du getan?«

Hanno zuckte mit den Achseln. »Das Übliche, einen Opferstock aufgebrochen.« Marius nickte. »Und anschließend den Küster zusammengeschlagen, weil er mich festhalten wollte.«

»Wie alt warst du da?«

»Elf.« Hanno grinste.

Marius war sich nicht sicher, ob der Mann ihn auf den Arm nahm. »Reden wir über Kathrin Münzenberg«, schlug er vor.

»Viel sagen kann ich dir nicht. Kathrin ist tatsächlich Helms Tochter. Sein Schätzchen, so hat er sie genannt. Ein ziemlich schräges Ding, wenn du mich fragst.« Hanno stockte kurz. »Das habe ich dir aber so nicht gesagt! Ich hab dir gar nix gesagt! Das muss klar sein!« Marius schüttelte den Kopf, Hanno fuhr fort. »Hatte bloß Flausen im Kopf und ging uns allen mit ihrem Fotoapparat auf den Keks. Das muss man sich mal vorstellen! Die Tochter vom Chef rennt durch die Bars und fotografiert alles und jeden, egal, was er tut. Irgendwann musste Münze sie rausschmeißen, weil die Leute nicht mehr kamen. Wer will schon im Puff fotografiert werden?« Fragend blickte Hanno Marius an, als erwarte er ernsthaft eine Antwort. Als die nicht kam, fuhr er fort. »Ab da haben wir sie seltener gesehen. Sie hat wohl ein anderes Betätigungsfeld für ihre Ideen gefunden.«

»Also hatten die beiden Probleme miteinander?«

»Ach, sie hat ihren Vater immer bis aufs Blut gereizt mit seinen Mädchen und seiner Herkunft. Wenn sie wütend war, hat sie ihm Feminismus-Vorträge gehalten! Mit 14! Die war echt irre, richtig irre!«

Marius schaute auf die ehemalige Stiftskirche, die in das warme Licht mehrerer Strahler getaucht war. Ihre Türen waren verschlossen und wirkten abweisend. Er wusste mittlerweile um Münzenbergs aufbrausendes Temperament. Die Tochter schien genauso zu sein. Hatte der Alte seine Tochter umgebracht? Sollte er Hanno die Frage stellen?

»Irgendwann war sie weg. Sie muss um die 18 gewesen sein, als sie von einem Tag auf den anderen verschwand und mit ihr Siggi Baumgart.«

»Siggi und sie sind gemeinsam verschwunden?«

»Keine Ahnung. Vermutlich.« Hanno wich aus.

Marius versuchte es auf anderem Wege. »Welche Rolle spielte Siggi Baumgart?«

»Ihr Vater hatte ihn als ihren Leibwächter ausgewählt. Siggi war ein Raubein, nur den Mädchen konnte er nie irgendwas. Da mussten immer andere für ihn einspringen. Ein miserabler Lude!« Hanno lachte bei der Erinnerung. »Aber ein großartiger Schläger! Der konnte eine Bar im Alleingang zerlegen. Gäste eingeschlossen! Ein Tier war der!«

»Wieso brauchte Kathrin einen Leibwächter?«

»Ende der 70er, Anfang der 80er Jahre hat sich einiges verändert. Es kamen neue Gruppen, neue Methoden. Kurz: Es wurde rauer und Münze fürchtete, dass seine Familie mit reingezogen würde.«

»Seine erste Frau ist tot?«

»Liese? Ja. Die ist 89 gestorben.«

»Woran?«

»Krebs«, sagte der Alte und steckte sich eine Zigarette in den Mund. Marius sah das Leuchten im Halbdunkel.

»Das klingt vielleicht bescheuert, aber wäre es möglich, dass Baumgart mehr war als Kathrins Leibwächter?«

»Mehr? Wie meinst du das?«

»Waren die beiden ein Paar?«

»Hör auf!« Hanno winkte ab, die Glut der Zigarette flog durch die Luft. »Der war doch viel zu alt für das junge Ding und sie war viel zu … wie sagt man …«, er machte eine kreisende Bewegung neben der Schläfe, ehe er das richtige Wort fand, »… durchgeknallt für den. Das hätt' nicht gut gegangen!«

»Vielleicht ist es das nicht?«, fragte der Detektiv.

»Nee, unvorstellbar. Der Münze hätte die beide … also Siggi jedenfalls …« Er ließ den Satz unvollendet, als täte sich eine neue Möglichkeit auf. Marius jedoch hatte die Möglichkeit bereits verworfen. Münzenberg würde nicht nach Baumgart suchen lassen, wenn er ihn selber ermordet hatte. Was mit seiner Tochter geschehen war, darüber hatte Marius allerdings noch kein Bild gewinnen können. Sein Gegenüber warf die Zigarette zu Boden und stand auf.

»Ich hab' schon zu viel geredet«, sagte er. Er zeigte auf Marius. »Du guckst, dass du den Siggi findest. Sonst setzt es bald wieder was.«

Marius versuchte die Drohung zu überhören, obwohl er den Drang verspürte, sich auf den Alten zu stürzen und ihm alles heimzuzahlen, was ihn immer noch schmerzte. Er tat es nicht.

»Kennst du jemanden, der mir mehr über Kathrin erzählen könnte?«

Hanno überlegte. »Das Gretchen vielleicht!«

»Wer?«

»Das Gretchen. Eins von Münzes Mädchen. Aus irgendwelchen Gründen hatten die beiden einen Narren aneinander gefressen.«

»Ich dachte, Münzenberg hätte seine Tochter von seinen Geschäften ferngehalten?«

»Klar, nur heißt das nicht, dass sie sich daran gehalten hat. Die hat ihren Vater zwar immer wüst beschimpft, aber eigentlich hat sie das Milieu geliebt.«

»Wo finde ich dieses Gretchen? Hat die einen richtigen Namen?«

»Margarethe …«, setzte Hanno an, und Marius vollendete: »Klösgen?«

»Kennst die ja schon.« Mit diesen Worten ließ Hanno Schmitz den Detektiv vor Sankt Gereon zurück.

»Wie haben Sie mich gefunden?« Vinzenz Dietrich war mitten auf der Treppe stehen geblieben, die von Gleis 9 des Kölner Hauptbahnhofs hinunter in die zur Shopping Mall ausgebauten Quergänge führte. Seine Plastiktüte presste er an den Körper, weil ein Dutzend eiliger Fahrgäste fluchend an ihm vorbei stürmte und ihn anrempelte. Gruppen junger Leute auf dem Weg ins wochenendliche Feierabendvergnügen drängten sich an dem dünnen Mann vorbei. Marius erwartete ihn am Fuß der Treppe.

»Schlechter Empfang, abgebrochene Gespräche, die Hintergrundgeräusche. Das alles deutete auf einen Bahnhof hin. Nur Freitagsabends sind Sie prima zu erreichen. Sie sind jemand, der sehr viel Zug fährt.«

Vinzenz nickte. »Woher wussten Sie, in welchem Zug ich sitze?«

»Sie verdienen Ihr Geld, indem Sie Leute auf Ihrem Monatsticket mitnehmen. Für 5 Euro pro Fahrt. Deswegen die vielen grauen Scheine, mit denen Sie mich bezahlt haben. Neben den Strecken ins Ruhrgebiet und nach Frankfurt ist Köln-Düsseldorf eine der lukrativsten Strecken, die Sie anbieten können. Viele Reisende, Gelegenheitspendler, Geschäftsleute, Flughafen, Messen. Da findet sich immer jemand, der an Ihrem Angebot Interesse hat. Laut Pressestelle der Bahn ist der Zug am Freitagabend der vollste in der Woche.«

»Clever«, gab Vinzenz zu. »Was wollen Sie jetzt? Haben Sie meinen Vater gefunden?«

»Noch nicht. Ich möchte, dass Sie jemanden kennenlernen. Oder genauer: dass jemand Sie kennenlernt.«

»Jetzt sofort?«

Marius nickte und zog trotz Dämmerung eine Sonnenbrille an. In einer Bar mochte er unerkannt bleiben können, im Menschengewimmel des Hauptbahnhofs war ihm das Risiko zu groß. Vinzenz folgte ihm.

Hinter dem Bahnhof hatte der Detektiv Verenas Wagen geparkt. Es erschien ihm klüger, nicht in seinem eigenen Wagen durch die Stadt zu fahren. Im Auto nahm Marius die Sonnenbrille ab, startete und fuhr los.

»Warum Leute im Dunkeln Sonnenbrillen tragen, habe ich nie verstanden«, bemerkte Vinzenz.

»Wie Sie vielleicht mitbekommen haben, werde ich Ihretwegen wegen Mordes gesucht. Wenn mich so niemand erkennt, sehe ich gerne dämlich aus.«

Schweigend fuhren sie eine Weile. Marius achtete darauf, weder zu schnell noch zu langsam zu fahren und hielt sich akribisch an die Verkehrsregeln. Ein Polizeiwagen überholte sie auf der Nord-Süd-Fahrt, Marius starrte geradeaus, bis er an ihnen vorbei gefahren war.

»Zu wem fahren wir?«

»Das werden Sie schon sehen. Überlassen Sie einfach mir das Reden.«

»Bezahle ich Sie nicht dafür, dass Sie *mir* Geheimnisse enthüllen?«

»Wir sind da.« Marius parkte den Wagen direkt vor dem Laden. Vinzenz starrte durch die Fensterfront.

»Sieht geschlossen aus.«

»Im Hinterzimmer brennt noch Licht. Kommen Sie!«

Sie stiegen aus, Marius klopfte laut gegen die Eingangstür der Boutique. Es dauerte eine Weile, ehe Margarethe Klösgen vorsichtig aus dem hinteren Raum hervorlugte. Marius ging rasch von der Tür zurück, drängte Vinzenz weiter ins Dunkel. Als die Boutiquenbesitzerin an der Tür stand, trat er vor. Die Frau zuckte zurück.

»Was wollen Sie?« Ihre heisere Stimme klang dumpf durch das Fenster. Sie holte ihr tragbares Telefon hervor, das sie mit zur Tür gebracht hatte. »Ich weiß, wer Sie sind. Ich rufe die Polizei«, sagte sie und drückte die erste Taste.

»Ich würde Ihnen gerne jemanden vorstellen«, sagte der Detektiv und zog Vinzenz aus dem Schatten ins Licht, während die Frau die zweite Ziffer wählte. Sie schaute Vinzenz lange an, während ihr Zeigefinger über der Tastatur schwebte.

»Heilige Mutter Gottes!«, entfuhr es ihr. Sie ließ das Telefon sinken. »Was wollen Sie?« Ihre Augen blickten auf Vinzenz, als könnte sie nicht fassen, was Sie da sah.

»Ich würde mich gerne mit Ihnen über Kathrin Münzenberg unterhalten. Über Kathrin, Siegfried Baumgart und seinen Sohn Vinzenz.« Er deutete auf seinen Begleiter. »Mehr nicht.«

»Haben Sie Albrecht deswegen getötet?« Immer noch hielt die Frau die Tür verschlossen. Ein Spaziergänger, der seinen Hund ausführte, beobachtete die Szene vor dem Laden misstrauisch. Marius blickte ihm nach und hoffte, dass er Margarethe nicht verstanden hatte.

»Ich habe Ali Albrecht nicht getötet. Warum hätte ich das tun sollen?«

»In der Zeitung stand, es wäre ein Raubmord gewesen.«

»Halten Sie mich für so bescheuert, dass ich jemanden wie Albrecht ausraube?«

»Halten Sie die Bullen für so bescheuert, dass die über die Presse nach dem Falschen suchen?«

»Möchten Sie darauf meine ehrliche Antwort?«,

Margarethes Mundwinkel zuckte kurz, als unterdrückte sie ein Lachen. Die ehemalige Prostituierte zögerte einen Moment, bevor sie den Schlüssel umdrehte und die beiden Männer in den dunklen Laden ließ.

Sie führte sie in das beleuchtete Hinterzimmer, wo sie sich als Erstes eine Zigarette anzündete. Marius lehnte sich an einen Schreibtisch, Margarethe blieb in der Tür stehen, als misstraute sie ihren Besuchern noch immer. Vinzenz stand in der Mitte des Raumes, seine grauen Augen musterten die Ladenbesitzerin, während seine Hand mit der Plastiktüte spielte. Margarethe schaute Vinzenz ebenfalls an, hielt seinem Blick aber nicht lange stand.

»Vielleicht erzählen Sie ihr zuerst Ihre Geschichte, Vinzenz.«

»Wo soll ich anfangen?«

»Fangen Sie damit an, wo man Sie gefunden hat«, schlug Marius vor.

In den Augenwinkeln der Frau schimmerte es leicht. Ihre Stimme klang noch heiserer als üblich. »Ich weiß, wo man ihn gefunden hat.«

»27. September 1981. Vor dem Krankenhaus an Sankt Kunibert.«

»Sie haben ihn dort abgelegt, nicht wahr?«, fragte Marius.

Margarethe schloss einen kurzen Moment die Augen. »Auf einmal war Kathrin von der Bildfläche verschwunden. Und Siggi. Münzenberg tobte! Er hatte die Griechen im Verdacht, die damals versuchten, sich in Köln breitzumachen. Er und seine Männer pflügten sich zwei Nächte durch die Bars, ohne jemanden zum Reden zu bringen. Aber die Albaner ...«

»Griechen oder Albaner?«, unterbrach Marius die frühere Prostituierte.

»Was?«, fragte die irritiert. »Griechen, glaube ich. Spielt das eine Rolle?«

»Wahrscheinlich nicht.«

»Jedenfalls: Eines Nachts fackelten die Griechen gleich drei von Münzenbergs Bars ab. Sein Sohn wäre fast ums Leben gekommen. Danach war er endgültig nicht mehr der Alte.«

»Und Kathrin?«

»Die tauchte fast ein Jahr später bei mir auf. Sie sah elend aus und meinte, sie wäre viel gereist. Und sie hatte ein Kind dabei, ihr Kind.« Sie schaute Vinzenz an.

»Mich.«

»Sie.«

»Was geschah dann?«

»Ich weiß es nicht. Sie blieb nur kurz, meinte, sie müsste etwas erledigen und bat mich, auf den Jungen aufzupassen.«

»Sie ist nicht zurückgekehrt?«, fragte Marius.

Margarethe schüttelte den Kopf.

»Wissen Sie, wo Kathrin hinwollte?«

»Nein, leider nicht. Ich habe wirklich nicht die geringste Ahnung. Ich habe nie wieder von ihr gehört.«

»Dann haben *Sie* mich ausgesetzt!«, fuhr Vinzenz erbost dazwischen.

»Was hätte ich tun sollen? Ein junges Mädchen aus dem Leben mit einem Kind, das nicht einmal ihr eigenes ist. Jeder hätte Fragen gestellt. Wenn Münzenberg erfahren hätte, dass ich seine Tochter gesehen habe und ihr Kind verstecke … Der hätte mich kalt gemacht!«

»Sie haben es ihm nie gesagt?«

Energisch schüttelte die Frau den Kopf. »Um Gottes willen, nein! Je weniger ich mit ihm reden musste, umso besser. Irgendwann hustete der Junge ganz furchtbar und ich dachte mir, im Krankenhaus können sie ihm am besten helfen.«

Vinzenz wollte sprechen, Marius ging dazwischen. »Wussten Sie, dass Kathrin und ihr Leibwächter Baumgart ein Verhältnis hatten?«

»Nein, da wäre ich im Leben nicht drauf gekommen. Bis ich den Jungen hier gesehen habe.«

»Und mein Vater ist gleichzeitig mit Kathrin … mit meiner Mutter verschwunden?«

»Deswegen dachten ja alle, die Konkurrenz hätte die beiden erwischt.«

»Und Münzenberg hat nicht weiter nach seiner Tochter gesucht oder an anderer Stelle nachgehakt?«

»Wie ich bereits vorhin sagte, er hat ein paar Läden zerlegt und ein paar Leuten übel zugesetzt. Aber er musste ziemlich rasch einsehen, dass selbst er zu harmlos war für diese Leute.«

»Was hat er gemacht?«

»Das, was fast alle irgendwann getan haben: Er hat sich aus dem Geschäft zurückgezogen.«

»Und Baumgart?«

»Den habe ich nie wieder gesehen.«

»Haben Sie irgendeine Idee, wo sich Siggi oder Kathrin heute aufhalten können?«

»Glauben Sie wirklich, dass die beiden noch leben?«

»Ich weiß zumindest nicht sicher, dass sie tot sind«, antwortete der Detektiv.

Margarethe zündete sich eine weitere Zigarette an. »Ich weiß nicht. Kathrin wollte die ganze Welt sehen. Wenn die gegangen ist, kann die überall sein. Aber«, jetzt blickte die ehemalige Prostituierte Vinzenz direkt an, »sie hätte dich niemals allein zurück gelassen. So eine war die Kathrin nicht.« Sie schüttelte erneut den Kopf. »Kathrin muss tot sein.«

»Und Siggi?«

Wieder dachte die Frau lange nach. »Kathrin hat mir mal erzählt, dass sie zusammen am Meer waren. Sie hat dort Fotos gemacht. Siggi kannte da irgendjemanden oder hatte Verwandte dort. Ich weiß es nicht mehr. Sonst wüsste ich wirklich nichts über ihn. Außer dass er ein brutaler Schläger war und so gar nicht zu Kathrin passte.«

»Sie meinen, er hat sie vergewaltigt?«, fragte Vinzenz.

»Das würde zumindest erklären, warum er verschwunden ist«, dachte Marius laut nach. »Wissen Sie noch, wo genau Siggi und Kathrin damals hingefahren sind?«

»Irgendwo an die belgische Küste. Irgendwas mit De …«

»De Haan?«, fragte Vinzenz. Marius und Margarethe sahen ihn überrascht an.

»De Haan, genau.«

»Woher …« begann Marius.

»Wir haben da mal einen Ausflug hingemacht. Mit einem Heimleiter.«

»Soll schön sein da«, sagte Margarethe.

»Er hat uns alle drei vergewaltigt«, erwiderte Vinzenz.

42

Paula war überzeugt, dass Helm Münzenberg die Hausbesitzer rund um die Friesenstraße gezwungen hatte, an ihn zu verkaufen. Die meisten Häuser hatte er anschließend mit sattem Gewinn an den Gerling weiterverkauft. Ein paar Filetstückchen waren im Familienbesitz geblieben und bildeten das Herzstück der Immobilienfirma, die sein Sohn heute führte.

Ihre beiden Mitarbeiter blickten sie an, als sie ihren Vortrag darüber beendet hatte. Keiner zweifelte, dass Paula recht hatte. »Nur: Das alles hilft uns nicht, wenn wir keinen Zusammenhang zum Mord an Sperber herstellen können«, wandte Franka ein.

»Und wie zum Teufel passt der Mord an Kollege Heck da rein? Haben die überhaupt miteinander zu tun?«

»Der Tathergang legt das nahe. Beide wurden erstochen, beide hatten auf irgendeine Weise mit dem Rotlichtmilieu und Münzenberg zu tun«, antwortete Paula.

»Die einzige Verbindung ist Bastians. War er es? Der gleiche Mörder, unterschiedliche Motive?«, schlug Franka vor.

»So etwas in der Art«, stimmte Paula ihr zu.

»Aber wir müssen es beweisen.«

»Es gibt noch eine Gemeinsamkeit zwischen den beiden Fällen«, sagte Paula schließlich.

»Die wäre?« Scharenberg hob skeptisch eine Augenbraue.

»Der ermittelnde Beamte«, antwortete Paula. »Heimering.«

»Sollen wir ihn noch einmal befragen?«

»Er wird nicht reden«, antwortete Paula.

»Wenn wir ihn unter Druck setzen, vielleicht doch«, erwiderte Scharenberg.

Paula verneinte. »Den Mann können Sie nicht unter Druck setzen. Der ist so gut wie tot.«

»Wenn wir die Spuren von beiden Taten noch einmal untersuchen lassen, könnten wir bei Übereinstimmung zumindest beweisen, dass es sich um ein und denselben Täter gehandelt hat. Sie müssten allerdings dafür über Ihren Schatten springen, Hauptkommissarin Wagner …«

»… und mal wieder Doktor Brandt um Hilfe bitten.«

43

Sich von Margarethe Klösgens Boutique auf direktem Wege an die belgische Küste aufzumachen, bot Marius eine ganze Reihe von Vorteilen. Er verschwand ebenso aus dem Blickfeld der Kölner Polizei als auch aus dem von Münzenbergs Schlägern. Nicht zuletzt bestand die Chance, Siggi Baumgart zu finden und seinen Auftrag zu Ende zu bringen. Mit welchen Konsequenzen auch immer. Dass die Chance vage war, war ihm klar. Aber alles erschien besser, als in der Rheinmetropole weiter in der Vergangenheit Kölner Luden zu wühlen, während er gleichzeitig vor der Polizei gesucht wurde.

Einen Nachteil allerdings brachte die nächtliche Fahrt über die regennasse Autobahn mit sich. Dieser Nachteil saß neben Marius auf dem Beifahrersitz und hielt eine Plastiktüte auf dem Schoß.

»Was zum Teufel ist eigentlich in dieser Tüte drin?«

»Das geht Sie nichts an.«

Das waren die einzigen Sätze, die sie in den fast vier Stunden Fahrt gewechselt hatten. Kurz hinter Brügge hatte Marius an einem kleinen Bahnhof gehalten und unter Vinzenz' Protest ein Nickerchen gemacht. Es würde ihnen leichter fallen, Siggi Baumgart nach ein wenig Schlaf zu finden. Zudem war um vier Uhr morgens kaum jemand auf der Straße, den man fragen konnte. Gelegentlich wachte Marius kurz auf und beobachtete seinen Klienten, der ruhelos die Gleise auf und ab ging. Er konnte ihn verstehen. Vielleicht war er seinem lange gesuchten Vater hier so nahe wie noch nie in seinem Leben. Er hätte an Vinzenz' Stelle ebenfalls nicht schlafen können.

Ein fahles, graues Morgenlicht weckte den Detektiv. Er brauchte einige Sekunden, um sich darüber klar zu werden, wo er war. Als er ausstieg, schmerzte sein ganzer Körper. Doch die Ursache waren nicht mehr so sehr die Blutergüsse, sondern die gekrümmte Haltung, in der er die letzten Stunden auf dem Fahrersitz des MG gelegen hatte. Draußen streckte er sich. Es war kalt und nieselte leicht. Dennoch machte er neben dem kleinen Sportwagen ein paar Dehnübungen und suchte eines der Wartehäuschen an den Gleisen auf. Vinzenz entdeckte er ein Häuschen weiter. Er hockte auf dem Boden, den Kopf auf die Knie gesenkt, die Tüte neben sich. Ein paar Frühaufsteher beobachteten neugierig, wie der Detektiv Klimmzüge am Dach des Häuschens machte. Die Dachkante schnitt leicht in sein Fleisch. Er hielt den Schmerz aus. Die Übung machte wach und erfüllte ihren Zweck. Eine Viertelstunde später ging er zu Vinzenz und rüttelte leicht an seiner Schulter. Sein Klient brauchte einen Moment, um sich zu orientieren. Schließlich erhob er sich. Marius meinte, seine Gelenke knacken zu hören.

»Geht es los?«, fragte der hagere Mann, der im Morgenlicht noch blasser und kränklicher wirkte. Der Detektiv nickte. Sie gingen zum Auto und fuhren in die Stadt hinein. »Wo fangen wir an?«

»Bei der Polizei!«

»Eine gute Idee für jemanden, der wegen Mordes gesucht wird!«

Marius hatte vergeblich auf ein paar Wegweiser gehofft, die ihn zur Polizeistation führen würden. Seine Versuche, die frühmorgendlichen Passanten zu befragen, waren ebenfalls nicht von Erfolg gekrönt. Schließlich parkte er den MG vor einer großen Kirche. »Wenn einem niemand mehr helfen kann, hilft einem Gott«, grinste Marius seinen Begleiter an, der angewidert den Mundwinkel verzog.

»Ich habe meine Kindheit im Del Bosco Heim verbracht. Mein Bedarf an Gottes Hilfe ist für den Rest meines Lebens gedeckt.«

»Dann warten Sie hier auf mich«, antwortete der Detektiv. Er ging um die Kirche herum zum Eingang. Drinnen sah er einen Priester am Altar, der sich offenbar auf seinen Frühgottesdienst vorbereitete. Marius rief ihn vom Eingang aus. Seine Stimme hallte, auch wenn der Bau weit weniger hoch war als die Kirchen, die er aus Köln kannte. Überrascht und leicht indigniert drehte sich der Priester vom Tabernakel um und sah Marius durch zwei dicke Brillengläser an. In der Sakristei hörte er jemanden arbeiten. Vermutlich einen Küster.

»Kann ich Ihnen helfen?«, fragte der Priester auf Deutsch und die Geräusche in der Sakristei verstummten

»Ich suche die Polizeistation, Vater.«

Der indignierte Ausdruck im Gesicht des Priesters wich echter Sorge. »Ist Ihnen etwas passiert?«

Marius schüttelte den Kopf. »Nein, nichts Schlimmes! Aber wo finde ich hier im Ort eine Polizeiwache?«

Ein kurzes Lächeln huschte über das alte, breite Gesicht. »Gar nicht. Wir kommen ganz gut ohne aus. Die nächste Polizeistation ist in Bredene an der Centrumplein. Im Nachbarort«, erläuterte er weiter, nachdem er Marius' fragenden Blick gesehen hatte. »Sie fahren über die N 34 an der Küste entlang in Richtung Oostende, in Bredene links. Etwa eine Viertelstunde werden Sie brauchen.«

Fünfzehn Minuten später standen sie vor der Polizeiwache im Nachbarort und rieben sich verwundert die Augen. Marius hatte einen Platz inmitten eines kleinen

Städtchens erwartet. Stattdessen war der helle Ziegelbau mit den blauen Fenstern von Wiesen umgeben. Drinnen empfing sie nüchterne Freundlichkeit in Einrichtung und Blicken der Beamten, deren Überraschung über den kräftigen Mann im vom Schlaf im Sportwagen zerknitterten Anzug und seinen hageren Begleiter mit Plastiktüte unverhohlen und offen herüberkam.

»Hoe mag ik Uw helpen, mijne Heren?«, begrüßte sie der uniformierte Beamte hinter dem Empfangsschalter der kleinen Wache freundlich auf Flämisch.

Marius holte den laminierten Chargesheimer aus seiner Mappe und legte ihn vor dem Polizisten auf den Tresen. »Sprechen Sie vielleicht Deutsch?«

»Es wird schon gehen«, antwortete der Polizist mit leichtem Akzent und einem Lächeln.

»Danke, das macht es mir einfacher. Wir suchen diesen Mann. Er dürfte heute deutlich über siebzig sein und es wäre möglich, dass er in De Haan lebt.«

Der Polizist nahm das Bild und betrachte den jungen Siggi Baumgart eine Zeit lang. »Was liegt gegen diesen Mann vor?«

»Er ist mein Vater«, antwortete Vinzenz.

»Das ist kein Verbrechen. Zumindest nicht in unserem Land. Was wollen Sie von Ihrem Vater?«

»Mein Freund hier sucht ihn seit bald dreißig Jahren. Er ist im Waisenhaus aufgewachsen und möchte einfach einmal seinen Eltern begegnen.«

Der Beamte schaute Vinzenz lange an, seine Tränensäcke verliehen ihm etwas Trauriges. »Ich würde Ihnen gerne helfen. Aber ich kann nicht.«

»Wieso nicht?«, fuhr Vinzenz ihn an, Marius hob beschwichtigend die Hand. Doch der Polizist schien sich nicht angegriffen zu fühlen.

»Wenn er kein Verbrechen begangen hat, darf ich Ihnen keine Auskunft geben. Tut mir leid.«

Marius rechnete mit einem neuerlichen Ausbruch seines Klienten, aber Vinzenz stand nur da, hatte die Schultern gesenkt und starrte ins Leere. Marius drehte sich um. »Komm, wir finden ihn auch so.« Wortlos folgte sein Klient ihm, Marius hörte seinen schleppenden Schritt hinter sich. Als sie an der Tür waren, rief der Polizist ihnen nach. »Sie sollten den Pfarrer in De Haan fragen. Der kennt eigentlich jeden.«

Marius drehte sich um, blickte den Polizisten kurz an und sagte »Danke«. Mit einem mulmigen Gefühl beschleunigte er seinen Gang. Vinzenz, immer noch frustriert, blieb zurück.

»Komm schon«, fuhr Marius ihn an, »wir haben es eilig.«

»Warum?«

»Weil uns die Zeit davonläuft«, antwortete Marius. In Gedanken war er bereits woanders. In Gedanken war er bei der Stille in der Sakristei.

44

Es dauerte keine Viertelstunde bis Marius den kleinen MG zum zweiten Mal an diesem Tag vor der Kirche parkte. Inzwischen war die Sonne hinter den Wolken hervorgekommen und tauchte den kleinen Park hinter dem Bau in ein freundliches Licht. Mit ihr war auch der Wind gekommen, der den Wagen leicht schüttelte.

»Diesmal sollten Sie mitkommen.«

»Auf gar keinen Fall. Ich gehe in keine Kirche. Nie!«

»Es könnte helfen, wenn Sie dabei sind.«

»Ich wüsste nicht, inwieweit ich hier helfen könnte. Außerdem bezahle ich Sie, damit Sie meinen Vater finden. Wenn ich das allein könnte, müsste ich Sie nicht beauftragen.«

Marius seufzte. Er hatte die Hände noch auf dem Lenkrad und trommelte leise und unbewusst auf ihm herum. »Halten Sie die Klappe und kommen Sie mit. Oder wollen Sie, dass Ihr Vater Ihnen wieder abhaut?«

Der Detektiv stieg aus und schloss die Fahrertür. Vinzenz machte keine Anstalten ihm zu folgen. Also lehnte sich Marius gegen den Wagen, schloss die Augen und genoss die wärmenden Strahlen der Sonne. Er konnte warten. Vinzenz nicht.

Das Öffnen der Beifahrertür holte ihn in die Gegenwart zurück. Gemeinsam betraten sie die Kirche. Aus dem Augenwinkel sah Marius, wie die Hände seines Klienten die Tüte krampfhaft umfassten. Adern und Sehnen traten kräftig aus dem mageren Arm hervor. Drei alte Frauen waren das einzige Publikum für die Messe des alten Priesters. Vinzenz drückte sich neben Marius auf die hinterste Bank. Er schwitzte. Vielleicht war es doch keine gute Idee gewesen, Vinzenz Dietrich in eine Kirche geschleppt zu haben.

Nachdem die Messe mit einem Segen zu Ende gegangen war, verließen die drei alten Frauen die Kirche, nicht ohne neugierige Blicke auf die fremden jungen Männer zu werfen. Der Priester zog sich einen kurzen Moment in die Sakristei zurück. Schließlich kam er wieder heraus und durch den Mittelgang auf sie zu. Er setzte sich vor die beiden auf die Holzbank, die Füße im Gang, und wandte sich ihnen zu.

»Da sind Sie wieder«, sagte er.

»Da sind wir wieder«, antwortete der Detektiv.

»Dieses Mal haben Sie jemanden mitgebracht, wie ich sehe.« Der Priester wandte sich Vinzenz zu, der kein Wort sagte und ihn mit seinen großen grauen Augen anstarrte. Marius öffnete seine Mappe und holte die beiden Fotos hervor, den Chargesheimer und die Aufnahme aus dem Kunstverein.

»Er ist hier, nicht wahr?«

Der Priester nahm die Bilder in seine kräftigen Hände und betrachtete sie. Dann schaute er Vinzenz lange an. Schließlich gab er die Fotos dem Detektiv zurück.

»Ich weiß nicht, wovon Sie sprechen.«

»Wir sprechen davon, dass dieser Mann seit dreißig Jahren seinen Vater sucht. Meinen Sie nicht, er hat ein Recht, ihn zu sehen?«

»Entschuldigen Sie mich kurz?«

Marius sah dem alten Mann nach, wie er langsam in Richtung Sakristei lief. Nichts mehr war von der Energie zu spüren, mit der er auf sie zu gekommen war. Sie mussten einige Zeit warten, bis der Pfarrer wieder aus der Sakristei heraustrat. Ihm folgte ein zweiter Mann in einem schwarzen Anzug, ein gutes Stück älter als er, den großen Körper leicht gebeugt, die grauen Haare in einer Tolle nach hinten gekämmt. Der Priester deutete auf Vinzenz und Marius in der letzten Bank. Mit wackligen Schritten ging der Mann auf sie zu. Er hatte den gleichen leicht trotzigen, fragenden

Blick, den er auf den beiden Fotos zur Schau stellte. Marius Sandmanns Auftrag war erledigt. Als Siegfried Baumgart vor ihnen stand, sahen Vinzenz und er sich stumm an. Es dauerte, ehe jemand sprach.

Schließlich brach Baumgart das Schweigen. »Wer bist du?«

Marius stand leise auf und ging hinaus.

Die Sonne schien ihm ins Gesicht, wären seine Haare länger gewesen, hätte der Wind sie zerzausen können. Marius saß auf einer Parkbank und hielt die Augen wieder geschlossen. Er konnte sich nicht erinnern, wann er sich zuletzt derart wohl gefühlt hatte. Für einen kurzen Moment schlief er ein.

Es dauerte keine fünf Minuten, da folgten Vater und Sohn dem Detektiv ins Freie, die kurze Zeit des Friedens war vorbei. Irritiert schaute Marius zu den beiden herüber, die verlegen nebeneinander standen, als wüssten sie nicht recht, was sie mit der Existenz des anderen anfangen sollten.

»Was nun?«, fragte der Detektiv.

»Wir gehen zu mir. Da können wir einige Fragen besser klären als hier. Ich wohne gleich gegenüber, ein paar Minuten weg.«

Marius bedauerte es, den kleinen Park verlassen zu müssen. Selbst wenn die Ähnlichkeit mit Vinzenz und dem Chargesheimer-Foto unverkennbar war, Baumgart mit mühsamen Schritten gehen zu sehen, macht es fast unmöglich, ihn sich jünger vorzustellen. Vinzenz ging ein Stück hinter seinem Vater und schwieg. Der Detektiv sah ebenfalls keinen Anlass zu reden. Baumgart würde sprechen, wenn sie in der Wohnung waren. Warum ihn drängen?

Tatsächlich erreichten sie Baumgarts Wohnung nach wenigen Minuten. Der alte Mann stieg vor ihnen die enge, steile Holztreppe hinauf und führte sie in ein kleines 1-Zimmer-Appartement. Sah man von einer winzigen Küchenzeile ab, waren alle Wände mit Regalen verbaut, auf denen vornehmlich Kunstbücher die Böden leicht durchbeugten. Neugierig studierte der Detektiv die Buchrücken.

»Sie haben einige sehr schöne Bildbände«, sagte er.

Baumgart, der mit geübten Handgriffen das Bettzeug vom Schlafsofa raffte und in einer Kiste unter dem Möbel verstaute, blickte auf. »Danke. Kennen Sie sich aus?«

»Ich habe ein paar Semester Kunstgeschichte studiert.«

»Ein schönes Studium. Sie sollten was daraus machen.«

Der Detektiv zuckte verlegen mit den Achseln. »Ich bin im Moment ganz glücklich, danke.«

»Sind Sie das?«

Marius fühlte sich von dem früheren Schläger ertappt. Er beschloss, das Thema zu wechseln.

»Verstehen Sie mich nicht falsch. Ein ehemaliger Kölner Schläger und Leibwächter taucht als Küster in Belgien auf und gibt sich als kunstsinniger Psychologe. Scheint mir eine interessante Geschichte dahinterzustecken.«

Nun war es an Baumgart, mit den Achseln zu zucken. »So ist das Leben«, sagte er. »Warten Sie! Ich zeige Ihnen etwas.« Mit seinen krummen Schritten ging der Küster hinüber zu einem der Regale und zog eine abgewetzte Pappmappe hervor, deren Ränder von häufigen Berührungen fleckig waren. Er klappte sie auf dem kleinen Sofatisch aus, die beiden jüngeren Männer nahmen Platz. Aus der Mappe fielen ihnen einige Fotos entgegen, kleinere Aufnahmen, Erinnerungsstücke. Marius' geübtes Auge machte Abzüge einiger großformatiger Bilder aus, die Baumgart ihnen vorenthielt. Stattdessen breitete er die kleinen Fotos auf dem Tisch aus. Alle zeigten Kathrin Münzenberg, auf manchen waren er oder andere Leute an ihrer Seite. Auffällig waren die Unterschiede zwischen den Bildern, die die beiden in größere Runde zeigten und den privateren Fotos, auf denen sie allein waren. Auf letzteren war selbst nach dreißig Jahren eine Wärme und Zärtlichkeit zu spüren, die Marius schmerzlich daran erinnerte, was ihm in seiner eigenen Beziehung fehlte. Die ›offiziellen‹ Bilder zeigten das Paar distanzierter, zwei Bekannte, die wie zufällig nebeneinander saßen. Wer mehr wusste, sah die wachsamen Blicke Baumgarts, die die Umgebung im Auge behielten. Wie das ein guter Leibwächter eben tat. Immer schien er irgendetwas außerhalb des Bildes zu beobachten. Nie sah er Kathrin an, die meist mit jemand anderem sprach oder scherzte.

»Das ist Kathrin.« Er deutete mit seinen mageren Fingern mit den hervorstehenden Gelenken auf das Mädchen. »Deine Mutter«, sprach er an Vinzenz gewandt. Der jedoch konnte keine Verbindung aufbauen zu der Frau auf den Bildern, das sah Marius ihm an. Achtlos legte er sie beiseite, mit kaum mehr als einem höflichen Nicken.

»Erzählen Sie uns über Kathrin Münzenberg! Wie war sie?«

Baumgart starrte ihn verständnislos an. »Sieht man das nicht?«

Marius konnte sich ein Lächeln nicht verkneifen. »Was ist geschehen, als sie verschwunden ist?«

45

1980

Siggi stand abseits und beobachtete interessiert das Geschehen, sofern er die Augen von Kathrin Münzenberg lassen konnte. Die Tochter seines Chefs posierte in einem gewagten asymmetrischen Top und eng anliegender Hose mit hochtoupierten blonden Haaren vor ihren Fotos. Ganz in Schwarz war sie der Star des Abends. Zum Leidwesen der anderen ausstellenden Künstler und wohl nicht ganz im Sinne des Galeristen Sperber, der seinen eigenen Künstlern mehr Aufmerksamkeit gewünscht hätte. Die standen am Rand, hielten sich an ihren Weingläsern fest und tuschelten.

Tuschelt ihr, dachte Siggi und konnte den Stolz auf Kathrin kaum verbergen. In einem unbeobachteten Augenblick zwinkerte sie ihm zu, bevor sie wieder für die Presse posierte. Er lächelte zurück. Vielleicht war das zu auffällig gewesen, dabei war es nur ein Reflex. Jedenfalls kam einer der Presseleute zu ihm und versuchte, ihn in ein Gespräch über ›Kay‹ und ihre Fotos zu verwickeln. Siggi verstand nicht das Geringste von dem, was der Mann sagte, murmelte ein paar unfreundliche Worte, bis der Kerl sich trollte. Sonst wagte kaum jemand den kräftigen Mann in dem weit geschnitten Anzug anzusprechen. Wie Kathrin das nur machte? Ihre Herkunft so lässig überspielen! Beneidete er sie darum? Zehn Minuten Fußweg trennten sie von ›Unter Krahnenbäumen‹, der Straße, die sie immer noch als ihre Heimat betrachteten, selbst wenn dort längst alle Alteingesessenen vertrieben waren. Zehn Minuten, die zwei Welten voneinander trennten.

Traumwandlerisch sicher tanzte Kathrin auf den Festen beider Welten. Siggi übte noch. Er nahm sich ein zweites Glas Wein und spazierte die Bilder der Ausstellung ab. Anfangs, als Kathrin ihm das erste Mal einen Bildband mit moderner Fotografie vor den Latz geknallt hatte, hatte er irritiert auf die schwarz-weißen, teilweise verfremdeten Fotos geschaut. Zu Kathrins und mehr noch zu seiner Verwunderung hatte er dennoch rasch einen Zugang gefunden. Natürlich sprach er nicht in diesen abgehobenen Begriffen, wie sie der Pressefritze eben benutzt hatte, aber das tat Kathrin auch nicht, und so hatten sie über ihre gemeinsame Sprache schon bald verdutzt festgestellt, dass sie eine ähnliche Sicht auf die Kunst hatten – der alternde Schläger und die gerade 18-jährige Abiturientin.

Dabei waren sie zu Beginn alles andere als begeistert gewesen, als Münzenberg ihm seine neue Aufgabe übertragen hatte. Als er Kathrin das erste Mal am Hansagymnasium abgeholt hatte, wären sie sich gegenseitig am liebsten an die Gurgel gegangen. Sie, weil er seinen Wagen, einen goldenen Mercedes, direkt vor dem Schultor geparkt hatte und lässig an der – wie sie es nannte – ›Zuhälterschleuder‹ lehnte. Er, weil sie ihn behandelte wie einen Angestellten und Bauerntölpel, weil er dachte, dass sie sich für etwas Besseres hielt als er und seinesgleichen. Mit ihren Haaren, den wilden Klamotten und der unvermeidlichen Kamera über der Schulter. Allein die gemeinsame Angst vor Münzenberg hatte sie zusammengeschweißt. Auf der Fahrt nach Hause knipste sie schweigend aus dem Fenster. Als er sie ansprach, knipste sie ihn. Danach schwieg er.

Später erst, als er die Bilder sah, die sie an diesem Tag gemacht hatte, kamen sie ins Gespräch. Noch später verliebten sie sich ineinander. Ein unmögliche Verbindung.

Anfangs glaubte er noch, genau das wäre es, was Kathrin an ihm gereizt hatte. Nicht nur, dass sie ihrem Vater eins auswischen konnte, indem sie mit dem Mann schlief, der auf sie aufpasste! Mehr noch: Hätte Münzenberg davon Wind bekommen, wäre er komplett ausgetickt. Siggi hätte diesen Wutanfall sicher nicht überlebt und er war sich nicht sicher, ob Kathrin, obschon Papas Prinzessin, heil aus der Sache herausgekommen wäre. Es war ein unheimlicher Thrill in dieser Liebe und Siggi brauchte bis zu ihrem gemeinsamen Wochenende an der belgischen Küste, um zu verstehen, dass dieses junge, kluge Ding tatsächlich ihn liebte. Um seinetwillen.

Gegen zwei Uhr verließen sie die Galerie Sperber. Kathrin war völlig euphorisiert, Siggi stolz. Eigentlich wollten sie sich in der mittwochs geschlossenen Bar Chou Chou kurz mit Getränken eindecken, um zum Rheinufer weiterzuziehen, aber eins kam zum anderen und sie blieben länger als geplant im schummrigen Licht einer Sitzecke. Im Hinterzimmer meinte Siggi, ein Geräusch gehört zu haben, aber vielleicht hatte er sich das lediglich eingebildet.

»Du nimmst deinen Job als Leibwächter manchmal einfach zu ernst und hörst die Bösen schon, bevor sie in der Nähe sind«, hatte Kathrin gesagt. Er hatte es dabei belassen. Es gab Schöneres zu tun als Küchen und Hinterzimmer zu kontrollieren. Langsam wurde es hell, als er sie zu Hause absetzte. In keinem Fenster brannte Licht, Helm schlief also bereits oder war selber noch gar nicht zu Hause. Besser so.

»Wenn irgendetwas passiert mit mir«, sagte Kathrin zum Abschied, während sich der Himmel im Westen leicht erhellte, »warte auf mich in De Haan, ja?«

»Was soll dir passieren? Ich pass doch auf dich auf.«

»Man kann nie wissen.«

Sie küssten sich, dann eilte Kathrin über den kleinen Vorgarten ins Haus, die roten Pumps in der Hand, die Kamera über der Schulter. Sie winkte noch einmal von der Haustür. Siggi sollte sie nie wiedersehen.

Als er am nächsten Tag seinen Mercedes in der Ritterstraße parkte, um sie abzuholen, kam sie nicht. Nach einer halben Stunde betrat er die leeren Flure des Schulgebäudes am Hansaring und brauchte eine Weile, bis er jemanden fand, der ihm weiterhelfen konnte. Niemand hatte Kathrin gesehen. »Sie hat schon im Unterricht gefehlt«, erklärte ihm eine Lehrerin. Mit einem flauen Gefühl verließ er das Gebäude.

Im Wagen dachte er nach. Wen könnte er fragen? Wo konnte Kathrin sein? Sie hatten – abgesehen von den Freunden ihres Vaters – keine gemeinsamen Bekannten. Hatten die Griechen oder die Albaner ihre Drohung wahr gemacht und Münzenbergs Tochter entführt? War Helm ihnen auf die Schliche gekommen? Den ganzen Tag fuhr der Schläger kreuz und quer durch die Stadt, auf der Suche nach Kathrins toupierten blonden Haaren. Schließlich nahm er seinen ganzen Mut zusammen und fragte die Mädchen in den Wohnungen auf der Brinkgasse. Keine hatte Kathrin gesehen. Er versuchte herauszuhören, ob Münzenberg Wind von ihrer Affäre bekommen hatte, niemand deutete etwas Derartiges an.

»Wenn sie weg ist, solltest du die Beine in die Hand nehmen«, riet ihm Margarethe, die er als letzte befragte.

Noch keine fünf Minuten zu Hause, donnerte es an seine Tür. Durch den Spion sah er Münzenberg, den ahlen Pit und den jungen Hanno, der erst seit ein paar Tagen zu ihnen gehörte, vor seiner Tür stehen.

»Mach verdammt noch mal auf, Siggi!«, brüllte Helm und trat gegen die Tür, die bedenklich wackelte. »Und sag mir, wo meine Tochter ist!« Ein neuerlicher Tritt, die Zarge splitterte. Eilig raffte Siggi Portemonnaie, Autoschlüssel und eine Fotomappe zusammen und kletterte aus dem Badezimmerfenster hinaus in ein anderes Land.

46

Als der Alte geendet hatte, schwiegen sie eine Weile. »Sie haben sie nie wiedergesehen?«

»Sie war wie vom Erdboden verschluckt.«

»Margarethe Klösgen hat sie ein paar Monate später getroffen. Sie hatte ein Baby dabei, einen Jungen, den sie ihrer besten Freundin anvertraut hat.« Marius deutete auf Vinzenz. »Ihren Sohn.«

Die beiden schauten sich irritiert an. Baumgart bewegte den Arm in einem Reflex auf Vinzenz zu, zog ihn wieder zurück. Weiter saßen sie schweigend auf dem Sofa. Vinzenz hielt seine Tüte fest. Marius griff nach der Mappe, schlug sie auf und nahm die großformatigen Schwarz-Weiß-Fotografien heraus. »Darf ich?«

Baumgart nickte. »Es sind Kathrins Arbeiten. Ich habe sie aufbewahrt.«

Marius blätterte sie unter den aufmerksamen Augen des

Alten durch. Anders als die dokumentarischen Straßenaufnahmen aus der Ausstellung handelte es sich um reine Studioporträts vor neutralem, hellgrauem Hintergrund. Nichts lenkte von den Personen auf den Bildern ab. Der Detektiv brauchte einen Moment, ehe er auf zwei Fotos Margarethe Klösgen erkannte, die viel zu stark geschminkt in einem viel zu engen Top posierte. Offensichtlich ihr Arbeitsoutfit. Sie war dreißig Jahre jünger, doch ihr Blick war so hart wie heute. Selbst vor der Kamera ihrer besten Freundin schien sie sich nicht völlig öffnen zu wollen. Trotzdem war es der jungen Fotografin gelungen, etwas anderes in diesem Gesicht hervortreten zu lassen: Hinter dem marktschreierischen Äußeren sah Marius eine tiefe Sehnsucht nach Normalität. Er musste zugeben, dass Kathrin Münzenberg sowohl ein Gespür für die Menschen besaß, die sie fotografierte, als auch gestalterisches Geschick. Auf dem letzten Bild sah er in die Augen, die nun in doppelter Ausführung neben ihm auf der Couch saßen. Sie schauten staunend in die Kamera. Das selbstzufriedene Grinsen, mit dem sich Baumgart auf dem Bild eine fette Zigarre anzündete, konnte dieses kindliche Wundern nicht überdecken. Nichts war zu sehen von dem Trotz, dem Gefühl, zu kurz gekommen zu sein, wie es Chargesheimer eingefangen hatte. Marius beneidete ihn um diesen Augenblick. Nur ungern löste er seinen Blick von diesen Augen. Er betrachtete das Feuerzeug, mit dem Baumgart die Zigarre anzündete

»Ist das Ihr Feuerzeug?«

Der Alte lachte. »Um Gottes willen! Nein, das ist Kathrins, typisches Mädchenfeuerzeug. Das hätte ich damals nie öffentlich in die Hand genommen.«

»*Für sie* hast du es getan.« In Vinzenzs Stimme lag ein wenig Verachtung. Baumgart bemerkte das nicht.

»*Durch sie* habe ich es getan«, antwortete er stattdessen stolz.

»Darf ich das Bild mitnehmen?«

»Nehmen Sie es mit, ich habe die Negative und ein paar Abzüge.«

Sorgfältig rollte der Detektiv das Bild zusammen. »Ich muss zurück nach Köln«, sagte er, »meine Unschuld beweisen.«

Er klärte Baumgart in knappen Worten über den Mord an Ali Albertz auf, den der wenig überrascht zur Kenntnis nahm. »Irgendwann scheint es alle zu erwischen«, sagte er.

»Sie können froh sein, dass Sie den Absprung geschafft haben.«

»Vielleicht ist es jetzt Zeit, nach Hause zu fahren.«

»Du willst mitkommen?« Vinzenzs Stimme klang aufrichtig überrascht und wenig erfreut. Wie schnell konnte man eines Vaters überdrüssig werden, dachte Marius.

»Ich will wissen, was mit Kathrin geschehen ist«, sagte der Alte und stand auf.

Statt den Wagen im Kreisverkehr stadtauswärts zu lenken, fuhr Marius in die Stadt hinein. Vinzenz saß neben ihm, Baumgart hatte sich unter den Augen seines Sohnes auf die Rückbank gezwängt und lugte mit dem Kopf zwischen den Sitzen hervor.

»Es ist zwar eine Mädchenkarre, aber früher habe ich solche Wagen geliebt.« Er grinste den Detektiv an.

»Das von jemandem, der sich ein Zigarre mit einem Perlmuttfeuerzeug anzündet«, konterte Marius. Vergnügt lehnte sich Baumgart in den Sitz zurück.

»Wo fahren wir hin?«, fragte Vinzenz den Detektiv.

»Ich muss noch kurz was erledigen.«

»In De Haan?«, fragte sein Beifahrer verständnislos.

»Man fährt nicht nur *fast* ans Meer«, hörten sie den Alten von der Rückbank.

Eine halbe Stunde stand Marius schließlich bis zu den Knien im Wasser. Dennoch war er bis an den Schritt nass. Es war ihm egal. Vor ihm erstreckte sich die graue Masse der Nordsee bis an den Horizont, schickte ihm träge Wellen entgegen. Hinter ihm reihten sich die Häuser De Haans an der Uferstraße aneinander. Der Wind wehte ihm den Salzgeruch des Meeres in die Nase. Wann hatte er sich zuletzt so frei gefühlt?

Ein ungeduldiges Hupen holte ihn in die Wirklichkeit zurück. Sand klebte an seinen Füßen, als er in den Wagen stieg. Vater und Sohn erwarteten ihn schweigend. Ohne Zweifel hatten sie in den vergangenen dreißig Minuten kein Wort miteinander gewechselt. Zumindest der Detektiv war entspannt und heiterer Stimmung. Er sollte öfter ans Meer fahren. Zu dritt machten sie sich auf den Weg nach Köln.

47

Vor Altmanns Wohnung parkte Marius den MG. Sie stiegen aus, der Alte streckte – immer noch im schwarzen Anzug – auf der Straße die Glieder. In der Kirche hatte er den Anzug wie selbstverständlich getragen, die Dienstkleidung eines Kirchenmitarbeiters. Jetzt auf der Straße wirkte Baumgart viel eleganter. Er war vielleicht nicht mehr so groß und kräftig wie vor Jahrzehnten, aber hatte seine Stärke durch Eleganz ersetzt. Der Mann konnte es sich leisten, mit über siebzig Jahren auf einer Straße zu stehen und Andeutungen von Gymnastik zu machen. Beneidenswert. »Wer wohnt hier?«, fragte er den Detektiv.

»Peter Altmann«, antwortete Marius.

»Der ahle Pit!« Baumgarts Blick flackerte den Bruchteil einer Sekunde.

Mit dem Kinn deutete Marius auf das Haus gegenüber. »Da müssen wir hin.« Er ging los, Siggi an seiner Seite. Vinzenz blieb zurück. Der Detektiv und der Küster blickten sich um. Vinzenz hob linkisch die Hand.

»Ich geh dann mal«, sagte er. »Sie haben Ihren Auftrag erledigt«, wandte er sich an Marius. Er ging fort, ohne seinen Vater noch einmal anzuschauen. Die Plastiktüte hielt er immer noch fest umklammert.

»Sie wollen ihm nicht nachgehen?« Marius blickte Baumgart fragend an. »Ich kann hier warten. Immerhin ist es Ihr Sohn. Und Kathrins.«

Der Alte schüttelte den Kopf. »Wenn ich Kathrin in ihm gesehen hätte, würde ich ihm nachrennen. Aber ich habe nur die Enttäuschung gesehen, die ich ihm bereitet habe. Er ist besser dran ohne mich.«

Der Detektiv dachte einen Moment über die Antwort nach. »Besser dürfte in seinem Fall immer noch schlimm sein.«

»Wahrscheinlich«, erwiderte der Alte. »Gehen wir jetzt hoch?«

Marius schellte bei Peter Altmann. Niemand öffnete. Also drückte er weitere Klingelknöpfe und hatte bereits nach kurzer Zeit Glück.

»Einen Küster und einen Privatdetektiv kann man immer ins Haus lassen.«

Hinter Baumgarts Lachen spürte Marius die Anspannung des alten Mannes. Statt hoch in die Wohnung führte der Detektiv sie in den Keller. Leider hatte er Altmanns Kellerschlüssel brav zurückgegeben. Nun standen sie vor verschlossener Tür.

»Da wollen wir rein?«, fragte der Alte, schob sich an Marius vorbei, hantierte einige Zeit am Schloss und zog schließlich die Tür auf.

»Wie zum Teufel haben Sie das gemacht?«

»Betriebsgeheimnis«, antwortete der Alte.

»So etwas lernt man vermutlich, wenn man Unter Krahnenbäumen aufwächst, oder?«

»So etwas lernt man, wenn man Küster unter einem vergesslichen Pfarrer ist.«

Marius brauchte nicht lange, um das Feuerzeug zu finden. Er gab es Baumgart, der es fast ehrfürchtig in die Hand nahm. »Ist das Kathrins Feuerzeug?«

Der Alte drehte es in seinen Fingern, betrachtete es von allen Seiten, und nickte.

»Jetzt würde ich gerne wissen, wie das in Peter Altmanns Keller kommt.«

Gemeinsam stiegen sie die Treppe zur Wohnung hinauf.

Marius schellte erneut. Altmann öffnete nicht. »Geben Sie mir eine kleine Nachhilfestunde?«, wandte sich der Detektiv an den Küster. Drei Minuten später standen sie in Peter Altmanns Wohnungsflur. Sie beschlossen, in der Küche auf ihn zu warten.

Paula Wagner hatte den Besuch vor sich hergeschoben, sie hatte sogar mit dem Gedanken gespielt, Franka oder Scharenberg zu schicken. Aber sie wusste, wie Doktor Brandts Eitelkeit darauf reagieren würde. Wenn er sprach, wollte er mit der Chefin persönlich sprechen. Deswegen saß nun Paula im vertrauten Büro des Leiters der Kölner Rechtsmedizin mit der unbequemen Polstermöbelgarnitur.

Sie zog zwei Aktenmappen aus ihrer braunen Ledertasche und legte sie vor Brandt auf den Schreibtisch.

»Die *Task Force Science*, die mir untersteht und deren Mitglied du bist, braucht ein paar Auskünfte.«

Brandts blaue Augen zogen sich unter der Metallbrille noch kleiner zusammen, als sie es ohnehin schon immer taten. »Es wäre mir neu, dass ich dir unterstellt bin.« Die Akten würdigte er keines Blickes. »Das wäre ein Kündigungsgrund«, schob er hinterher.

Paula lächelte noch immer. »Du wärest lieber arbeitslos, als unter meinem Kommando zu arbeiten?«

»Definitiv.«

»Vielleicht hat die Polizeidirektion bei der Konstruktion unserer kleinen Task Force nicht alle Zuständigkeiten und Aufgabenbereiche konsequent zu Ende gedacht«, erwiderte sie.

»Dann sollte die Polizeidirektion sich schleunigst ein paar Gedanken machen. Wir waren, sind und bleiben ein unabhängiges Institut«, erwiderte er und Paula wusste, dass seine Empörung nicht gespielt war.

»Arbeiten wir bis dahin einfach partnerschaftlich zusammen?«, lenkte die Hauptkommissarin das Gespräch in freundlichere Bahnen. »Vor dir liegen die Akten der Mordfälle Heck und Sperber aus den 70er beziehungsweise 80er Jahren. Beide Männer wurden erstochen. Heck in der Kleinen Brinkgasse, Sperber in seiner Galerie in der Marzellenstraße. Heck war pikanterweise Polizist, offiziell jedoch nicht dienstlich in der Brinkgasse unterwegs.«

»Ein Nuttenbesuch zum Privatvergnügen«, vermutete Brandt. »Das war damals, glaube ich, unter Polizisten ein verbreitetes Hobby.«

»Das haben wir ebenfalls vermutet. Nur wäre das kein Grund ihn zu erstechen. Nach allem, was wir wissen, war Heck eher aus beruflicher Neugier dort gewesen.«

»Was glaubst Du, wie viele Männer niedergestochen werden, weil sie mit der falschen Frau gevögelt haben? Von mir aus bleiben wir erst einmal bei der beruflichen Neugier: Das wäre ein Motiv, ihn umzubringen. Hast du sonst noch Interessantes herausgefunden?«

»Nicht wirklich. Unsere Untersuchungen im Fall Heck stecken in einer Sackgasse. Wir haben jedoch den Eindruck gewonnen, dass die Ermittlungen damals nicht wirklich zielgerichtet geführt wurden.«

»Geht das präziser? Das ist immerhin eine ziemlich heftige Beschuldigung.« Brandt hasste unpräzise Äußerungen und egal, wer ihm gegenüber saß, er ließ es ihn spüren.

Paula atmete durch. »Wir gehen davon aus, dass der Täter nicht gefunden werden sollte und dass alle Spuren zu ihm in einer Unmenge von nutzlosen und nebensächlichen Informationen untergehen sollten.«

»Hast du Beweise dafür?«

»Bisher nicht, nein.«

Brandt musterte sie. Paulas Stimmung sank ein wenig, sie fühlte sich wie eine Schülerin, die gerade eine dumme Prüfungsantwort gegeben hatte. Doch der Rechtsmediziner ging nicht weiter darauf ein, stattdessen tippte er mit einem neuerdings beringten Zeigefinger auf die andere Mappe. »Und der Fall Sperber?«

»Der Fall Sperber ist wesentlich ergiebiger. Wir wissen, dass Sperber ein Haus am Friesenwall besaß und dass seine Erben das Haus kurz nach seinem Tod an Spekulanten verkauft haben. Interessanterweise kamen diese Spekulanten aus dem Rotlichtmilieu, das in der gleichen Gegend damals aktiv war.«

»Zuhälter als Immobilienhaie? Lustige Idee! Könnt ihr wenigstens das beweisen?«

»Das können wir. Wir haben Namen der Käufer, wir wissen, wie sie vorgegangen sind, und wir haben sogar eine Immobilienfirma, die damals beteiligt war und bis heute aktiv ist.«

Mit einem Füllfederhalter tippte sich Brandt auf die Unterlippe. »Jetzt möchtest du Beweise, dass beide Fälle miteinander zu tun haben?« Paula nickte. »Was hast du davon?«

»Ich kann den Täterkreis einengen und ein paar Leuten kräftig auf den Zahn fühlen.«

»Dieser Heck, dieser Polizist, was glaubst du, hat er in der Kleinen Brinkgasse gewollt?«

»Wir gehen davon aus, dass er hinter das Hobby, um dein Wort aufzugreifen, seiner Kollegen gekommen ist. Dem guten Katholiken war das vielleicht ein Dorn im Auge. Außerdem sind Polizisten, die sich Gefälligkeiten von Prostituierten erweisen lassen, nicht gerade die Art von Polizisten, die man sich wünscht.«

»Dein Lieblingsthema also: böse Polizisten.« Brandt überlegte. »Glaubst du ernsthaft, Polizisten waren ebenfalls in die Immobiliengeschäfte dieser kleinen Mafia verwickelt?«

Paula schüttelte den Kopf. »Ich gehe eher davon aus, dass beide Morde Auftragsmorde waren …«

»… und dass in beiden Fällen ein Polizist diesen Auftrag ausgeführt hat?«

»Warum nicht?« Paulas Antwort klang trotziger als gewollt. Sie wusste, was Brandt gerade dachte und was sie doppelt ärgerte: Sie fragte sich dasselbe. Hatte sie sich verrannt?

»Gibt es einen bestimmten Polizisten, den du verdächtigst.«

Die Hauptkommissarin zögerte mit der Antwort. »Kommissar Heimering hat seinerzeit die Ermittlungen im Fall Heck übernommen. Er wäre ein Kandidat.«

»Heimering …«, Brandt versuchte den Namen einzuordnen. »Ich erinnere mich an den. Drecksack. Trotzdem ein guter Polizist.«

»Vielleicht war er es nicht«, wich Paula aus. »Wenn du in den Beweisstücken aus beiden Fällen irgendetwas findest, was damals nicht zu entdecken war, können wir ihn vielleicht aber auch als Verdächtigen ausschließen.«

Brandt seufzte. »Ich schaue mir die Sachen einmal an. Anforderung an die Asservatenkammer ist raus?« Paula nickte. »Versprech' dir nicht zu viel. Die Beweismittel sind alt und eventuell völlig versaut.«

»Ich weiß«, antwortete Paula. Sie hoffte auf ein anderes Ergebnis.

Sie warteten über zwei Stunden, ehe sie Geräusche an der aufgebrochenen Tür hörten, ein leises Flüstern. Altmann war nicht allein, wie Marius gehofft hatte, denn er und Baumgart waren unbewaffnet. Er lauschte in den Flur hinein, aus dem er vorsichtige Schritte hörte. Bashkim lugte als erster durch die Küchentür herein, wie in einem schlechten Film eine Pistole mit beiden Händen neben das Gesicht haltend. Zur Beruhigung des Detektivs ließ er die Waffe sinken, grinste und trat ein.

»Es ist bloß unser Detektiv. Der mit der schicken Ische.«

»Ist die Ische dabei?«, tönte Hanno aus dem Flur.

»Die nicht«, antwortete Bashkim, während sich Altmann an ihm vorbei in seine Küche schob, Marius hasserfüllt anschauend. Sie waren also zu dritt.

»Dass du es noch einmal wagst, dich hier sehen zu lassen …« Jetzt erst blickte er Baumgart an.

»Hallo Pit!«

Marius kannte zwar die Redewendung, doch hatte er noch nie gesehen, wie einem Menschen die Gesichtszüge entglitten. Altmanns Kinn fiel herunter, der Mund öffnete und schloss sich. Die Augen weiteten sich, bevor er sie ungläubig und prüfend zusammenkniff, um schließlich mit offenem Mund und geweiteten Augen zu verharren. »Hallo Siggi!« war das einzige, was ihm zu sagen einfiel, bevor er den Mann im schwarzen Anzug weiter stumm anstarrte.

»Wer ist der Rentner?«, fragte Bashkim. Statt Altmann antwortete Hanno.

»Dat is' 'ne Mythos.«

»Hallo Hanno«, sagte Baumgart ruhig, »du bist ganz schön fett geworden.«

»Und du bist alt geworden, Siggi«, erwiderte Hanno, bevor Altmann ihm ins Wort fiel.

»Was machst du hier?«, fragte er immer noch völlig konsterniert.

»Ihr habt diesen Jungen losgeschickt, um mich zu finden«, Siggi deutete mit dem Daumen hinter sich auf Marius, »jetzt bin ich da.«

»Aber …«, stammelte Altmann, »aber …«

»Du hast nicht geglaubt, dass ich ihn finde, geschweige denn, dass er noch lebt, nicht wahr?«

»Wir sollten den Boss anrufen«, unterbrach ihn Hanno. Er tippte Bashkim an. »Du hältst die unter Kontrolle.« Anschließend verließ er die Küche. Bashkim richtete die Pistole auf die beiden Männer am Küchentisch. Marius beobachtete Altmann. Von ihm ging die größte Gefahr aus. Tatsächlich schien er sich seiner Situation langsam bewusst zu werden. Er hatte Marius unterschätzt und sich verspekuliert.

»Gib mir die Waffe. Du kannst Hanno draußen helfen. Ich komme hier zurecht«, wandte er sich an seinen jungen Begleiter. Marius zuckte zusammen. Wenn Bashkim ihm die Waffe gab, würde Altmann für zwei tote Zeugen an seinem Tisch sorgen, die ihm nicht weiter gefährlich werden konnten. Bashkim blickte von Altmann zu den beiden Männern, die Waffe fest in der Hand.

»Was soll ich Hanno draußen helfen? Der kann allein telefonieren.«

»Irgendwer muss auf die Tür aufpassen oder willst du, dass hier gleich die Nachbarn reinschneien?«

»Mach dir da keine Sorgen, Bashkim, die Nachbarn in diesem Haus sind seltsame Ereignisse in dieser Wohnung gewöhnt.«

»Halt die Fresse!«, fuhr Altmann Marius wütend an.

Marius hob abwehrend die Hände. »Es ist wohl besser erst zu reden, wenn Münzenberg da ist.« Er belauerte Altmanns Reaktion, registrierte die leichte gereizte Rötung im Gesicht und das Zittern der Hände. Barscher, als wohl gewollt, forderte Altmann Bashkim ein zweites Mal auf, ihm die Waffe zu geben. Doch dessen Misstrauen war geweckt. »Nee, nee, geh du mal auf deine Tür aufpassen. Ich bleib hier und hab ein Auge auf deine Gäste.«

»Vielleicht erzählst du uns einfach, was aus Kathrin Münzenberg geworden ist.« Gutes Timing, lobte sich Marius in Gedanken selbst, denn in diesem Moment kam Hanno aus dem Flur zurück. Überrascht schaute er Altmann an.

»Wovon redet der?«, wandte sich der Angesprochene an seine Begleiter, doch die rückten ein Stück von ihm ab. So verharrten die fünf Männer, bis die Wohnungstür erneut aufgestoßen wurde und schwere Schritte im Flur erklangen.

48

Es war ihr erstes richtiges Date und wenn Paula es sich ehrlich eingestand, ihr erstes richtiges Date seit Jahren. Umso mehr genoss sie den Abend. Draußen mochte die winterliche Kälte nach Köln zurückgekehrt sein, hier in dem kleinen Lokal unweit des Rheinufers war es wohlig warm. Aber selbst die bitterste Kälte hätte Paula wohl nicht bemerkt. Franka saß ihr gegenüber, sündhaft leckerer Nachtisch lag halb aufgegessen vor ihnen, der Wein hatte ihre Wangen gerötet. Perfekt.

Bis Paulas Handy schellte. Sie hatte überlegt, es stumm zu schalten. Doch ihr Pflichtbewusstsein war stärker. Widerwillig starrte sie auf das Display.

Wenn Franka enttäuscht war, ließ sie sich nichts anmerken. »Dienstlich? Wer zum Teufel ruft um diese Zeit noch an?«

»Doktor Brandt«, antwortete Paula. Das Klingeln verstummte. Paula wollte das Handy schon wegpacken, doch Franka widersprach.

»Du solltest ihn zurückrufen.«

»Warum? Ich habe frei.«

»Wir haben nie frei. Außerdem würde Brandt nicht anrufen, wenn er nichts Wichtiges zu sagen hätte. Tust du es nicht, sitzen wir beide den Rest der Nacht herum und fragen uns, was er hatte sagen wollen.«

Ebenso resigniert wie überzeugt drückte Paula Brandts Nummer. Der Rechtsmediziner nahm den Anruf nicht an. Typisch, dachte Paula, und steckte das Handy in die Tasche. Dort klingelte es nach ein paar Sekunden erneut. Hektisch kramte die Hauptkommissarin danach und stellte wenig überrascht fest, dass es Brandt war.

»Er muss unbedingt selbst bestimmen, wann wer mit ihm redet, oder?«, fragte Franka. Paula bejahte, deutete mit einer Handbewegung an, dass ihre Freundin still sein sollte.

»Doktor Brandt«, begrüßte sie ihren Gesprächspartner, »machen Sie nie Feierabend?«

Brandt klang beleidigt, als er antwortete. »Ich kann dir ebenso gut morgen erzählen, was ich herausgefunden habe. Oder den Bericht mit der Post schicken. Vielleicht hast du ihn dann nächste Woche.«

»Nein, passt schon. Was haben Sie für mich?« Franka neben sich wissend, zog Paula es vor, den Rechtsmediziner zu siezen.

Doch statt einer Antwort reagierte Brandt mit einer Gegenfrage. »Wo bist du gerade? In einem Restaurant? Bist du mit jemandem zum Essen verabredet?«

»Das geht Sie nichts an. Aber wo wir beim Thema sind: Wie geht es Ihrer Frau?« Sie konnte nicht fassen, dass ihr ehemaliger Liebhaber immer noch Anwandlungen von Eifersucht an den Tag legte.

»Wenn du wissen willst, was ich herausgefunden habe, solltest du herkommen. Der Bericht liegt hier bereit. Kannst du gleich mitnehmen.« Ohne ein weiteres Wort beendete der Leiter der Rechtsmedizin das Gespräch.

Franka blickte Paula fragend an. »Und?«

»Wir sollen zu ihm kommen. Am Telefon will er nicht reden.«

Die junge Polizistin schüttelte den Kopf. »Was für ein Geheimniskrämer!«

»Mehr machtbesessen. Hauptsache, alle tanzen nach seiner Pfeife.«

»Nervt das nicht alle?«

»Natürlich nervt das alle.« Paula winkte dem Kellner.

»Wir fahren trotzdem hin?«

»Volker Brandt ist die furchtbarste Nervensäge, die mir jemals untergekommen ist.« Der Kellner kam, Paula zahlte und winkte generös ab, als er Wechselgeld herausgeben wollte. Überrascht schaute er sie an, bedankte sich und sah zu, dass er wegkam, bevor Paula es sich anders überlegte.

»Aber …?«

»Aber wenn er einen um halb zwölf abends anruft, hat

er tatsächlich etwas Interessantes zu berichten, sodass sich der Weg zum Melatengürtel lohnt.«

Franka seufzte und stand auf. »Männer!«

Als sie zwanzig Minuten später vor der Tür der Rechtsmedizin standen, war im Flur dahinter alles dunkel. Paula suchte nach der Klingel, schellte, nichts passierte. War Brandt doch schon nach Hause gegangen? Zuzutrauen wäre es ihm, wenngleich Paula die Wahrscheinlichkeit höher einschätzte, dass er seinen Auftritt inszenierte. Sie wollte schon das Telefon zücken, als sie Schritte hinter der Tür hörte und Brandt im dunklen Flur erkennen konnte. Mit einem großen Schlüsselbund öffnete er und hielt ihnen die Tür auf. Franka musterte er fragend. Paula stellte sie kurz einander vor, beließ es aber bei einer beruflichen Einordnung. Dann folgten sie Brandt in sein Büro. Anders als bei ihrem letzten Gespräch blieb er in der Mitte des Raumes stehen. Das kalte Neonlicht ließ ihn älter aussehen, als er war. Unter Umständen war sogar Rechtsmediziner Doktor Volker Brandt spät abends überarbeitet und müde. Manchmal zumindest. Die beiden Frauen setzten sich auf die Sessel in der kleinen Besprechungsecke. Paula wusste bereits, dass Brandt ihnen seine Erkenntnisse im Stehen mitteilen würde. Das tat er immer. Es war sein Auftritt und seine selbst gewählte Rolle: der allwissende Dozent.

»Also, was haben Sie für uns, Doktor Brandt?«

»In den Proben, die es zu den beiden Fällen gibt, deren Akten Sie mir haben zukommen lassen, als Sie mich um Hilfe baten, gibt es tatsächlich Übereinstimmungen.«

Immerhin kam Brandt zügig zur Sache, wenngleich er die Sätze drechselte wie in seinen Berichten. Ob es sinnvoll wäre, Termine mit ihm immer auf den späten Abend zu legen? Doch im Folgenden redete Brandt sich warm und erläuterte ausführlich, mit welchen Verfahren er welche Nachweise getroffen hatte. Es oblag Franka, alles zusammenzufassen.

»Also haben wir es mit einem Täter zu tun?«

»Definitiv!« Zu Paulas Verwunderung ließ Brandt den sonst üblichen Teil mit ›Das habe ich Ihnen doch gerade erklärt‹ aus. Frankas Anwesenheit verunsicherte ihn offenbar. Sie erinnerte sich, wie sie selbst zu Beginn der Zusammenarbeit dem prüfenden Blick ihrer grünen Katzenaugen ausgewichen war. »Und nicht nur das!«, fuhr er fort und hob den Zeigefinger. Es folgte eine kunstvolle Pause, in der er die beiden Polizistinnen in den Sesseln erwartungsvoll anblickte. Die Hauptkommissarin hatte es gewusst. Brandts Auftritte waren immer groß.

Franka hingegen war ahnungslos. Ungeduldig unterbracht sie die Stille. »Ja, was noch?«

Brandt schwieg. Statt zu antworten, schaute er Paula an. Innerlich seufzte sie. Erfahrungsgemäß erfuhr man am schnellsten, was man wissen wollte, wenn man nach Volker Brandts Regeln spielte. Franka hatte entschieden zu pampig gefragt.

»Was haben Sie herausgefunden, Doktor Brandt? Wenn Sie uns um diese Zeit herbitten, muss es bedeutend sein.«

»Das ist es in der Tat«, erwiderte der Doktor und senkte dabei seine Stimme. »Ich habe nicht allein Kongruenzen zwischen den Spuren der Morde an Heck und Sperber entdeckt. Nein, es gibt noch einen dritten Fall, den wir hier gerade bearbeiten und mit dem es eine Übereinstimmung gibt.«

»Einen dritten Fall?« Paula dehnte die Frage ein wenig. Am liebsten wäre sie aufgesprungen, um Brandt zu schütteln, damit er ihr endlich sagte, was er wusste.

»Welchen?«, bellte Franka dazwischen.

»Wie die Kollegin platze auch ich vor Neugier, Doktor. Sagen Sie uns bitte, um welchen Fall es sich handelt.«

»Um den Mord Unter Krahnenbäumen: Georg Albertz.« Brandt machte eine Pause, um seinen Worten Wirkung zu verleihen. Franka zerstörte diese Wirkung, in dem sie wie aus der Pistole geschossen nachhakte.

»Albertz' Mörder ist der gleiche Mann, der Sperber und Heck umgebracht hat?«

Brandt schüttelte den Kopf. »Es hieße ›derselbe‹, Kommissarin Schilling. Aber sie liegen falsch.« Wieder wartete Brandt, sehr zufrieden mit sich und seinem kleinen Rätsel.

Es war Paula, die zuerst antwortete. »Albertz ist der Mörder von Heck und Sperber? Das glaube ich nicht!«

»Er ist es. Ohne jeden Zweifel.«

Franka schüttelte den Kopf. »Albertz saß im Rollstuhl!«

»Erst seit zehn Jahren«, entgegnete Brandt.

»Haben Sie Bergkamp schon darüber informiert?«

»Sie meinen, damit er die Fahndung nach ihrem Detektivfreund aufhebt?«

»Es wirft zumindest ein neues Licht auf den Fall.«

»Licht und Bergkamp sind sich wesensfremd«, antwortete Brandt verschwurbelt, doch Paula wusste, was er damit meinte. »Ihre Fälle sind geklärt, seiner ist es nicht.«

»Was wir nicht wissen: Warum hat Albertz Sperber und Heck ermordet? Wer steckt dahinter?«

49

Münzenberg betrat die Küche, sein Blick fiel auf Baumgart. Anders als in Altmanns Gesicht konnte Marius in seinem keinerlei Reaktion erkennen. Hanno und Bashkim machten dem Alten respektvoll Platz, der junge Albaner senkte zu Marius Erleichterung die Waffe. Altmann verharrte an seinem Platz. Siggi erhob sich von seinem Stuhl, als sein Boss aus früheren Tagen ihn mit einem scheinbar unbeteiligten Kopfnicken begrüßte.

»Hallo Siggi.« Baumgart erwiderte den Gruß ebenfalls mit einem Nicken. »Du warst lange weg.«

Die beiden alten Männer schauten sich an. Keiner sprach. Dennoch breitete sich binnen weniger Augenblicke eine angespannte Stimmung in der Küche aus. Marius meinte fast, die Luft flirren zu sehen. Münzenberg nahm Bashkim die Waffe aus der Hand, presste ihren Lauf auf Siggis Stirn und drückte den Küster aus De Haan mit der Hand zurück auf den Stuhl.

»Ich habe dir meine Tochter anvertraut.«

Baumgart senkte den Blick. Er schwieg weiter. Altmann beobachtete die Szene. Marius sah die aufkeimende Hoffnung in seinem Blick. Als der Detektiv das Perlmuttfeuerzeug vorsichtig auf den Küchentisch legte, verschwand sie wieder.

»Sie sollten Peter Altmann nach Ihrer Tochter fragen.« Münzenberg blickte auf das Feuerzeug, auf den Detektiv, herüber zu seinem ältesten Freund.

Der schüttelte den Kopf. »Ich weiß nicht, wovon der Kerl spricht. Siggi war für Kathrin verantwortlich.« Schweißperlen glänzten auf seiner Stirn.

Unsicher schaute Münzberg von einem zum anderen. Er

dachte nach. Schließlich heftete er seinen Blick auf Marius und richtete die Waffe auf den Detektiv.

»Erzähl!«

Marius holte tief Luft und legte das Foto von Siggi Baumgart neben das Feuerzeug. »Das Feuerzeug gehörte Ihrer Tochter, sie hat es Siggi für dieses Bild als Requisit in die Hand gedrückt.«

»Das ist Quatsch, Kathrin hat nie geraucht«, warf Altmann ein. Münzenberg runzelte die Stirn.

»Da hat er recht, Sandmann. Was sollte sie also mit einem Feuerzeug?«

»Sie hat geraucht. Es ist ihr Feuerzeug.« Siggi hielt den Blick immer noch gesenkt. Auf Marius wirkte er mit einem Mal sehr müde. Obwohl es nach über dreißig Jahren unglaublich war, Altmann schien nicht der einzige im Raum zu sein, der die Hoffnung gerade eben verloren hatte. Hatte Siggi wirklich all die Jahre geglaubt, Kathrin würde eines Tages vor seiner Kirche stehen?

»Na und?«, fragte Altmann gereizt. Sein Blick flackerte leicht. Er fixierte die Waffe in der Hand seines unberechenbaren Chefs.

»Wir haben es in Peter Altmanns Keller gefunden. Es lag dort in einer Kiste mit alten Erinnerungsstücken.«

»Das ist doch Quatsch!«

»Doch es stimmt«, bestätigte Baumgart. Münzenberg stand in der Mitte des Raumes und man sah ihm an, dass ihm alles zu viel wurde. Zu viele widersprüchliche Neuigkeiten, zu viele widersprüchliche Gefühle. Er blickte von einem zum anderen, unschlüssig, wem er glauben sollte.

»Warum sollte ich so dämlich sein, Kathrins Feuerzeug aufzubewahren, wenn ich sie vorher umgebracht habe? Das ergibt keinen Sinn!«

»Außer Siggi hätte kein Mensch das Feuerzeug erkannt«, wandte Münzenberg ein. »Trotzdem …«, er schien angestrengt nachzudenken. Altmanns Hände zitterten.

»Siggi war verschwunden und stellte keine Gefahr da«, sagte Marius, »bis ich auftauchte und nach ihm gefragt habe. Wusste Ali Albertz, dass du Kathrin umgebracht hast? Hat er dir geholfen?«

Als Marius Albertz' Namen erwähnte, zuckte ein Ausdruck von Verstehen über Münzenbergs Gesicht. Es schien, als hätte in seinem Kopf ein Puzzleteil seinen Platz gefunden. Bevor er sprechen konnte, ergriff Bashkim das Wort.

»Wir haben Wege, um die Wahrheit herauszufinden«, sagte er, seine Finger knackten. Doch er schaute weder Marius noch Siggi an. Sein Blick war auf Altmann gerichtet.

Der nutzte die allgemeine Überraschung. Niemand rechnete in diesem Augenblick damit, als er vorschnellte und Münzenberg die Pistole aus der Hand riss. Nun stand er in der Küchentür, richtete die Waffe in den Raum.

»Sie war ein Biest, eure Kathrin! Ein gottverdammtes Miststück!« Münzenberg wie Baumgart zuckten zusammen. Bashkim fixierte Altmann, lauerte auf seine Chance zuzuschlagen. Hanno lehnte wie unbeteiligt an der Küchenzeile. Marius saß immer noch auf dem hinteren Stuhl und beobachtete das Geschehen wie auf einer Bühne. Dumm nur, dass die Waffe echt und er Teil des Stückes war.

»Du hast keine Chance«, sagte Münzenberg schließlich so ruhig er konnte. »Du weißt genau, dass ich dich kriege.«

»Deshalb weiß ich, wen ich zuerst töten muss.« Altmann richtete die Waffe auf ihn. Auf diesen Augenblick schien Bashkim gewartet zu haben. Er schoss nach vorn, griff den Arm, der die Pistole hielt, und drückte ihn nach unten. Ein Schuss löste sich, die Kugel bohrte sich in den Holzboden.

Hanno eilte dem Albaner zu Hilfe, gemeinsam rangen sie den alten Mann mit Leichtigkeit nieder. Marius stand auf und ging vorsichtig um den Küchentisch herum. Am liebsten wäre er starr sitzen geblieben. Doch er wusste: Egal wie das Schauspiel ausgehen würde, das Ergebnis konnte nicht in seinem Sinne sein, wenn er nicht eingriff. Münzenberg trat vor und hämmerte seinem alten Freund die Faust dreimal in die Magengrube. Altmann kotzte. Die Waffe lag einen halben Meter vor Marius auf dem Boden, war dennoch unerreichbar weit weg.

»Was habt ihr jetzt mit ihm vor?«, fragte der Detektiv. Münzenberg schaute ihn an, als nähme er seine Anwesenheit völlig neu war.

»Das geht dich nichts an. Du solltest einfach von hier verschwinden und alles vergessen, was du gesehen und gehört hast. Es gibt uns nicht, wir und unsere Geschichten sind Legenden. Nichts davon ist wahr. Hau einfach ab!«

Wenn es so einfach wäre, dachte Marius. Die Waffe lag etwa einen Meter vor ihm auf dem Fußboden zwischen den Füßen der Männer. Er warf sich bäuchlings auf sie, stieß sich das Knie schmerzhaft an einem Tischbein. Noch bevor jemand reagieren konnte, hatte er die Pistole gegriffen, drehte sich auf den Rücken und richtete sie auf Münzenberg. »Es gibt da leider ein Problem«, sagte er.

»Ich wüsste nicht welches«, erwiderte Bashkim anstelle Münzenbergs. Er hatte Altmann in Hannos Obhut zurückgelassen, stand nun über Marius und drückte ihm seinen Fuß auf die Brust. Wortlos hielt Marius die Waffe an das Knie des Albaners. Der schaute auf Marius hinab. »Du drückst nicht ab. Du nicht!«

»Bist du dir sicher?«, fragte der Detektiv und hoffte, dass es überzeugter klang, als er war.

»Absolut sicher.« Einige Sekunden geschah nichts. Zufrieden grinste Bashkim.

Der Schuss schleuderte ihm das Bein weg und ihn selber fast bis an die Küchenzeile, wo er unter Schmerzensschreien zusammensackte. Blut spritzte auf Marius' Anzug, er nahm es gar nicht wahr. Wie leicht es war abzudrücken. Die Waffe verwandelte Gewalt in eine kleine Bewegung des Fingers. Er richtete sie wieder auf Münzenberg.

»Wenn du noch ein paar Mal schießt, haben wir die Bullen auf der Matte stehen«, fluchte Hanno.

»Keine schlechte Idee«, erwiderte Marius und jagte zwei weitere Schüsse aus dem Fenster, das klirrend zersprang.

»Scheiße, was soll das?«, fluchte Hanno. Münzenberg stand immer noch stumm in der Mitte der Küche und starrte Marius hasserfüllt an. Er war lange genug ›im Geschäft‹ gewesen, um überlegt zu handeln.

»Was zum Teufel willst du?«, fragte er.

Der Detektiv deutete mit der Waffe auf Altmann. »Ihn!«

Münzenberg schüttelte den Kopf. »Den kannst du nicht haben. Der ist eh tot.« Den letzten Satz spuckte er fast aus.

»Vorher muss er noch ein Geständnis ablegen.«

Altmann keuchte unter Hannos griff. »Du glaubst doch nicht wirklich, dass ich den Bullen irgendetwas sagen werde?«

Marius antwortete so ruhig, wie er konnte. »Das wirst du. Weil die Polizei die einzige Macht ist, die dich vor ihm«, er deutete auf Münzenberg, »schützen kann. Der Knast ist der sicherste Ort für dich.«

Münzenbergs Hass schien bei Marius' letzten Worten noch zu wachsen. Aus der Ferne hörten sie die ersten Polizeisirenen.

»Chef?«, fragte Hanno mit einem sorgenvollen Gesichtsausdruck. Auch Bashkim, der sich auf den Boden gesetzt hatte und leise wimmernd das Knie hielt, schaute auf Münzenberg. Die Sirenen wurden lauter.

»Gehen wir«, sagte der alte Zuhälter schließlich. Er packte Bashkim unter der Schulter und half ihm hoch. Einmal mehr war Marius beeindruckt von der körperlichen Fitness des Alten. Hanno packte Altmann am Kragen und zerrte ihn zur Tür. Marius richtete die Waffe auf ihn.

»Er bleibt hier.«

Hanno schüttelte den Kopf. »Tut mir leid, Detektiv. Wir nehmen ihn mit.«

»Er bleibt hier oder du bleibst auch hier.« Marius zielte mit der Waffe direkt auf Hannos Schnauzbart. Auf ein Nicken Helms ließ Hanno Altmann los, der versuchte, an Hanno vorbei in den Flur zu fliehen. Siggi hatte damit gerechnet, packte ihn und schleuderte ihn zurück in die Küche. Während die drei anderen verschwanden, hockte Altmann auf allen vieren auf seinem Fußboden und atmete schwer.

Siggi stellte sich neben ihn und blickte auf ihn herab. »Warum?«

50

1981

Pit hatte von Anfang an gewusst, dass er sich mit der Sache Ärger einhandeln würde. Das kleine Biest hatte ihn um den Finger gewickelt. Jetzt, fast ein Jahr später, stand sie vor ihm, hielt ein Bündel im Arm, aus dem ein kleiner Kopf heraus lugte.

»10.000 Mark! Mehr brauche ich nicht und du bist mich für alle Zeiten los.«

»Spinnst du? Wo soll ich 10.000 Mark hernehmen?«

»Ach«, in ihrer Stimme lag eine Verachtung, die gar nicht zu ihrem erbärmlichen Äußeren passen wollte. Nein, Kathrin Münzenberg hatte sich nicht zu ihrem Vorteil entwickelt, nachdem Altmann ihr zur Flucht verholfen hatte, weil er einen Narren an ihr gefressen und vielleicht gehofft hatte, sie aus Siggis Bann zu befreien. Vor elf Monaten hatte er sich also breitschlagen lassen, Kathrin mit Geld versorgt und seine Kontakte in Italien spielen lassen. Angeblich, weil sie einfach mal rauswollte. Erfahrungen sammeln, fotografieren. Als sie erwähnte, dass sie Abstand von Siggi wollte, hatte sie ihn da gehabt, wo sie ihn haben wollte. Er hatte sie sogar noch zum Bahnhof nach Bonn gefahren, weil ihnen der Kölner Hauptbahnhof zu riskant erschien. Irgendwer lungerte dort immer herum, der sie erkennen konnte. Scheiße!

»10.000 D-Mark hast Du doch wahrscheinlich in der Küchenschublade herumliegen. Einem armen Ding abgeknöpft, das dafür irgendwelche alten Wichser auf sich herumrutschen lassen musste!« Ihre Augen, noch stärker mit

Kajal umrandet als früher und tief in den Höhlen liegend, flackerten. Sie war dünn geworden. Die sonnengebräunte Haut konnte den trockenen Husten, der ihre Sätze unterbrach, nicht vertuschen. Altmann überlegte, was er tun sollte. Zahlen wollte er auf gar keinen Fall. Ihm war klar, dass Kathrin in einem halben Jahr wieder hier stehen würde. Mit neuen Forderungen.

»Scher dich zum Teufel!«

»Zum Teufel? Das dürfte mein Vater sein.« Sie schaute auf das schlafende Kind in ihrem Arm und wieder hoch zu ihm. Ihre Augen waren wie Eis. »Vielleicht ist das gar keine schlechte Idee? Erzähl ich ihm einfach, dass er jetzt Großvater ist und sein Töchterchen sich aus Angst versteckt hat, weil sie vergewaltigt wurde. Vom besten Freund ihres Vaters.«

»Als ob Siggi es nötig gehabt hätte, dich zu vergewaltigen. Für den hast du doch zu gerne die Beine breit gemacht!«

»Ich rede nicht von Siggi. Ich rede von dir.«

»Aber …« Er wollte erklären, dass sie nie miteinander geschlafen hatten. Nur: Münzenberg würde ihr glauben.

»Das kannst du nicht machen!«, brüllte er.

»10.000 Mark! Bis heute Abend«, antwortete Kathrin und drehte sich um.

Als sie am Abend wiederkam, hatte sie das Kind nicht mehr bei sich. Altmann überlegte, ob es ein Trick gewesen war, um ihn hereinzulegen. Vielleicht hatte sie gar keins bekommen? Sie wirkte deutlich unsicherer als wenige Stunden zuvor und blieb im Flur stehen.

»Das Geld?« Mehr sagte sie nicht.

»Komm doch erst mal rein und setz dich!«

»Ich habe keine Zeit!« Sie hielt die Hand auf der Türklinke. Wenn er sie jetzt gehen lassen würde, wäre alles vorbei.

»Also gut, ich hol das Geld«, log er und ging in das Wohnzimmer mit den schwarzen, modernen Möbeln. Kathrin blieb an der Tür stehen. Um Zeit zu gewinnen, öffnete er ein paar Schubladen, täuschte vor, als krame er herum. Sie reagierte nicht. Schließlich griff er zu dem Umschlag, den er vorbereitet hatte, stellte sich in die Tür zum Flur und hielt in ihr entgegen.

»10.000 Mark, wie du verlangt hast.« Sie eilte den langen Flur hinunter, streckte die Hand aus, um nach dem erlösenden Umschlag zu greifen. Er erkannte die Verzweiflung in ihrem Gesicht, bevor er ihr den Brief, in dem statt der Geldscheine eine schwere Bleiplatte steckte, über den Schädel zog.

»Und Ali Albertz hat dir geholfen, die Leiche verschwinden zu lassen«, ergänzte Marius.

Altmann nickte. »Die Bar Chou Chou wurde gerade umgebaut, der Boden war weggestemmt und wir haben sie unter der Tanzfläche vergraben. Zum Glück habe ich mal einen anständigen Beruf gelernt und weiß, wie man einen Betonboden ausgießt.«

51

Verena Talbot durchschritt noch einmal prüfend die gemeinsame Wohnung. Draußen verstauten die Möbelpacker die letzten Kisten. Es war erstaunlich, wie schnell man alles zusammenraffen und verschwinden konnte. Zwar hatte Marius den Wagen noch, aber den konnte sie bei anderer Gelegenheit abholen lassen. Es war ihr lieber, dem Detektiv nicht mehr zu begegnen. Trennungen ohne großes Gerede, ohne große Dramen waren eher nach ihrem Geschmack als ewige nächtliche Diskussionen. Ihre wenigen Freundinnen hatten sie dafür immer kritisiert. ›Du machst dich davon, wie ein Kerl‹, hatten sie gesagt. Verena vermutete, dass sie sie darum beneideten.

Leicht knirschte das Holz, als sie die Treppe in den ersten Stock hochging. Unten im Büro hatte sie Marius' Sachen aus dem Vitra-Schreibtisch geräumt und sorgfältig an der nun leeren Wand aufgestapelt. Die Kettlebells standen nach wie vor auf den Fensterbänken, die Gravitiy Boots hingen an der Reckstange. Oben waren die Räume bis auf ein paar wenige Bilder und Bücher, die Marius gehörten, leer. Die Matratze lag frei auf dem Boden, Marius' Stoffkleiderschrank war ebenfalls im Schlafzimmer verblieben. Ohne ihre Möbel wirkte die Wohnung karg und unpersönlich. Sie drehte sich in der Mitte des Raumes einmal um sich selbst. Sie mochte sich selbst sagen, dass sie noch einmal prüfte, ob sie nichts vergessen hatte – doch es war ein Moment des Abschieds. Sie dachte, dass Marius Sandmann war, wie diese Wohnung aussah. Leer, ohne eigene Persönlichkeit, dass er andere Menschen, andere Leben brauchte, um die eigene Leere zu füllen. Privatdetektiv war genau der richtige

Beruf für einen solchen Mann. Für eine Beziehung jedoch war er ungeeignet. Sie hätte das traurig finden können, aber sie beglückwünschte sich eher zu ihrer Entscheidung, ihn zu verlassen. Dass sie ihm in ihrer ruhelosen Jagd nach Storys ähnlicher war, als sie je zugeben würde, blendete sie aus. Sie tat das Richtige. Auch seine zweite Chance hatte Marius nicht genutzt. Ihre Absätze klackten auf dem Boden, als sie entschlossen die Treppe hinunterstieg, ihre Handtasche von der Küchenablage nahm und die Wohnung verließ. Hinter ihr blieb die fast gänzlich ausgeräumte Wohnung zurück, deren Leere durch einen letzten Hauch ihres Parfums noch lebloser wirkte.

Den Polizisten, die mit gezückten Pistolen und in gebückter Haltung vorsichtig Altmanns Küche betraten, bot sich ein eigentümliches Bild. Auf dem Boden hockte ein alter Mann in fransiger Lederjacke, den Kopf auf die Knie gesenkt. Neben ihm stand ein mindestens ebenso alter Mann ganz in Schwarz gekleidet und schaute auf ihn herab. Am Küchentisch saß ein junger Kerl in einem grauen Anzug, das weiße Hemd mit roten Flecken verschmutzt, die der erste Beamte zunächst für Tomatensoße hielt. Aber auch auf dem Fußboden fanden sich rote Spuren. Während ein zweiter Polizist den Raum betrat und seine Pistole auf die beiden Alten richtete, konzentrierte sich der erste auf den Mann am Küchentisch, der eine Waffe in der Hand hielt, die er vor sich auf den Tisch legte. Immer noch die eigene Walther P99 im Anschlag, bewegte sich der Polizist zum Tisch und nahm die Pistole an sich. Erst jetzt entspannte er sich und registrierte beruhigt, dass weitere Kollegen die Wohnung betraten.

»Alles unter Kontrolle!«, rief er und sorgte damit für allgemeine Erleichterung.

Einen kurzen Moment der Spannung gab es, als der Mann am Küchentisch plötzlich in sein Sakko griff.

»Hände auf den Tisch!«, brüllte der Polizist, der immer noch ein Auge auf ihn hatte und die Hand schon wieder am Holster.

Marius hob zur Beruhigung die Hände in seine Richtung. »Mein Name ist Marius Sandmann, ich bin Privatdetektiv. Ich will Ihnen meine Lizenz zeigen.«

»Du zeigst mir hier gar nichts, Junge!« Der Polizist zog die Waffe und richtete sie auf Marius.

»Horst, mach keinen Stress. Wir hatten alle einen langen Tag«, beruhigte ihn ein Kollege.

»Rufen Sie Hauptkommissar Bergkamp an und sagen ihm, dass Sie mich haben.«

Bergkamp erschien zwanzig Minuten später. Marius saß mittlerweile mit Plastikhandschellen gesichert am Tisch, die beiden Alten wurden von zwei blonden Polizistinnen in Schach gehalten und standen wie zwei Schuljungen nebeneinander vor der Küchenzeile.

Der Hauptkommissar setzte sich Marius gegenüber. »Wollen Sie ein Geständnis ablegen, Sandmann?«

»Ich wüsste nicht, was ich zu gestehen habe.«

»Den Mord an Albertz zum Beispiel?«

»Wenn Sie Fragen zum Mord an Albertz haben, wenden Sie sich am besten an ihn!« Marius zeigte auf Altmann.

»Wir werden sehen«, antwortete der Hauptkommissar und befahl seinen Leuten, alle drei ins Präsidium zu bringen. Marius stand auf, ein Polizist hielt ihn am Arm und erst eine Bewegung in seinem Augenwinkel ließ ihn den Blick zur Seite wenden. Altmann krümmte sich und stöhnte, Blut verteilte sich auf seinem weißen Hemd unter der Jacke, bevor er zusammensackte. Siggi Baumgart stand über ihm, ein langes Küchenmesser in der Hand. Für einen kurzen Moment schien es Marius, als sähe er nicht den alten Küster, sondern den Jungen von dem Chargesheimer-Foto vor sich, mit den strähnigen Haaren, dem Piratentuch und seinen jungen, wütenden Augen. Die beiden Polizistinnen starrten Baumgart fassungslos an. Uniformierte stürmten zu den beiden Männern und überwältigten Siggi. Marius wurde an die Wand geschleudert. Bergkamps Stimme schrillte durch den Raum.

»Warum, verdammte Scheiße, hat niemand die beiden gesichert?!« Jetzt sah er den Besteckkasten neben dem Spülbecken, aus dem Baumgart das Messer genommen hatte. »Und warum zum Teufel lasst ihr die neben den Messern stehen? Seid ihr alle bescheuert?«

Eine Polizistin begann zu stammeln, sichtlich unter Schock. »Wir konnten das doch nicht ahnen«, brachte sie schließlich hervor, »das sind doch nur alte Männer.«

Bergkamp schnaubte vor Wut, ignorierte sie und wandte sich an den Polizisten, der neben dem zusammengekrümmten Altmann kniete und den Puls fühlte. »Lebt er noch?«

Der Beamte schüttelte den Kopf. Marius schloss die Augen.

52

Hauptkommissar Bergkamp lehnte sich in seinem Stuhl zurück und verschränkte die Arme vor der Brust.

»Das ist ja eine wilde Geschichte, die Sie mir da erzählen, Sandmann.« Er beugte sich wieder nach vorne. »Glauben Sie wirklich, das kaufe ich Ihnen ab? Halten Sie mich für einen Vollidioten?«

»Fragen Sie Siggi Baumgart! Er war dabei, als Altmann sein Geständnis abgelegt hat. Außerdem kann er Ihnen die Vorgeschichte bestätigen. Oder Sie nehmen Münzenberg in die Mangel. Wenn Sie den Mumm dazu haben!«

Bei der letzten Bemerkung hob Bergkamp die Augenbrauen und Marius wusste, dass er einen Fehler gemacht hatte. Bevor er die Chance hatte abzuwiegeln, stürmte Paula Wagner in den Verhörraum. Sie knallte dem Hauptkommissar einen Stapel gehefteter Papiere auf den Tisch. »Dein Mordopfer war ein Auftragskiller«, kam sie ohne Umschweife zur Sache. Der Hauptkommissar blickte verärgert auf und erhob sich.

»Wenn du mir was zu sagen hast, können wir das draußen klären.« Paula folgte ihm auf den Gang, nicht ohne Marius einen aufmunternden Blick zuzuwerfen. Von dem Gespräch der beiden draußen auf dem Flur konnte Marius kein Wort verstehen. Nach etwa zehn Minuten kam Bergkamp zurück, den Bericht, den Paula ihm gebracht hatte, hielt er in der Hand. Er setzte sich zurück auf seinen Stuhl.

»Wo waren wir stehen geblieben?«, fragte er. »Ach richtig. Ihre wilde Geschichte!«

»Was ist das da?« Marius deutete auf die Papiere.

»Nichts, das Sie interessieren braucht, Sandmann.«

»Ali Albertz hat also für Münzenberg Auftragsmorde ausgeführt? Deswegen kam Altmann auf ihn als Helfer. Wer sonst wäre skrupellos genug, die Leiche der Tochter seines Chefs verschwinden zu lassen?«, sagte Marius mehr zu sich selbst.

»Dumm, dass Sie der letzte waren, der mit Albertz gesehen wurde. Und Ihre Fingerabdrücke sind auf dem Rollstuhl und an der Wohnungstür.«

»Altmanns ebenfalls!«, erwiderte der Detektiv.

»Altmann und Albertz waren befreundet. Da ist es selbstverständlich, dass seine Fingerabdrücke in der Wohnung des Opfers auftauchen.«

»Er hatte das bessere Motiv.«

»Behaupten Sie!«

»Graben Sie in diesem gottverdammten Keller und schauen Sie, ob Sie eine Leiche finden.«

Bergkamps Lächeln kam nicht ohne eine leichte Bosheit aus, als er antwortete. »Glauben Sie, allein wegen Ihrer wilden Geschichte reißen wir die Fundamente eines Hauses auf? Da müssen Sie mir mehr bieten. Außerdem lasse ich mir von Ihnen nicht erklären, wie ich meinen Job zu machen habe.«

»Sie müssen graben. Sie haben zwei Aussagen. Meine und Baumgarts.«

»Baumgart hat nichts gesagt.«

»Sie lügen.«

»Ich denke, wir beenden das für heute, Sandmann. Überlegen Sie sich, ob Sie nicht kooperativer sein wollen.«

»Ich war kooperativ!«

»Ein Geständnis, Sandmann, das wäre kooperativ.« Ein Wärter brachte Marius kurze Zeit später zurück in eine Arrestzelle.

»Eigentlich dürfte ich gar nicht hier sein.« Paula Wagner lehnte an der Wand der kleinen Zelle, Marius saß auf der Pritsche. »Und mit dir reden dürfte ich noch viel weniger. Baumgarts Geschichte deckt sich mit dem, was du erzählt hast. Wir verhören ihn selbst innerhalb unserer eigenen Ermittlungen. Er ist sehr offen. Manchmal ein wenig weitschweifig. Sogar den Angriff auf einen Polizisten in den 50er Jahren hat er gestanden. Man könnte fast meinen, das wäre seine Lebensbeichte.«

»Das ist es. Der Mann hat die Liebe seines Lebens verloren und sich über dreißig Jahre vor seinem eigenen Leben in einer Kirche versteckt. Sei nett zu ihm, er ist ein guter Mensch.«

»Ein guter Mensch? Er hat dein Alibi umgebracht.«

»Wenn Baumgart meine Aussage bestätigt, muss Bergkamp graben!«

»Das wird er. Keine Sorge.«

»Also komme ich hier raus?«

Ein Klopfen an der Tür, eine junge Polizistin, die Marius nicht kannte, schaute mit grünen Katzenaugen zu ihnen herein.

»Vorne steht ein Kollege, der deinen Freund zum Verhör abholen will.«

Die Polizistin schloss die Tür auf, Paula verabschiedete sich. Irritiert und mit einem leichten Schuss Eifersucht nahm er wahr, dass die junge Polizistin Paula kurz zärtlich am Arm berührte, als sie an ihr vorbeiging. Er meinte, einen leicht triumphierenden Ausdruck in ihrem Gesicht zu sehen, als sie die Tür wieder verschloss.

Wenige Minuten später bat Hauptkommissar Bergkamp zum nächsten Verhör.

Schweigend gingen die beiden Polizistinnen den Gang vor Marius' Zelle hinunter. Erst draußen vor dem Foyer des Präsidiums wagte Franka zu fragen. »Was habt ihr eigentlich für ein Verhältnis, du und dieser Detektiv?«

»Keines, um das du dir Gedanken machen müsstest.«

Franka war alles andere als überzeugt. Erst im Auto nahm sie das Gespräch wieder auf.

»Wo stehen wir? Wir wissen, dass Albertz Sperber und Heck ermordet hat. Können wir beweisen, dass Münzenberg und seine Bande dahinterstecken?«

Franka schüttelte den Kopf. »Wie es aussieht nicht. Albertz kann nicht mehr reden und vermutlich hat Münzenberg nur wenige seiner Leute eingeweiht.«

»Heimering könnte Bescheid wissen.«

»Heimering würde eher ersticken, als auszusagen.«

»Was ist mit Münzenbergs Sohn?«

»Ich glaube nicht, dass der viel wusste. Der einzige, den wir fragen können, ist Münzenberg selber.«

»Na, der wird bestimmt nichts sagen.«

In dem Moment klingelte Paulas Handy.

»Brandt hier. Bevor ich den Kollegen Bergkamp informiere: Wir haben den Boden an der Stelle aufgestemmt, die dein Detektiv genannt hat. Ich überlege, ob ich ein paar der Mieter in diesem Haus wegen Behinderung der Staatsgewalt anzeigen soll. Erst haben sie die Kellerschlüssel nicht rausgerückt, anschließend wollten sie verhindern, dass wir ihren Krempel beiseite schaffen. Einer hat mir sogar mit dem Anwalt gedroht! *Mir*! Vollidiot!« Paula wollte den Rechtsmediziner unterbrechen, aber sie kam nicht dazu. »Wenigstens hat der Presslufthammer die Hütte ordentlich durchgeschüttelt. Ich wusste gar nicht, was für eine Wucht das hat, wenn man einen Betonboden aufstemmt. Da …«

»Volker?«

»Was?«

»Seid Ihr fündig geworden?«

»Ja, das will ich dir doch gerade sagen. Wir sind fündig geworden.«

Paula rollte mit den Augen, während sie gleichzeitig die Spur wechselte, um einen Passat, der offenbar einen Parkplatz suchte und ihr gemeinsam mit Brandt den Nerv raubte, zu überholen. Erleichtert gab sie Gas und überfuhr eine rote Ampel. Franka blickte besorgt in den Rückspiegel. Rund ums Präsidium war immer mit zahlreichen Kollegen zu rechnen und sie beide waren beliebte Jagdopfer. Es wäre ein Fest für die Streifenbeamten gewesen, Paula erneut hochzunehmen.

»*Was* habt ihr gefunden?«

»Knochen. Ein plattgedrücktes, doch alles in allem gut erhaltenes Skelett, dazu einen Haufen persönlicher Gegenstände, die wir uns noch genauer anschauen müssen.«

»Weißt du schon, ob es sich um Kathrin Münzenberg handelt?«

»Woher soll ich das wissen: Sie hat sich mir nicht vorgestellt.«

»Gibt es sonst Hinweise auf ihre Identität?«

»Frau Hauptkommissarin, wann lernt ihr Polizisten endlich, dass stichhaltige Beweise ihre Zeit brauchen? Selbst wenn wir ihren Ausweis finden würden, da unten könnte sonst wer liegen. Ich gebe Bescheid, wenn ich Näheres weiß.«

Je länger sie und Franka mit Münzenberg redeten, umso mehr wuchs in Paula die Überzeugung, mit einem Stein zu sprechen.

Seit zwei Stunden saßen sie in einem Nebenzimmer der Rechtsmedizin, in einer grauen Plastikbox die persönlichen Gegenstände Kathrin Münzenbergs, die ihr Mörder ihr mit ins Grab unter dem Beton gegeben hatte. Wenngleich die endgültige Analyse der DNA-Proben noch ausstand, zweifelte niemand mehr daran, dass die Tote Helms Tochter war. Nicht einmal ihr Vater.

Paula konnte verstehen, dass er über dreißig Jahre nach ihrem Verschwinden keine großen Gefühlsausbrüche mehr bekam. Vermutlich hatte er sich schon vor Jahrzehnten mit dem Tod seiner Tochter abgefunden. Nur zweimal in den letzten zwei Stunden hatte sie überhaupt eine Reaktion des über 70-Jährigen bekommen, dessen Gesichtszüge scharf geschnitten waren wie die eines jüngeren Mannes. Exzessives Training, dachte Paula, und betrachtete die Oberarmmuskeln, die sich deutlich unter dem rosafarbenen Hemd abzeichneten. Ein wenig erinnerte er sie an Marius, der vermutlich gerade in einem anderen Verhör steckte. Die gleiche Besessenheit vom eigenen Körper, die gleiche Unfähigkeit, irgendeine Gefühlsregung zu zeigen.

Anfangs war sie noch gar nicht im Raum gewesen. Durch die Glastür hatte sie gesehen, wie Magnus Münzenberg wild gestikulierend, mit flehenden Händen, auf seinen Vater einredete. Leider hatte sie kein Wort verstanden. Nach einer wegwerfenden Handbewegung des Vaters stürmte Münzenberg junior aus dem Raum. Franka eilte ihm nach und hatte sich eine halbe Stunde später wieder zu ihr gesetzt. Eine kurze Geste hatte ihnen genügt, um sich zu verständigen: Münzenberg jr. war komplett ahnungslos.

Sein Vater, von dem sie beide überzeugt waren, dass er hinter den Morden an Heck und Sperber steckte, würde ihnen nicht weiterhelfen wollen. Je länger das Verhör dauerte, umso deutlicher wurde, dass sie keine Mittel hatten, ihn zum Reden zu bringen und wenn niemand redete, blieb der Auftraggeber von Georg Albertz unbehelligt.

Genau fünf Worte hatte Münzenberg gesprochen. Gleich zu Anfang, als sie den Raum betreten hatten und sich sein Blick von der grauen Kiste und den wenigen Hinterlassenschaften seiner Tochter gelöst hatte.

»Ich rede nicht mit Ihnen.«

Danach hatte er regungslos geschwiegen. Nicht einmal die Frage, ob er ein Glas Wasser haben wolle, hatte er beantwortet.

Paula hielt sich selbst für einen extrem hartnäckigen und, wenn es sein musste, verbissenen Menschen. Aber Helm Münzenberg hatte nicht allein eine Mauer um sich herum errichtet, die sie nicht aufbrechen konnte. Er hatte ein ganzes Mausoleum gebaut, in dem alle emotionalen Reaktionen, denen er vielleicht fähig war, begraben liegen mussten. Die Unterlagen, die wenigen Aktenvermerke über diesen Mann, attestierten ihm eine Neigung zur Gewalt und einen nicht zu unterschätzenden Jähzorn. Davon war hier nichts zu spüren. Vielleicht sollte sie doch noch einen Versuch machen, ihn zu kitzeln?

»Beißen Sie sich nicht in den Schwanz, weil Baumgart Ihnen mit seiner Rache zuvorgekommen ist? Hätten Sie sich nicht gewünscht, Altmann das Messer selber in den Bauch zu rammen?«

Nichts. Keine Reaktion. Kein Zwinkern. Kein Zucken. Keine Antwort. Resigniert nickte Paula Franka zu und stand auf. Wortlos verließen sie das Zimmer.

Draußen im Flur schlug Paula wütend gegen die Wand.

»War es das jetzt?«, fragte Franka.

»Wenn keiner von denen redet, können wir niemanden der Mittäterschaft anklagen.«

»Kein guter Start für die *Task Force Science*.«

Seit zwei Stunden wartete der Mann mit dem intensiven Geruch nach Seife in seinem Wagen vor dem Haus in Lövenich. Alle paar Minuten konnte er sehen, wie Magnus den Vorhang neben der Tür beiseite schob und nach seinem Vater Ausschau hielt.

Schließlich parkte der Mercedes des Alten in der Auffahrt zur Garage. Scharenberg klappte das Handschuhfach auf und nahm seine Dienstwaffe heraus, die er dort bereitgelegt hatte. Fast dreißig Jahre hatte er auf diesen Moment gewartet, auf ihn hingearbeitet, ihn sich tausendfach ausgemalt. Er hätte sich gewünscht, Münzenberg mit polizeilichen Mitteln zur Strecke zu bringen. Man konnte nicht alles haben.

Schwerfällig erhob sich der alte Zuhälter aus seinem Wagen und hielt sich sekundenlang am Dach fest, den Blick starr zu Boden gerichtet.

Scharenberg wollte aussteigen, ein paar Schritte auf Münzenberg zugehen, ihm erklären, warum er nun sterben sollte und ihn erschießen. Was danach passieren würde, interessierte ihn nicht. Langsam ging Münzenberg um den Wagen herum zur Haustür. Scharenberg hatte die Hand bereits am Türgriff, als sich ihre Blicke trafen.

War es der Instinkt des Alten? Es war offensichtlich, dass Münzenberg wusste, warum er hier war. Das hätte den Kommissar nicht abgehalten. Was ihn von seinem Plan abbrachte, war die Bitte, die in Münzenbergs Blick lag. Das Flehen darum, dass Scharenberg seine Tat ausführte. Doch stattdessen sah der Polizist zu, wie Münzenberg gebeugt und mit schweren, mühsamen Schritten zur Haustür ging. Helm Münzenberg sollte weiterleben, weiterleiden.

Hannes Bergkamp wirkte sichtlich unzufrieden, als er den Verhörraum betrat. Marius nahm daher an, dass er gute Nachrichten für ihn hatte.

»Haben Sie über ein Geständnis nachgedacht?«, fragte der Hauptkommissar, bevor er sich hinsetzte. Der Detektiv schüttelte den Kopf, während Bergkamp in seinen Papieren blätterte. Kurz blieb er an einem Computerausdruck hängen.

»Ein Skelett?«, fragte Marius, der das Bild sehen konnte, bevor Bergkamp es vor ihm verbergen konnte. »Also haben Sie Kathrin Münzenbergs Leiche gefunden?«

Bergkamp sah ihn aus seinen kalten grauen Augen an. »Haben wir, der Teil ihrer Geschichte stimmt also.«

»Dann kann ich jetzt gehen?«

Bergkamp blickte Marius lange an, bevor er die Akte vor sich zuschlug. »Hauen Sie ab, Sandmann!«, sagte der Hauptkommissar und ließ keinen Zweifel daran, dass er mit dem Ergebnis dieser polizeilichen Ermittlung unzufrieden war.

»Sie hätten mich gerne eingebuchtet, oder?« Marius stand auf und blickte hinunter auf den Polizisten, der ihn kalt anstarrte. »Warum? Ich kann mich nicht erinnern, Ihnen irgendetwas getan zu haben.«

»Verschwinden Sie einfach!« Marius war schon fast zur Tür hinaus, als Bergkamp noch etwas sagte. »Und tauchen Sie nie wieder in einer meiner Ermittlungen auf!«

»Sonst hängen Sie mir was an?«

Der Hauptkommissar schwieg.

53

Marius schloss die Tür auf und blickte auf eine Reihe leerer Garderobenhaken. Eine schwarze Kapuzenjacke hing dort allein, wie vergessen. Unterhalb der Garderobe, wo sich bis vor Kurzem neben und in einem zwei Meter langen niedrigen Schuhschrank Stiefel, Pumps, Ballerinas und diverse Schuhe sammelten, deren genaue Bezeichnung er nie gewusst hatte, lagen ein paar einsame Sneaker und Winterschuhe. Den Schlüssel in der Hand, ging er den Flur weiter und betrat die Küche, in der Küchentisch und Stühle fehlten. Aber er wusste auch ohne hineinzuschauen, dass in den alten Küchenschränken, die der Vermieter eingebaut hatte, einige Dinge fehlen würden.

Der letzte Raum im Erdgeschoss war das Büro und er ahnte bereits, was ihn erwarten würde. Ein bis auf seine Sportgeräte und Unterlagen leeres Zimmer. Fast bewunderte er die Sorgfalt, mit der Verena seine Akten fein säuberlich an der Wand aufgereiht hatte, nachdem sie sie aus ihrem Schreibtisch und ihren Regalen, der geschätzten Vitra-Kombination, ausgeräumt hatte. Ebenso ausgeräumt wie das Büro war das Wohnzimmer. Die wenigen Bilder an den Wänden, die Bücher an der Fußleiste verstärkten den Eindruck von Leere noch. In der Mitte des Schlafzimmers schließlich lag seine Matratze, sein Kleiderschrank war sorgfältig verschlossen. Er musste nicht nachsehen, ob darin etwas fehlen würde. Ihm war klar, dass Verena säuberlich zwischen ›mein‹ und ›dein‹ unterschieden und nur mitgenommen hatte, was ihr gehörte. Das war fast alles, was es in dieser Wohnung gegeben hatte. Er ging noch einmal durch alle Räume, auf der Suche nach einer persönlichen Nachricht. Es gab keine. Die leere Wohnung war die Nachricht. Verena eben.

Vermutlich hätte er es genauso gemacht. Ein einfacher, stiller Abgang. So als wäre er nie da gewesen. Vielleicht hätten sie das ein oder andere auch durch Gespräche klären können. Aber am Ende wäre es auf das Gleiche hinausgelaufen: Verena wäre gegangen.

Vergeblich versuchte er, ihn sich selbst ein Gefühl des Bedauerns zu entdecken. Oder überhaupt irgendeine Form von Gefühl. Da war nichts. Er musste an Siggi Baumgart denken, den alten Mann, dessen Geliebte ebenfalls plötzlich verschwunden war und der ein Leben lang auf sie gewartet hatte. Eine seltsame Geschichte.

Dann erinnerte sich an den kleinen Stich, den er empfunden hatte, als er Paula Wagner mit der jungen Polizistin gesehen hatte. Hatte das etwas zu bedeuten? Spielte das eine Rolle? Er schob den Gedanken beiseite. Ein leichter Hauch von Verenas Parfüm lenkte ihn ab. Er öffnete ein Fenster. Offenkundig hatte sie zumindest den zurückgelassen. Er öffnete ein Fenster. Dazu musste er die Kettlebells von der Fensterbank räumen. Er fühlte ihr Gewicht in der Hand, die Schwere, die den Arm nach unten zog, den Reflex des Bizeps, der sich gegen diesen Zug stemmte. Er fühlte, wie sich seine Muskeln anspannten und glitt aus seinen Gedanken heraus in ein langes, erschöpfendes Work-out.

Das erste Mal seit Tagen spürte er keinerlei Schmerz.

ENDE

Weitere Krimis finden Sie auf den folgenden Seiten und im Internet: www.gmeiner-verlag.de

Reinhard Pelte
Mordsee
978-3-8392-1393-3

»Faszinierende Einblicke in die Welt der Marine!«

Die Untersuchungen zum Fall einer ertrunkenen Kadettin sind abgeschlossen. Lediglich eine Panne zwingt die Soko der Staatsanwaltschaft Kiel noch einmal zu Befragungen auf der »Gorch Fock«, dem Segelschulschiff der Marine. Kriminaloberrat Tomas Jung ist dabei, unterstützt von der Praktikantin Charlotte Bakkens. Je länger sich die beiden mit dem Fall beschäftigen, auf umso mehr Ungereimtheiten stoßen sie. War es wirklich ein Unfall?

GMEINER

Wir machen's spannend

Alida Leimbach
Villenzauber
978-3-8392-1376-6

»Die Autorin versteht es glänzend, Spuren zu legen, die nicht zum Ziel führen.«
Magazin Streifzug

Neid, Missgunst und Intrigen sprengen einen seit Kindertagen bestehenden Freundeskreis. Muttersöhnchen Eberhard hat genau das, was die anderen begehren: eine repräsentative Villa in einem angesagten Osnabrücker Stadtteil, dem Westerberg. Frühere Konflikte und alte Wunden brechen auf, als eine von ihnen einem Verbrechen zum Opfer fällt. Die Kommissare Birthe Schöndorf und Daniel Brunner nehmen die Ermittlungen auf und finden sich bald in einem Netz aus zerstörten Träumen und Eitelkeiten wieder …

GMEINER

Wir machen's spannend

Hans-Jürgen Rusch
Gekapert
978-3-8392-1373-5

»Der Autor versteht es, die jeweiligen Situationen so bildlich zu beschreiben, als ob er persönlich dabei gewesen wäre.«
Vizeadmiral a.D. Hendrik Born; Chef der Volksmarine bis Oktober 1990

Nachdem die Raketenkorvette Hans Beimler 20 Jahre in Peenemünde lag, wird sie im August 2011 nach Dänemark überführt. Planmäßig verlässt der Schleppzug den Hafen und läuft an der Küste Rügens nach Norden aus. Kap Arkona ist passiert, da kapert eine Crew das Schiff, versenkt den vorausfahrenden Schlepper und die Korvette verschwindet in den Weiten der Ostsee. Bundespolizei und Marine starten eine groß angelegte Suchaktion – nicht wissend, dass ein verheerender Terroranschlag droht …

Sandra Dünschede
Friesenkinder
978-3-8392-1398-8

»Nordfriesland in Angst und Schrecken. Ein hochaktuelles Thema!«

Vor der KZ-Gedenkstätte im nordfriesischen Ladelund wird die Leiche eines iranischen Arztes gefunden. Alle Hinweise deuten auf einen Mord mit fremdenfeindlichem Tatmotiv hin und schnell findet Kommissar Thamsen erste Verdächtige in der rechten Szene. Dann wird jedoch ein Neugeborenes aus dem Husumer Krankenhaus entführt und zwischen den beiden Fällen scheint es einen Zusammenhang zu geben. Kommissar Thamsen nimmt zusammen mit seinen Freunden Tom, Haie und Marlene die Ermittlungen in die Hand …

GMEINER

Wir machen's spannend